COLL

Emmanuel Carrère

Hors d'atteinte?

P.O.L

1

La baby-sitter arriva en retard, à cause, expliqua-
t-elle, d'un suicide qui avait interrompu le trafic du
métro. Elle voyageait à bord de la rame meurtrière,
mais dans le wagon de queue, et paraissait tirer du
réconfort de savoir que les roues de ce wagon avaient
été freinées avant de broyer le corps du désespéré :
elle n'y était donc pour rien, n'avait rien vu, néan-
moins se figurait le carnage avec une abondance de
détails dont ses reniflements enrhumés accentuaient
la crudité; et Frédérique, tout en se hâtant, dut lui
faire promettre de ne pas en parler toute la soirée à
Quentin, très excité déjà par le peu qu'il avait
entendu.

Jean-Pierre et elle, du coup, étaient en retard aussi.
Le cinéma se trouvait trop loin pour y aller à pied, et
le métro, qu'ils avaient prévu de prendre, leur répugnait un peu, juste après ce récit. Le fait qu'il s'en
était déjà produit un diminuait les chances d'un
accident semblable, ce soir précisément, sur la même
ligne, mais cet encouragement statistique se heurtait
à un sentiment de convenance diffus, comme s'il
avait fallu observer un deuil : ils prendraient un
taxi.

Connaissant d'expérience la difficulté d'en trouver en maraude dans le quartier à cette heure, Jean-Pierre décida de téléphoner, au risque d'accroître leur retard et, s'inquiéta Frédérique, de manquer les bandes-annonces.

« Des bandes-annonces? Tu rêves. S'il y a de la pub, dans ce genre de salle, ce sera déjà beau », dit Jean-Pierre avec la nuance de dédain qu'encourait à leurs yeux l'austérité des cinéphiles purs et durs – bien que ceux qui s'avouaient tels fussent devenus rares depuis quelques années, en sorte que la frivolité affichée de leurs goûts ne trouvait plus grande monde à qui être opposée.

L'imperméable boutonné, qu'il n'avait pas ôté en arrivant, l'écharpe autour du cou, le visage hésitant entre l'anxiété et le souci de prendre à la légère une contrariété si bénigne, Jean-Pierre attendit un moment que la seule compagnie de taxis dont il connaissait par cœur le numéro, principalement composé de zéros, consente à répondre. Puis, à sa mine encore plus accablée, Frédérique devina qu'il affrontait la voix enregistrée répétant sur un fond de musique apaisante que la compagnie faisait son possible pour satisfaire au plus vite ses clients. Elle précisait toutefois que les plus avisés d'entre eux prenaient soin de commander leur voiture la veille.

« Et les suicides, ils les commandent aussi la veille? » grommela Jean-Pierre, à demi étranglé par son écharpe que Quentin, juché en pyjama sur l'accoudoir du canapé, entortillait à la manière d'un garrot. « Jean-Pierre... », protesta mollement Frédérique, ajoutant aussitôt un : « Pas devant le petit! » trop théâtral pour n'être pas ironique.

Après lui avoir fait lâcher l'écharpe de son père,

elle entraîna Quentin dans la pièce voisine où la baby-sitter, venant d'inspecter la cuisine et de découvrir qu'on n'avait pas renouvelé les réserves de chocolat et de biscuits apéritifs, déployait en silence le contenu du sac à dos qui lui servait de cartable. D'un geste digne, chargé de reproche, elle posa une pomme sur la table de travail. Frédérique soupira, puis lui donna de quoi compléter, chez l'Arabe du coin, ses provisions de bouche. Elle était fatiguée, comme toujours en revenant du collège. Il avait fallu, ensuite, qu'elle se presse; elle n'avait pas envie de sortir.

Ayant, pour la forme, exhorté Quentin à être sage et permis qu'il regarde la télé après dîner, à condition d'être couché à dix heures, elle regagna le salon où Jean-Pierre attendait toujours. Il tenait le combiné d'une main, et de l'autre jouait nerveusement avec l'interrupteur de la lampe halogène, qui permettait de varier l'intensité de la lumière. Violemment éclairée, la pièce l'instant d'après plongeait dans la pénombre, s'éclairait à nouveau, et chaque fois que la lumière revenait, le décor familier, avec ses vieilles affiches d'exposition qu'elle s'était depuis longtemps promis de retirer, ses bibelots sans valeur, son tapis fané, déprimait davantage Frédérique.

« Tu veux, proposa-t-elle, surtout pour que Jean-Pierre mette fin à son manège, tu veux que j'en cherche un autre dans l'annuaire?

— Jamais de la vie! dit-il en lâchant l'interrupteur pour recouvrir le combiné du plat de la main, comme si la compagnie avait pu l'entendre et se soucier de ce qu'il disait. Rien que d'imaginer que j'ai attendu tout ce temps, subi leur musiquette à tuer, et que je pourrais raccrocher au moment précis où ils allaient

9

enfin répondre, c'est le genre de truc qui me rend fou. Je préfère m'obstiner.

– C'est un principe qui peut te mener loin », observa-t-elle, mais il leva la main pour la faire taire : on répondait. Il donna l'adresse, patienta encore.

« Crotte, finit-il par dire. Pas de voiture pour l'instant. » Il raccrocha, regarda sa montre, et demanda un autre numéro que Frédérique lut dans l'annuaire, déjà ouvert en prévision d'un échec. Au bout de cinq minutes, soit dix avant la séance, on leur promit enfin une voiture dans quatre autres minutes. « Grouillez! » ordonna Jean-Pierre, inutilement.

2

Encore immobile, par suite d'un retard qui avait dû décaler toutes les séances de la journée, la file d'attente s'étendait de l'entrée du cinéma à l'angle de la rue piétonnière, qu'elle épousait, se poursuivant quelque vingt mètres plus loin. Il pleuvait. Les gens qui n'avaient pas de parapluie se rencognaient dans les portes cochères, lorsque leur position dans la queue le permettait; d'autres, placés sous les gouttières, relevaient au-dessus de leur tête le col de leur manteau, se protégeaient avec des journaux ou des sacs en plastique.

Frédérique, en sortant du taxi, s'écria : « Oh la la! » et vit avec satisfaction Jean-Pierre se rembrunir. Dans ce genre de circonstances, il était partisan de prendre son tour mais, de peur qu'on ne le crût spontanément soumis à des lois moutonnières, présentait son légalisme comme une bizarrerie personnelle où s'affirmait, non la crainte bien réelle d'attirer une remarque furieuse ou simplement l'attention, mais une sorte d'audace paradoxale. Il disait : « Je ne traverse jamais hors des clous », comme on dit « Mort aux vaches! » et comme s'il faisait perpétuellement violence à une nature frondeuse. Il en rajoutait à plaisir, s'appliquait à tousser, réprobateur, quand un joint circulait devant lui, s'indignait qu'on enjambât sans billet les tourniquets du métro – ce que Frédérique faisait rarement, et toujours en sa présence. Elle aimait le défier, afficher devant lui son mépris désinvolte des conventions et des contraintes. Avec un tel public, ces hardiesses coûtaient peu : l'intention suffisait le plus souvent.

Un café faisait l'angle. Malicieusement, Frédérique suggéra d'y entrer, pour patienter au sec : on surveillerait la file du zinc. Elle réveillait là un contentieux familier, inauguré six ans plus tôt en attendant l'heure d'enregistrer dans un aéroport marocain, où bien sûr il avait insisté pour qu'on arrivât longtemps à l'avance. Frédérique jugeait absurde de piétiner alors qu'il suffisait de gagner le guichet une fois que tout le monde l'aurait franchi. Jean-Pierre lui opposait que si tout le monde faisait ça, il n'y aurait plus de queue, mais des ruées barbares à la dernière minute qui n'arrangeraient personne, surtout pas elle. D'une façon générale, les arguments du type « si tout le monde faisait ça », avaient la faveur de Jean-Pierre : il dépensait à leur service d'inépuisables réserves d'ironie masochiste, comme s'il était convaincu, malgré leur bien-fondé, du ridicule qu'il encourait en les soutenant. Devant le cinéma, il se contenta d'observer que la queue s'allongeait.

« On resquillera, alors » dit Frédérique, qui connaissait d'avance sa réaction et répugnait autant que lui à prendre le risque d'une algarade en public mais ne voulait pas manquer l'occasion d'alarmer Jean-Pierre en faisant parade de son insouciance.

Sans répondre, il se dirigea vers l'extrémité de la file qui, dans la rue perpendiculaire, s'était en effet augmentée d'un couple. Frédérique hésitait sur la conduite à tenir. Gardant quelque distance, elle s'abrita sous un balcon en saillie et, du trottoir opposé, examina les nouveaux venus avec une attention malveillante.

Ils avaient, comme Jean-Pierre et elle, nettement dépassé la trentaine; et ils leur ressemblaient. Blonde comme Frédérique, comme elle plutôt jolie, avec un visage gracieusement chiffonné, la femme portait un blouson d'aviateur choisi trop large d'une taille, pour paraître flotter avec négligence sur un chemisier vert foncé et une jupe noire étroite; seules ses bottes de cuir étaient belles : rançon heureuse, décida haineusement Frédérique, d'une dizaine de trucs importables achetés dans la fièvre des soldes. Et l'homme, à ses côtés, en pantalon de toile à pinces, veste de tweed, le col relevé, incarnait une version légèrement plus sportive de l'élégance avachie que pratiquait Jean-Pierre. Son regard, derrière les lunettes d'écaille, brillait de la même ironie : indulgente, pondérée.

Ils n'étaient ni laids ni ridicules, échappaient aux caricatures opposées du soixante-huitard rance et de l'entrepreneur surexcité mais, dans leur honnête moyenne, avec leur allure de jeunesse indûment prolongée par l'horreur du sérieux, l'aisance modérée, l'excès de loisir, semblaient à Frédérique parfaitement identifiables, exemplaires échantillons de la tranche d'âge et de la classe sociale dont ils faisaient partie comme elle. Ils en partageaient les mœurs et les jugements, tout en les raillant avec légèreté. Ils étaient transparents. Les voyant, on imaginait leur métier – s'ils n'étaient profs, ils auraient pu – leurs ressources, la décoration et l'aimable désordre de leur appartement, leurs préférences culturelles. A coup

13

sûr, ils lisaient *Libération* et l'homme devait se tar-
guer de rester attaché au *Monde*, plus digne de foi. Ils
allaient quelquefois à des concerts, à des expositions,
aux Puces, et très souvent au cinéma, dans des salles,
comme celles-ci. Ils aimaient les vieux films américains, surtout les comédies; parmi les nouveautés,
Wenders, Rohmer, Mocky, et aussi des âneries qu'ils
prétendaient avec une sympathie narquoise aimer au
premier degré, puisque le second n'avait officielle-
ment plus cours. Ils évitaient de parler, dans le flot de
la sortie, pour ne pas s'entendre dire les mêmes
choses que tout le monde. Ils n'étaient pas méprisa-
bles, pas malheureux, tout juste agacés quelquefois,
comme l'était ce soir Frédérique, de voir si répandus
leurs manières d'être et de penser, leur humour,
jusqu'à leurs fugitives tentations de l'abdiquer et de se
rebeller en vain, pour le principe, contre la certitude
de n'être pas uniques.

Elle rejoignit Jean-Pierre, en faction derrière eux.
« Ils parlent de Pasqua ou de Lubitsch, tes collègues? » demanda-t-elle, pas assez fort pour que les
intéressés l'entendent, assez cependant pour mettre
Jean-Pierre mal à l'aise. Il ne répondit pas. « Bon,
alors je vais voir les photos à l'entrée. – Comme tu
veux », acquiesça-t-il, devinant la suite avec déplaisir.
S'approchant de la caisse, elle allait passer quelques
minutes à examiner les photos, les extraits de criti-
ques saturées de métaphores pétillantes et, insensible-
ment, en feignant de poursuivre cet examen comme
si la décision d'entrer dépendait pour elle, non de la
longueur de la file, mais de l'adhésion qu'emporterait
telle formule laudative, elle progresserait en se dandi-
nant d'un pied sur l'autre, les poings dans les poches
de son blouson, l'air myope, jusqu'à se laisser amal-

14

gamer dans la vague confuse des premières entrées. Elle misait pour ce faire sur le raisonnable laxisme régnant aux abords du guichet, diminuant à mesure qu'on s'éloigne vers le bout de la file, où deux sans-gêne peuvent vous faire manquer les derniers fauteuils contigus. Si bénin que fût le risque de tomber sur un mauvais coucheur, Frédérique d'ordinaire hésitait à le courir : tout en rêvant qu'on la remarquât, elle n'aimait pas se faire remarquer. Mais la soirée, depuis le début, ne lui disait rien. Elle se sentait obligée de la passer avec Jean-Pierre, d'aller au cinéma, puis au restaurant, en vertu d'un accord antérieur, rendez-vous plusieurs fois différé pour faire croire son agenda surchargé alors qu'il était vierge, exempt de projet comme d'espoirs d'imprévu depuis le début de la semaine. Et puis il y avait eu les cris de Quentin au retour de l'école pour une histoire de jouet égaré, le regard de la baby-sitter, le taxi pris en hâte, enfin ce couple, prélevé au hasard dans la file d'attente, issu d'un moule banal où elle se savait coulée : toutes ces contrariétés accumulées réclamaient un exutoire, un acte de rébellion et puisqu'elle n'allait pas jeter de bombe ni prendre le soir-même un avion pour Java sans billet de retour, cet acte forcément serait dérisoire. Elle resquillerait, voilà.

A l'autre bout de la queue, comme prévu, comme toujours, Jean-Pierre feignait de n'avoir rien compris. Elle prétendait regarder les photos : il s'en tenait au prétexte officiel; et, comme il fallait bien que quelqu'un veille sur leurs positions, il restait, espérant compromettre par son inertie une manœuvre qu'il désapprouvait. Car si, les billets pris, Frédérique attendait qu'il la rejoigne après avoir docilement fait la queue, cela revenait à perdre le profit de la fraude.

En venant le chercher, d'autre part, elle devrait affronter, au mieux les regards torves, peut-être la colère de ses compagnons d'infortune. Restait la solution de ne prendre qu'un billet et, entrée dans la salle, de lui garder une place à côté d'elle. Mais si on affichait complet lorsqu'il atteindrait le guichet ? Il l'imaginait, assise au dixième rang, son blouson posé sur le siège voisin, se retournant sans cesse vers la porte d'entrée, de plus en plus nerveuse et agacée à mesure que la salle se remplissait, si agacée que dans son propre agacement, et en dépit de l'envie qu'il avait de voir le film, il envisageait de provoquer cette situation en n'entrant délibérément pas, en allant dans un café ou en retournant chez lui. Ou chez elle : il renverrait la baby-sitter, aiderait Quentin à regarder la télé. La séance terminée, Frédérique rentrerait furieuse.

La file d'attente, enfin, se mit en mouvement. Soudain, elle se retrouva devant lui et, l'embrassant sur les deux joues, s'écria joyeusement : « Tu es là depuis longtemps ? On était tous devant, mais on a pensé à te prendre un billet. » Valable à la rigueur pour les derniers arrivés, l'explication ne pouvait tromper ceux qui, précédant Jean-Pierre, avaient vu Frédérique avec lui, quelques minutes plus tôt. Le couple d'enseignants présumés n'y prêta cependant pas attention, ou réfréna sa rancœur comme sans doute ils l'auraient fait à sa place. Jean-Pierre, la tête basse, tripotant un bouton décousu de son imper, suivit donc Frédérique jusqu'à l'entrée de la salle où un jeune homme apathique, les cheveux tirés en catogan, déchirait les billets. Frédérique amorçait le geste de les lui tendre, et déjà se tournait vers Jean-Pierre pour demander s'il avait de la monnaie, quand brutalement s'interposa un grand type grisonnant, en costume pied-de-poule, accompagnée d'une blonde trop bronzée, trop maquillée, trop couverte de fourrures, comme lui peu typique du public de la salle, on les aurait mieux vus le samedi soir sur les Champs-Elysées. Saisissant l'occasion d'élever la voix comme il devait saisir celles de renvoyer le vin au restaurant ou de déchirer les P.V. au nez des contractuelles, il écarta sans ménagement la main de Frédérique, fourra les billets dans celle, mollement suspendue en l'air, du jeune homme au catogan, et grogna que c'était se foutre du monde, qu'il n'avait pas fait la queue sous la pluie pour qu'on lui passe devant comme ça. L'employé accomplit son office comme s'il n'avait pas entendu mais, au lieu d'avancer, le mauvais coucheur fit une pause pour jouir de sa victoire et prendre à témoin, derrière lui, les spectateurs partagés entre une passive solidarité avec des fraudeurs que leur allure générale désignait comme leurs semblables et la satisfaction de voir un homme fort mettre fin à des pratiques qu'ils réprouvaient sans en pâtir vraiment ni, surtout, se résoudre à les combattre; ainsi, lors d'un tapage nocturne mené par des clochards dans la cour de son immeuble, Frédérique s'était sentie à la fois soulagée par l'intervention de la police et pleine de mépris pour le locataire qui avait pris sur lui de l'appeler.

En poussant la porte, pour finir, afin de laisser passer sa compagne, le malotru écrasa Jean-Pierre et Frédérique, encore interdits, d'un regard triomphant, puis le flux des entrées reprit, dont ils se trouvèrent écartés. Les répliques cinglantes qu'ils cherchaient en vain seraient de toute manière venues trop tard maintenant. Ils parvinrent à se faufiler quelques ins-

17

tants après, une fois dans la salle cherchèrent des yeux le type et sa poupée plâtrée pour éviter de s'asseoir dans leur voisinage. Ils repérèrent leurs têtes, dépassant de la rangée du milieu, ce qui les obligea, contre leurs préférences, à prendre place tout au fond. La séance n'était pas encore commencée.

lâcheté. On a peur du ridicule, de passer pour le type pas à la coule. » (Jean-Pierre affectait un purisme ironique qui lui faisait à la fois proscrire les mots anglais passés dans le langage courant, employer les transpositions saugrenues que tâchent d'imposer les défenseurs de la langue française, et enrichir leur stock en réhabilitant l'argot le plus désuet : ainsi, pour « cool », disait-il « à la coule. »)

« Oh, persifla Frédérique, c'est très bien, ça. Tu as trouvé ton héros. D'ailleurs, tu es convaincant. Si on changeait de place : je vais avec lui, et j'invite sa grognasse à te tenir compagnie. Tu veux ?

– L'échangisme me dégoûte, tu sais bien.

– Tu râles, toi, reprit-elle, quand on resquille devant toi ? »

Jean-Pierre gloussa.

« Non, mais moi, je suis lâche et, par voie de conséquence, fasciné par les surhommes qui se croient tout permis. C'est un schéma classique. »

La lumière, à ce moment, déclina : un murmure salua le chuintement des rideaux qui s'écartaient. Frédérique observa que la bretelle du sac avait glissé à terre, et que Jean-Pierre ne l'avait pas ramassée.

Cinq minutes durant, une sorte de pivert d'une malveillance stridente s'employa à rendre fou un chien au départ débonnaire, bientôt assoiffé de sang, à qui ses tentatives de légitime vengeance valurent d'être écrasé par une enclume, transformé en galette, en passoire, en puzzle, puis en boulet de canon, projeté aux antipodes, mis sur orbite, gonflé jusqu'à en éclater, reconstitué dans le désordre, toutes avanies qui firent hurler Jean-Pierre de rire. La discrétion qu'il avançait comme un des traits saillants de son caractère cessait de s'exercer lorsqu'il riait, ou plutôt hennissait au cinéma, et aussi lorsqu'ayant un peu bu, au temps où ils vivaient et recevaient ensemble, il faisait écouter disque sur disque, de jazz habituellement, à des hôtes pas toujours aussi passionnés que lui : interrompant leurs timides tentatives de poursuivre la conversation, il pointait vers la platine un doigt tremblant d'émotion prosélyte et à tout moment s'écriait que là, oui là, c'était à grimper aux rideaux. Frédérique n'avait aucune inclination pour la musique, aucune oreille disait-elle, et accueillait ces démonstrations avec la réserve crispée qu'appelle une faute de tact : une fois même, elle avait explosé, l'accusant en public d'insister sur la différence de leurs éducations, lui ayant grandi entre des leçons de piano et des bibliothèques fournies, elle dans un foyer où n'entrait que le *Reader's digest*, et le lendemain elle était morte de honte, Jean-Pierre aussi d'ailleurs. Le cinéma, en revanche, dont le goût et la connaissance, à leur génération encore, n'étaient pas transmis mais acquis par soi-même, les mettait sur un pied d'égalité. Leurs jugements se formaient sur le fond d'une culture partagée, d'une hiérarchie de valeurs communément admise que chacun pouvait remettre en question sans craindre de trahir son ignorance ou la rusticité de son goût. Ainsi, sachant fort bien à quoi elle se référait et quelle était sur ce sujet l'opinion convenable, Frédérique s'offrait la coquetterie de vanter la supériorité de Claude Zidi sur Woody Allen, alors qu'elle n'aurait pas avoué, sincèrement cette fois, préférer Keith Jarrett à Thelonious Monk. C'est pourquoi le cinéma restait un lien étroit, facile à entretenir, le prétexte invariable de leurs sorties communes et de beaucoup de leurs discussions. C'est pourquoi aussi le couple qu'elle avait remarqué dans la queue – mais tout autre, ou presque, aurait fait l'affaire – agaçait si fort Frédérique : il lui rappelait que leur terrain d'entente était une place publique, que même leurs paradoxes ne leur appartenaient pas. Parce que tout le monde le faisait, elle s'en voulait de rire aux persécutions endurées par le chien, dont un hoquet de Jean-Pierre salua la déconfiture finale.

La lumière revint. On projeta des bandes publicitaires : des réclames, disait Jean-Pierre qui en était très amateur et se lança aussitôt dans le jeu rituel consistant à identifier le plus vite possible les produits que vantaient des images souvent dépourvues de rapport avec eux. Tout en lui donnant distraitement la réplique, Frédérique nota qu'il était meilleur qu'elle, donc qu'il devait aller plus fréquemment au cinéma. Il est vrai qu'elle avait gardé la télévision rue Falguière et qu'il n'en avait pas racheté de son côté, fidèle au vœu d'ascétisme qui avait présidé à son emménagement. Mais il venait souvent la voir chez elle.

Après le film, excellent comme prévu, ils cherchèrent un restaurant où dîner, mais tous étaient complets alentour, sauf une pizzeria sur laquelle il n'était pas question de se rabattre. La succession ciné-pizza composait à leurs yeux un programme typique de couple banlieusard, dont elle symbolisait le mode de vie étriqué. Jean-Pierre et Frédérique se flattaient de n'avoir pas de voiture, d'habiter le centre de Paris, d'échapper aux grandes transhumances estivales comme, en règle générale, aux signes les plus criants d'appartenance à la petite bourgeoisie. Leur mépris de la pizza, ainsi que des formules tout-compris à base de salade aux noix, de grillades et de pommes-allumettes, épargnait toutefois les fast-food, dont ils prétendaient même différencier les chaînes et les produits. Cette coquetterie visait un but différent : en appliquant à la hiérarchie des hamburgers le ton connaisseur des guides à la Gault et Millau, ils marquaient ce qui les distinguait de leur clientèle dont, faute d'avoir les moyens, ils préféraient tourner en dérision l'hédonisme par trop bourgeois, l'embonpoint physique et moral.

Ils écartaient d'un même mouvement les établissements de luxe, les adresses à la mode d'une saison et d'un milieu qui n'était pas le leur, les gargotes pour étudiants dont ils avaient passé l'âge, enfin les usines à bouffe faites pour donner aux pauvres, en les asseyant, l'illusion d'être au restaurant : Jean-Pierre tenait de source sûre que les pieds avant des chaises y étaient légèrement rabotés, de façon que le déséquilibre, augmentant l'inconfort, dissuade de s'attarder une fois le repas fini. Leur faveur allait aux bistrots de quartier où l'on sert des plats de ménage, « de la cuisine concierge », disait Jean-Pierre, hostile à la nouvelle cuisine dont il aimait railler, outre la parcimonie, le vocabulaire prétentieux et notamment l'usage abusif de l'article défini. La sciure au contraire, les cartes ronéotées à l'encre violette, avec le plat du jour rajouté à la main, l'enchantaient. Leur adresse favorite, dans ce style, était celle d'une brasserie à l'atmosphère douillettement provinciale, située juste à côté de chez Frédérique, au coin du boulevard Pasteur et de la rue Falguière. Aussi, après trois restaurants bondés, songèrent-ils tous deux à se replier sur ce terrain familier, chacun espérant toutefois que l'autre prendrait sur lui de suggérer cette solution agréable, sûre, mais routinière.

« Si ça continue, hasarda Jean-Pierre, on va se retrouver au *Pot-au-feu...* »

Frédérique hésita à lui reprocher ce manque d'imagination. Elle savait aussi, d'expérience, que dîner près de chez elle facilitait le moment, toujours un peu embarrassé, où ils se séparaient, et le facilitait surtout pour Jean-Pierre. Mais elle était lasse de piétiner dans la foule du Quartier latin. Un relent de croquemonsieur, échappé d'un café devant lequel ils passaient, emporta sa décision : « J'y pensais justement », répondit-elle.

Il fallut à nouveau trouver un taxi, ailleurs de préférence qu'à une station car Jean-Pierre estimait avoir assez fait la queue pour la soirée. Mais tous ceux qui passaient étaient pleins. Pourquoi, dit perfidement Frédérique, ne pas en appeler un ? Par exemple, du bistrot qui sentait le croque-monsieur, où le téléphone devait être réservé aux consommateurs et coincé dans les chiottes, rien que pour faire regretter le parfum de la salle. « Je t'assure, ironisa-t-elle, c'est l'affaire de vingt minutes à peine. »

Soudain, ils aperçurent un taxi dont le cartouche était éclairé, de l'autre côté du boulevard. Il fila sans prendre garde à leurs gesticulations, ni aux « S'il vous plaît ! » que Jean-Pierre répétait obstinément, mais sans élever la voix. « Merde, jura Frédérique, celui-là était vide.

– Vide, oui, dit Jean-Pierre, fataliste. Mais pour combien de temps ? »

A ce moment, comme par miracle, un autre taxi freina, pile devant eux, Frédérique s'approcha. « Saint-Germain, 122, dit le chauffeur en baissant sa vitre. C'est vous qui avez appelé ?

– Il y a exactement quatre minutes, c'est bien ça », répondit-elle, sans laisser à Jean-Pierre le temps de protester. Et, une fois montés, ce n'était plus possible : le chauffeur les aurait entendus. Jean-Pierre, au reste, se retenait à grand-peine de rire.

« Tu vois, même sans cogner, dit-il : la vie ne nous traite pas si mal. »

La commande passée, Jean-Pierre retira ses lunettes pour resserrer les vis qui en articulaient les
branches, en s'aidant de la pointe de son couteau.
Pendant près de dix ans, il avait porté des verres de
contact et quand, au mois de septembre, elle lui avait
pour la première fois vu des lunettes, Frédérique
s'était contentée de remarquer le changement, sans
chercher à lui prêter de signification. Mais le train de
pensée qui, ce soir, lui faisait voir dans chaque geste,
chaque goût, chaque façon d'être un signe de soumission à la règle commune et une menue défaite du
libre arbitre, lui remit en mémoire un article de
magazine dressant, sur deux colonnes, l'inventaire
comminatoire de ce qui était « in » ou, à l'inverse,
« out ». Le retour aux lunettes, pour les hommes,
surtout, figurait dans la première catégorie – et le
respect de ces catégories, soulignait malicieusement
la rédactrice, dans la seconde.
Jean-Pierre portait aux variations de la mode l'attention critique, volontiers amusée, d'un sociologue
de métier; s'en tenant informé, il se flattait de ne pas
les suivre, ou de très loin, et l'idée de remettre des
lunettes avait dû lui venir spontanément. Seulement,

il ne pouvait ignorer qu'elle était venue spontanément aussi, et en même temps, à un grand nombre de myopes de son âge et de son milieu qui, après s'être longtemps déclarés satisfaits de leurs lentilles, avaient eu tout à coup d'excellentes raisons d'aller chez l'opticien commander des montures généralement semblables, en fine écaille claire, comme celles du type dans la file d'attente, comme celles que Jean-Pierre, son bricolage terminé, venait de replacer sur son nez.

« Tu ne portes plus tes lentilles?

– C'est-à-dire, expliqua Jean-Pierre, que j'en ai perdu une à l'Ile aux Moines, cet été. En attendant de la faire remplacer, j'ai remis mes vieilles lunettes et je me suis aperçu que c'était plus pratique, finalement, que de faire matin et soir toute cette petite cuisine pour désinfecter des bouts de plastique qui s'égarent comme un rien.

– Tu disais pourtant que du jour où tu avais découvert les lentilles, tu ne remettrais de lunettes pour rien au monde...

– Je disais ça? Eh bien, on change.

– Ce n'est pas toi qui as changé, c'est la mode.

– J'ai remarqué ça aussi, dit Jean-Pierre en souriant. On revient aux lunettes. C'est un peu agaçant, quand on y réfléchit, de croire faire ce qu'on veut et de suivre toujours le mouvement. »

Frédérique, pour sa part, fut agacée de l'entendre reconnaître sans détour ce dont elle s'apprêtait à l'accuser.

« Cela dit, poursuivit Jean-Pierre, j'ai peur que la question ne concerne pas seulement les lunettes et les verres de contact. Je te rappelle que nous avons porté des pantalons à pattes d'éléphant quand tout le monde en portait et, bien que j'aie du mal aujourd'hui à l'admettre, que nous devions trouver ça seyant. Alors, bien sûr, on peut toujours se dire, intellectuellement, que les vêtements que nous portons nous paraîtront burlesques dans dix ans, mais ça ne sert pas à grand-chose. C'est comme les Chartreux, ou les Trappistes, je ne sais plus, qui répètent toute la journée : " Frère, il faut mourir ", je ne sache pas que ça en ait rendu aucun immortel. Tu auras beau te répéter, en te couvrant la tête de cendres, que les pattes d'éléphant, ou les fuseaux, ou les rayures de zèbre, noir sur fond blanc ou blanc sur fond noir, comme tu voudras, ce n'est pas ton vrai goût ni l'expression de ton moi profond, mais un goût qui t'est imposé par je ne sais qui, les journaux de mode, l'air du temps ou l'éternel retour, ça ne t'aidera pas pour autant à découvrir quel est ton vrai goût parce que, ma chérie, tu n'as pas de vrai goût, ni moi, ni personne, ou si tu préfères parce que nos vrais goûts à tous, qui sont infiniment personnels, originaux, paradoxaux, et je dis ça sans plaisanter, se fondent quand même dans le vrai goût commun, auquel il est à mon avis plutôt vain d'espérer échapper en ressortant ses pattes d'eph' de la naphtaline. C'est peut-être rageant, c'est peut-être du détermisme bas de plafond, mais qu'est-ce que tu veux, c'est comme ça. »

Frédérique avait accueilli ce déploiement de verve professorale avec une impatience sans exutoire possible. Elle n'attendait pas de réponse à ce qui n'était pas une question, mais plutôt, ayant exprimé un malaise banal, que Jean-Pierre avouât partager ce malaise au lieu d'en démontrer la banalité. Elle n'avait rien à opposer à des arguments qu'elle s'était souvent répétés et aurait sans doute développés elle-

29

même si on l'avait entreprise à ce sujet. Sauf que ces arguments, à force d'évidence, étaient idiots. Bien sûr, il ne s'agissait pas de prétendre se soustraire à la mode, dont la douce dictature ne lui avait jamais pesé. Elle avait été idiote, elle, de l'attaquer là-dessus, comme si ces histoires de lunettes ou de pantalons avaient quelque rapport avec le désir vague, mais pressant, et toujours frustré, d'être soi-même, c'est-à-dire une personne que ne suffisent pas tout à fait à cerner les repères sociologiques auxquels Jean-Pierre, par inclination mesquine ou simplement par profession, semblait se réjouir de donner toujours le dernier mot. Elle pensa se montrer méchante, lui dire que ce dont elle voulait parler ce n'était pas les pantalons à pattes d'éléphant mais, pour prendre un exemple entre mille, sa vieille envie à lui d'écrire un roman, d'être et de savoir autre chose, fût-ce un obscur romancier, qu'un obscur chercheur payé par le C.N.R.S. à étudier les prières d'insérer et les quatrièmes pages de couverture dans l'édition française depuis la guerre. Plus que la bienveillance, la certitude de ce qui s'ensuivrait, notamment les prévisibles piques sur le supplément d'âme que réclamaient ses bouffées de bovarysme, l'arrêtèrent. Elle se contenta de hausser les épaules à la fin de sa tirade, de sourire machinalement lorsqu'en attaquant son plat d'escargots il mima la satisfaction madrée du rustique appréciant qu'on lui en donne pour son argent et déclara, pour employer deux mots dont les sonorités trapues, le caractère à la fois bonhomme et avaricieux le mettaient en joie, qu'ici au moins les portions étaient copieuses. Sur la lancée de cette formule, il affecta sans grand succès de manger salement, afin de dérider Frédérique dont la mauvaise humeur le prenait au dépourvu. Il cherchait un impair à se reprocher. Peut-être, en raillant le conformisme de sa reconversion aux lunettes, attendait-elle qu'il se défende, se laisse petit à petit coincer, au lieu de déposer les armes et de revendiquer sa soumission lucide aux injonctions de la mode?

Il hésita, pour rattraper les choses, à lui citer le *Discours de la servitude volontaire*, sachant que la pédanterie de sa part pouvait aussi bien irriter Frédérique que lui inspirer ce genre de moqueries affectueuses dont il est agréable d'être la victime, parce qu'on se sent reconnu, apprécié pour ses travers et, au moment où il pensait cela, il pensa aussi que son tort résidait peut-être là, précisément, dans sa complaisance à provoquer de telles moqueries, à tirer sans cesse la couverture à lui, à se considérer comme le plus attrayant des sujets de conversation. Il appréciait beaucoup sa propre honnêteté, sa bonne foi et, en toute honnêteté, en toute bonne foi, reconnut qu'il parlait trop de lui, ne s'intéressait qu'à lui, ne faisait preuve d'humour que se rapportant à lui. Cette contrition lui était familière, bien qu'habituellement trop tardive : chaque fois qu'il quittait Frédérique, il se reprochait de ne l'avoir pas assez mise en valeur, invitée à parler. Mais ce soir, il était encore temps.

Il peinait malheureusement à reporter sur les occupations de Frédérique la vivacité d'esprit et de parole, le don d'analyse, les associations brillamment saugrenues qu'il mettait sans effort au service des siennes. C'est qu'aussi il avait des projets en quantité, des choses à raconter, des motifs d'exaltation, alors que Frédérique, c'était dommage mais indéniable, menait une vie quelque peu stationnaire, à l'horizon limité, de sorte qu'une fois épuisé le sujet de l'éducation de

Quentin il devenait difficile de témoigner pour ses joies et ses soucis une curiosité qu'elle-même, la devinant simulée, jugeait hors de propos.

Il s'y efforça pourtant, mais ne trouva rien de mieux, pour engager une conversation dont elle tiendrait la vedette, qu'un piteux : « Et alors, que fais-tu de beau en ce moment ? » – perche rabougrie qu'après un temps d'hésitation maussade, elle saisit par le rameau le plus mal poussé :

« De beau ? » répéta-t-elle. Puis elle se tut à nouveau, se resservit du vin.

« Oui, de beau ou de laid, ou de ni beau ni laid. Enfin, ce que tu fais, insista-t-il. Tu ne m'en parles jamais.

– Ça t'intéresse à ce point ?

– Bien sûr, que ça m'intéresse ! Je ne prétends pas exercer de droit de regard sur ta vie, ce n'est pas un interrogatoire, mais j'ai bien le droit de m'intéresser. Tu es tellement secrète... » soupira-t-il, content de cette dernière trouvaille qui, nimbant de mystère ce qu'il savait fort bien être de la routine, lui parut valorisante pour Frédérique. Elle encourageait, d'ordinaire, cette présentation des choses, préférant laisser croire qu'elle avait une vie agitée, faite de sorties tardives, d'invitations trop nombreuses pour être toutes honorées, de liaisons sur lesquelles elle gardait une pudique réserve. Ce soir, pourtant, elle en voulait à Jean-Pierre d'entrer complaisamment dans un jeu dont elle le soupçonnait de n'être pas dupe et même de retirer un certain confort, puisqu'il le dédouanait de tout souci à son sujet. L'inégalité de fait qu'elle devinait derrière leur conversation, habituellement enjouée, de couple séparé dont chaque membre mène de son côté une vie bien remplie, source selon l'humeur de confidences ou de cachotteries, l'exaspérait au point qu'elle consentit à l'humiliation d'être plainte pour infliger à Jean-Pierre le désagrément de se sentir coupable.

« Tu veux connaître mes secrets, vraiment ? Eh bien, je peux te montrer mon emploi du temps, au collège ; ma carte orange ; si tu montes, tout à l'heure, un gros paquet de copies, le programme de télé, les papiers de la Sécu... Je peux te montrer aussi mon agenda : après-demain, en principe, je déjeune avec Corinne, grande mondanité de la semaine. Le soir, après le cours de latin des troisièmes, je me tape une réunion de parents d'élèves, peut-être un pot avec le principal, pour qui je mettrai une jupe affriolante, autant soigner ma cote pour qu'il soigne mes horaires. Ensuite, je rentre faire bouffer Quentin ; ce sera trop tard pour faire des courses mais, avec un peu de chance, il restera au frigo des filets de cabillaud surgelés. Avant de m'endormir, après cette journée merveilleusement enrichissante, je sourirai à la pensée que les vacances de la Toussaint approchent. J'aimerais d'ailleurs savoir, conclut-elle, si finalement tu viens ou non les passer chez ma sœur.

– Je croyais t'avoir déjà dit que oui », risqua Jean-Pierre, heureux de se raccrocher à un point solide, dans l'affolement où le jetait cette sortie.

Il y eut un long silence. Les plats, qu'on venait d'apporter, se mirent à refroidir. Enfin, pour éviter toute commisération, qui aurait attisé la hargne de Frédérique, Jean-Pierre jugea diplomatique de plaisanter : « C'est le malaise des profs.

– Ça doit être ça, admit Frédérique, lasse et déjà honteuse de son éclat.

– Tu devrais quand même, hasarda-t-il, avoir une

33

autre activité. Quelque chose qui te distraie du collège...

– M'inscrire à une chorale?

– Non, je parle sérieusement. Te remettre pour de
bon à ta thèse, par exemple. Peut-être en la pensant
directement sous forme de bouquin, en laissant tomber le côté universitaire... En t'organisant, tu aurais le
temps. »

Il savait, ce disant, avoir fort peu de chances de
ranimer une flamme dont l'entretien, à l'époque de
leur vie commune, ne servait déjà plus qu'à flatter
Frédérique auprès de ses collègues à lui, lorsqu'ils
venaient dîner : elle enseignait dans le secondaire,
certes, mais c'était provisoire; bientôt, elle accéderait
aux prestiges de l'Université, des séminaires, des
colloques dont sa thèse, issue de travaux engagés à
Vincennes, lui ouvrirait les portes... La paresse, la glu
de la routine, surtout l'esprit d'à quoi bon avaient
miné cette ambition. Gagner un peu plus d'argent,
avoir un peu moins d'heures de cours, un statut
social un peu plus reluisant, le jeu ne valait pas la
chandelle aux yeux de Frédérique; elle aspirait à
mieux, à plus, à beaucoup, sans trop savoir à quoi, et
préférait y rêver au gré des représentations changean-
tes plutôt que d'être déçue par ce qui était à sa
portée. Elle continuait de cultiver auprès de Jean-
Pierre et de quelques autres une fiction dont nul
n'était dupe, réduite à des points de suspension, à des
échanges tels que : « Ton travail, au fait, ça
avance?

– Doucement, mais ça avance... » (ça avançait
toujours doucement, ou bien des contretemps avaient
empêché que ça avançât du tout, mais on allait s'y
remettre).

Mécontente d'avoir livré à la sollicitude gênée de Jean-Pierre, en le lui reprochant comme s'il y était pour quelque chose, l'ordinaire sans relief de sa vie, elle concéda, pour couper court, qu'il devait avoir raison : il fallait qu'elle travaille davantage, s'organise mieux. Puis, comme elle ne voulait pas de dessert et que Jean-Pierre n'en prenait jamais, elle proposa de partir. Mais il s'entêta, prétextant une envie de fromage, à commander une demi-bouteille d'appoint, qu'ils burent sans plaisir, elle fumant entre chaque gorgée, lui tâchant de meubler le silence avec des anecdotes sur les amis qui leur restaient communs ou bien sur son travail dont il soulignait, par délicatesse, les aspects les plus fastidieux.

Tous deux, comme d'habitude, appréhendaient le moment de se séparer. Ne vivant plus ensemble, ils n'avaient pas pour autant renoncé à ce qu'ils estimaient être devenu, l'orage de la rupture passé, une satisfaisante et durable amitié amoureuse. Il arrivait donc que Jean-Pierre restât chez Frédérique pour la nuit. La décision, théoriquement, s'en prenait d'un commun accord, ou plutôt résultait d'une impulsion commune, au terme d'un bon dîner, d'une conversation détendue qui parfois réveillait entre eux une intimité assez étroite pour que le trajet jusqu'au lit s'accomplisse avec naturel, et le reste aussi. Cette spontanéité dont ils auraient aimé faire une règle ne pouvait cependant s'exercer à tous coups, sur commande. Souvent, les désirs tâtonnaient : on n'était pas bien sûr de ce qu'on voulait, ni surtout de ce que voulait l'autre. Mais un pli s'était pris, une répartition des rôles instaurée : Jean-Pierre, au moment de se quitter, avait un élan de tendresse, demandait s'il pouvait rester; et Frédérique décidait selon l'humeur, l'envie plus ou moins grande qu'elle avait d'affirmer la souveraineté capricieuse de son choix, et aussi la sincérité qu'elle lui devinait. Car elle sentait bien ce qu'impliquait, sous couvert de galanterie, ce protocole rigide : si Jean-Pierre s'y exposait, c'est qu'il lui coûtait moins de perdre la face qu'à elle. Frédérique en souffrait, mais il était trop tard pour inverser les rôles : Jean-Pierre, si elle lui demandait de rester, saurait qu'il ne pouvait refuser; un doute, une présomption de contrainte pèseraient sur son accord, comme ils pesaient, d'ailleurs, sur ses avances invariables. Frédérique les voyait venir sans plaisir, mais aurait fort mal pris qu'il s'en abstienne. Elle les repoussait de plus en plus souvent, prétextant la fatigue, ou la tête à autre chose. Poliment, il exagérait sa déception.

Elle était vraiment lasse, ce soir, aspirait à se retrouver seule. « Je monterais bien embrasser Quentin, une minute », dit Jean-Pierre, à la fois pour montrer qu'il avait compris, insistait à peine, et pour laisser entr'ouverte une porte que Frédérique tenait à refermer elle-même.

« Une minute, alors, et sans le réveiller; ensuite, tu auras le droit de raccompagner Clémentine.

– Mazette ! » siffla Jean-Pierre en prenant l'air égrillard, sachant inoffensive et même bienvenue toute allusion à un dévergondage fictif lorsque la partenaire était aussi disgraciée que la baby-sitter dont le joli visage, encore enfantin, contrastait étrangement avec la corpulence d'un corps que recouvraient, été comme hiver, plusieurs couches de survêtements informes, jamais très propres.

Ils rentrèrent.

6

Ce qu'elle aimait le mieux, c'était dormir. Ou plutôt somnoler : plonger lentement le soir, et le matin, quand elle le pouvait, prolonger. Chaque jour de la semaine, elle faisait sonner un premier réveil à sept heures, puis un autre un quart d'heure plus tard, et durant ce répit rêvassait, se racontait des histoires, en suivant sur le cadran la progression des aiguilles. La couette bien remontée, la tête enfouie dans l'oreiller, elle était à l'abri : rien ne comptait.

Quand sonnait le second réveil, elle se levait d'un bond, allait secouer Quentin, qui exigeait aussi quelques minutes de sursis avant le petit déjeuner. Elle le préparait pendant ce temps, en bâillant. Il mangeait ses tartines sur la table de la cuisine. En peignoir, elle allumait une première cigarette, l'écrasait après deux bouffées dans le bol qu'il venait de vider. Il allait se doucher tandis qu'elle débarrassait, et lui posait à travers la porte de la salle de bains des questions destinées surtout à se convaincre de sa vigilance : s'il n'oubliait pas de se laver les dents ou les oreilles, s'il était sûr d'avoir bien préparé son cartable, s'il se rappelait telle leçon qu'elle lui avait expliquée la veille...

Une voisine, sur le chemin de son bureau, conduisait chaque jour sa fille à l'école; elle prenait d'autres enfants au passage. Ils attendaient son coup de klaxon, parfois la guettaient du balcon. Frédérique boutonnait le manteau de Quentin, arrangeait sa capuche, puis le regardait, de la porte, s'engager dans l'escalier. Il n'avait pas le droit de prendre l'ascenseur, bien qu'il fût assez grand à présent pour en manipuler les boutons, mais, outre que c'était en principe interdit aux enfants non accompagnés, elle se rappelait d'horribles histoires d'accidents, de décapitations dont l'authenticité lui paraissait douteuse et les chances de se reproduire infiniment moindres, de toute façon, que celles d'être écrasé par une voiture dans la rue; malgré quoi, le jour où Quentin avait emprunté seul l'ascenseur, il avait reçu la première paire de claques de sa vie et Frédérique passé plusieurs heures, après cela, partagée entre une terreur rétrospective absurde et la satisfaction, en s'étant fait violence pour lever la main sur son fils, d'avoir rompu avec des principes d'éducation permissifs qu'elle savait ne juger mauvais que parce que l'opinion de son milieu les avait depuis quelque temps révisés.

Elle se postait à la fenêtre, pour lui adresser un signe d'au-revoir auquel il répondait toujours. Puis, soit elle avait cours le matin et se levait, soit non et elle se recouchait, paressait jusque vers dix, onze heures.

Son emploi du temps favorisait ces grasses matinées : quinze heures par semaine bloquées, sans un seul trou, sur trois après-midi et une seule matinée. A chaque fois, bien sûr, cela paraissait long, mais elle était contente de cet arrangement. Elle savait le devoir à la sympathie de Monsieur Laguerrière, le principal du collège, un obèse timide aux yeux de qui elle passait pour une sorte d'amateur, égaré dans l'enseignement par un caprice susceptible de prendre fin s'il venait à l'ennuyer. Aussi tous les soins de Monsieur Laguerrière, réputé pourtant intraitable par le reste des professeurs, visaient-ils à lui épargner cet ennui, au prix d'un favoritisme voyant. Contre la justice et les règles, et bien qu'elle mît un point d'honneur à n'être même pas syndiquée, il lui attribuait les meilleures classes – les allemand première langue, qu'on se disputait âprement dans toutes les disciplines –, les horaires les plus commodes, des notes qui auraient dépassé le 20, si la chose était permise, dans le rapport annuel sanctionnant ses qualités de « ponctualité et assiduité » – alors qu'elle manquait souvent –, d' « activité et efficacité » – mais ses classes tournaient toutes seules –, enfin d' « autorité et rayonnement » – dont il la complimentait pour son compte en assurant quand ils se rencontraient qu'elle était le rayon de soleil de son établissement.

Elle acceptait ces privilèges avec naturel, parfois seulement se demandait comment Monsieur Laguerrière et, à sa suite, tout le personnel du collège, s'étaient forgé d'elle cette image flatteuse. Sans doute était-elle plus jolie que la moyenne des professeurs de sexe féminin. Mais elle venait en métro, comme tout le monde, n'affichait pas un bronzage agressif au retour des vacances d'hiver, ne portait pas, comme Madame Fourques, de carré Hermès ni de sac en croco, plutôt des colifichets achetés aux Puces, des montres en plastique représentant des bestioles de dessin animé. C'était autre chose, une affaire d'attitude sans doute : elle souriait beaucoup, semblait ne rien prendre au sérieux; elle n'enviait pas plus l'agrégé qu'elle ne méprisait le P.E.G.C. ou le maître auxiliaire; elle ne se joignait pas aux récriminations, si fréquentes en salle des professeurs, contre le temps, les grèves des autres catégories de fonctionnaires, les élèves chahuteurs ou analphabètes, le niveau qui chaque année baissait, les intolérables oukazes contenus dans la dernière circulaire ministérielle... Sans avoir, pour se permettre ce luxe, des arriérés aussi assurés que se le figuraient, avec tendresse Monsieur Laguerrière qui devait plus ou moins la prendre pour une riche héritière, avec dépit Madame Fourques et pas mal d'autres, Frédérique se moquait de tout cela ou plutôt, parce que le fait d'être prof lui semblait de toute façon vaguement humiliant, avait décidé de s'en moquer : de se désinvestir, disait Jean-Pierre. Elle souriait; on aurait dit qu'elle ne faisait que passer. Cette position distante, amusée, avait pris le relais de la fiction selon laquelle elle ne resterait pas professeur bien longtemps. Elle l'était, d'accord, le resterait probablement, mais de loin, sans se laisser définir par cette condition, sans frayer avec ses collègues ni leur ressembler. Et, du moment qu'elle ne pouvait lui nuire, leur hostilité diffuse la flattait davantage que la sympathie de ses élèves et l'admiration, indispensable à son bien-être, d'une âme simple comme Monsieur Laguerrière.

Elle ne s'en tirait pas si mal, en somme. Elle n'avait pas à se plaindre. Elle gérait, au mieux, ce nécessaire ennui (le verbe gérer, cette année-là, plaisait beaucoup : un homme politique, déjà remarqué par Jean-Pierre pour avoir déploré que l'alcool au volant « générât des morts », s'était récemment défini comme un « gestionnaire de l'ingérable »).

De même, sans pavoiser ni se plaindre, gérait-elle sa vie privée, depuis que Jean-Pierre était parti. Elle avait des loisirs, son fils, quelques amis. Des amants s'étaient succédé, sans lui inspirer autre chose qu'une tendresse un peu molle. Cela posait moins de problèmes de cœur que d'intendance, d'ailleurs assez faciles à résoudre : pour éviter de perturber Quentin, quand ils passaient la nuit chez elle, ou elle chez eux, elle l'envoyait dormir chez les parents de Jean-Pierre, toujours ravis qu'on leur confie leur unique petit-fils, ou bien chez son amie Corinne qui, divorcée, avait une fille du même âge, et avec qui s'était instaurée une politique d'échanges réguliers. Une fois, elle demanda à Jean-Pierre de venir coucher rue Falguière, pour garder Quentin en son absence. Elle n'en donna pas le motif, ce qui était la façon la plus simple de le donner. Il accepta de bonne grâce et, en lui reconnaissant tacitement le droit de disposer de ses nuits comme elle l'entendait, avec sa bénédiction et son aide si besoin était, fit comprendre du même coup que lui ne se gênait pas. Rien n'était plus normal; elle en souffrit pourtant, par la suite évita de recourir à lui.

Aucune de leurs aventures, assez peu nombreuses et suivies, ne troubla sérieusement ce *modus vivendi* : chacun habitait de son côté, mais ils n'avaient pas divorcé, se voyaient très souvent, passaient même quelquefois des vacances ensemble. Ils pouvaient s'appeler à toute heure. Frédérique, cependant, trouvait moins de plaisir à ses propres liaisons que d'amertume à la pensée de celles de Jean-Pierre : elle se les figurait, dans son ignorance, plus glorieuses, et surtout moins dictées par le désir mesquin d'*en faire autant*.

41

Leurs amis, alléchés au début par la perspective d'un conflit ouvert qui aurait donné lieu à tout un circuit de confidences électives, trahies, recoupées, et à de longues séances de commentaires téléphoniques, s'étaient résignés à voir en eux un couple s'entendant finalement assez bien, ayant su se sortir avec sagesse d'une crise dont tant d'autres, autour d'eux, ne se remettaient pas. Ils n'avaient, il est vrai, plus guère d'amis communs. Ceux-ci, après leur mariage, s'étaient petit à petit réduits aux amis de Jean-Pierre et, après leur séparation, avaient petit à petit cessé de les inviter ensemble, plus exactement de s'attendre à ce qu'ils arrivent ensemble. C'était Jean-Pierre qu'on invitait, à lui donc qu'il revenait de décider s'il viendrait seul ou bien accompagné, et par qui. Sans doute, craignant qu'elle ne se sente mise à l'écart, proposait-il souvent à Frédérique de se joindre à lui, mais ce n'était plus pareil : elle soupçonnait que leurs hôtes le voyaient d'autres fois avec d'autres femmes, et se voyait elle-même comme une pièce rapportée.

Recevant seule, de son côté, elle n'organisait plus de dîners rue Falguière, et l'animation des fins de repas, les bouteilles supplémentaires que Jean-Pierre, un peu gris, descendait chercher à la cave avant d'ennuyer ses convives avec ses disques de jazz, cette chaleur lénifiante de la vie commune qui attire la société, les rires, les controverses poursuivies à plaisir, lui manquaient. Lorsqu'elle dînait avec quelqu'un, avec un de ses amants, avec Corinne, avec Jean-Pierre, c'était le plus souvent en tête-à-tête. Elle n'aimait pas s'avouer qu'elle regrettait, au moins pour la vie sociale, la condition d'épouse en titre, ni qu'elle partageait les griefs ressassés par Corinne à l'encontre des hommes qui leur étaient accessibles :

mariés, simples dragueurs, ou trop peu reluisants pour satisfaire leur amour-propre, et alors il restait l'aigre compensation de s'en moquer entre copines. Mais elle ne pouvait s'empêcher que se formât, à ses propres yeux et, craignait-elle, à ceux des autres, l'image accablante d'une femme seule, déjà plus très jeune, jolie sans plus, encombrée d'un enfant, d'un métier qu'elle évoquait sur un ton de dérision lasse – elle ne disait pas « prof » mais « enseignante », parce que c'était plus ridicule encore, et ressemblait au « mal-entendant » supposé ménager la susceptibilité des sourdingues. Sans projets, sans espoirs, sans autres perspectives qu'un train-train supportable, fait de tâches fastidieuses et de petits plaisirs : *Libé* le matin, cinéma certains soirs, bavardages au téléphone, sports d'hiver en février, dans un minuscule studio qu'elle partageait avec Corinne, petites bouffes prolongées en buvant un coup de trop pour repousser le moment du retour à la maison.

Alors, Quentin endormi, Jean-Pierre, comme ce soir, retourné à sa garçonnière et à sa vie présumée plus pleine, dont elle était désormais exclue – à quoi aurait servi, dès lors, qu'il restât ? – il fallait traverser quelques minutes de découragement et de dégoût de soi – minutes connues, pénibles mais apprivoisées, comme l'était la fatigue douceâtre, à peine fatigante, du collège.

Elle vidait les cendriers. Elle rapportait les verres à la cuisine, remettant au lendemain d'en éponger l'empreinte sur la table basse. Elle remplissait au robinet, pour la nuit, une vieille bouteille d'eau minérale et l'apportait dans la chambre avec un cendrier pas nettoyé, mais qui au moins ne puait plus le mégot. Elle ôtait ses chaussures, une fois déshabillée enfilait un peignoir et, après un coup d'œil dans la chambre de Quentin, allait dans la salle de bains se démaquiller, se brosser les dents, prendre avec sa pilule un demi-comprimé de somnifère, se regarder dans la glace encadrée d'ampoules dont l'une était grillée : elle pensait alors qu'il faudrait la changer, que l'alcool et les cigarettes n'arrangeaient pas la peau, décidément. Elle pensait aussi, assise sur la cuvette des chiottes, qu'il faudrait enlever un jour le poster placardé sur la porte, en face d'elle.

Il représentait Ronald Reagan, alors acteur de séries B, occupé à dédicacer, en guise de cadeaux de Noël pour ses nombreux amis, des cartouches de cigarettes Chesterfield. Jean-Pierre en fumait autrefois, sans filtre comme Reagan, et c'était pour cela qu'elle lui avait offert le poster. Il l'avait laissé en partant, bien que Frédérique eût insisté pour qu'il emportât rue de Plaisance tous les meubles, les livres, les bibelots qu'il voulait. La plupart lui appartenaient mais il n'avait presque rien pris, à la fois par souci de délicatesse, pour ne pas matérialiser trop crûment son absence, et parce qu'une volonté de dépouillement lui semblait aller de pair avec le commencement d'une vie nouvelle, affranchie de la routine dont le goût de la possession manifestait l'emprise. Il avait donc réduit ses biens au contenu de deux cantines militaires, puis s'était inscrit à un club de gymnastique, pour y faire de la musculation et de l'aïkido. Il était résulté de cet ascétisme qu'à chaque fois qu'il avait besoin d'un livre, il venait le chercher rue Falguière, d'où personne, visitant les lieux, ne l'aurait cru parti. Cette façon de déménager en gardant un pied chez elle, et même les clés, avait agacé Frédérique, tout en la rassurant. Au reste, ce n'était pas vraiment chez elle : l'immeuble appartenait aux parents de Jean-Pierre qui, avec leur accord avait tenu à ce que Frédérique y restât, ayant la garde de Quentin, et lui-même s'accommodant fort bien d'un logement plus petit. Cela rendait difficile, l'aurait-elle voulu, d'exiger qu'il s'en aille pour de bon; quant à partir, elle, payer un loyer, ses moyens ne le permettaient guère, et surtout elle n'en avait pas le courage.

7

« A propos, dit soudain Jean-Pierre, qui n'avait pas desserré les dents de tout le déjeuner, voulez-vous que je vous raconte une fable-express? Voilà : c'est l'histoire de l'architecte post-moderne et de l'attachée de presse qui, un jour, ont des jumeaux. Ils décident de les prénommer en hommage à ceux qu'ils tiennent pour les plus grands génies du siècle, toutes catégories confondues : Walt Disney et Mao Tsé-toung, qu'ils prononcent d'ailleurs Mao Zedong en souvenir de leur passé militant – Frédérique, qui est une vieille révolutionnaire, vous raconterait tout ça mieux que moi. Quoi qu'il en soit, les moutards grandissent et, comme il arrive souvent aux jumeaux, ne tardent pas à avoir des problèmes d'identité. Surtout le petit Disney, parce qu'il faut dire que les parents les habillent tous les deux en costumes Mao, qui commencent à revenir à la mode dans leur milieu. Alors – je vous demande votre attention, la chute approche –, le père se penche sur son fils perturbé et lui dit, en le désignant, d'abord lui, puis son frère : " Enfin, ça n'est pas compliqué : Disney : toi! Zedong : ton frère! " Cocasse, n'est-ce pas? » conclut-il pour encourager Claude et Marie-Christine, un peu déconcertés, à prouver en riant qu'ils avaient bien compris.

La conversation, au sortir de table, roulait sur les prénoms, car Marie-Christine attendait un second enfant. Gaffeuse comme souvent, elle avait déclaré ne pas vouloir qu'Aude restât enfant unique : c'était malsain, déséquilibrant. « Remarque que ça dépend des circonstances... » avait corrigé Claude, avec plus de bonne volonté que de tact. « Les circonstances : tu veux dire une famille unie ? » insista Frédérique pour embarrasser son beau-frère, qui battit en retraite. « Tu sais, de nos jours... » dit-il d'un ton conciliant. Puis, ayant choisi un cigare, il en proposa un à Jean-Pierre, qui refusa et, tout à trac, plaça son hilarante histoire.

Frédérique n'avait pu s'empêcher de rire; mais elle se demandait, comme à chacune de leurs visites communes, pourquoi il avait tenu à les accompagner, Quentin et elle. S'il s'agissait de prouver à la famille que leur séparation ne les empêchait pas de s'entendre à merveille, ce n'était pas la peine. Et si c'était pour se moquer...

« Mais enfin, pas du tout ! protestait invariablement Jean-Pierre. C'était juste l'occasion de passer quelques jours tranquilles avec toi et Quentin. Et puis eux, je les aime bien.

– Ne raconte pas n'importe quoi. Tu te paies leur tête à longueur de journée. »

Consciente des ridicules de sa sœur et de son beau-frère, Frédérique était partagée entre l'envie de les défendre contre les railleries de Jean-Pierre et celle de faire chorus avec lui, de relever les traces de mauvais goût qui déparaient le luxe de leur villa normande, la naïveté que mettait Claude à faire étalage d'une fortune récemment acquise : c'était *mon* billard, *ma* cave à cigares, *ma* piscine, *mon* Boudin – car il avait entrepris d'acquérir des toiles de maîtres, et Jean-Pierre lui-même se plaisait à reconnaître, d'abord qu'il ne les choisissait pas trop mal, si toutefois il les choisissait et ne chargeait pas quelque expert de contrecarrer son penchant naturel pour Buffet ou Trémois, ensuite qu'il avait ri de bon cœur, nettement plus à l'aise qu'avec « Zedong ton frère ! » lorsque Quentin, convié à admirer la minuscule et brumeuse marine qui, paraît-il, représentait la plage en contrebas, avait répété le commentaire sournoisement soufflé par son père : « Caca-boudin, Boudin-caca ! » le scandant jusqu'à ce que Frédérique menace de se fâcher pour de bon.

Les arguments de la défense consistaient à dire que Claude avait bon cœur, ce que Jean-Pierre admettait volontiers (« Je n'aime pas dire du mal des gens, mais c'est vrai qu'il est gentil... »); qu'après tout il s'était fait lui-même, et qu'on ne pouvait lui reprocher de n'être pas un héritier, considérant toutes choses avec condescendance (« Ça y est, se lamentait comiquement Jean-Pierre, on en vient aux arguments bas ! »); enfin que Marie-Christine était la sœur de Frédérique et que personne n'obligeait Jean-Pierre à accepter ses invitations.

Frédérique n'appréciait pas vraiment que la branche la plus huppée, tout au moins cossue, de sa famille, fût un objet de risée. Cependant, l'attitude gentiment sarcastique de Jean-Pierre avait le mérite, en plus de n'offenser personne, car Claude et Marie-Christine n'y voyaient que du feu, de tenir à distance les sentiments d'envie que pouvaient inspirer la fortune et l'harmonie conjugale lorsqu'on vivotait à demi-séparés et, les beaux-parents aidant, légèrement au-dessus de ses moyens; lorsqu'on s'agaçait d'entendre Quentin évoquer les cadeaux magnifiques et coûteux que recevaient pour Noël certains de ses copains, ou sa cousine Aude; lorsqu'en dînant au restaurant avec des amis de même condition, on craignait que quelqu'un ait le mauvais goût de se montrer vétilleux dans le partage de l'addition, attirant ainsi l'attention sur une opération qu'on tâchait d'expédier le plus vite et discrètement possible, au lieu de régler pour tout le monde comme le faisait Claude, au retour des toilettes où il se rendait vers la fin du repas, de manière, quand un de ses hôtes, à qui le manège n'avait pas échappé, commençait à parler de demander la note, à pouvoir dire en souriant : « Laissez, c'est arrangé », ajouter que le patron était un vieux copain et couper ainsi court aux remerciements embarrassés de gens qu'il invitait pour la dixième fois sans réciprocité.

Pour tout cela, Frédérique n'était pas mécontente de rétablir dans son for intérieur un semblant d'équilibre, en se disant qu'ils étaient, Jean-Pierre et elle, à la fois des intellectuels, familiers de la culture et des choses de l'esprit, et, d'une certaine façon, d'aimables fainéants. Car l'hédonisme de Claude était un hédonisme de travailleur, mérité par le travail et réservé à une plage étroite de loisir, dont il entendait profiter avec voracité; le leur, au contraire, assimilait la vie à une succession de loisirs, interrompue seulement par l'obligation matérielle de besognes dont ils s'acquittaient avec une distance ironique, prompte à tirer au flanc. Il s'exerçait en somme à plein temps, du coup sur un plus petit pied, et c'était, pensaient-ils, toujours mieux que de perdre sa vie à la gagner –

mais Frédérique n'était plus très sûre d'adhérer encore à ce slogan désuet, et préférait ne pas y penser, railler par habitude le dérisoire activisme d'entrepreneur dont Claude offrait une image à la fois bonhomme et caricaturale. De la même façon, il lui plaisait d'opposer à ce confort bourgeois la menue transgression d'une situation conjugale dont elle tâchait de tirer un brevet d'émancipation, plutôt que de reconnaître qu'elle comportait surtout des servitudes et que Jean-Pierre en avait la meilleure part.

Une délicatesse sans doute inconsciente poussait d'ailleurs Claude et Marie-Christine à conforter ces fragiles convictions, en se figurant à l'évidence qu'ils menaient une vie de bohème, pas forcément enviable à leur point de vue, mais librement choisie, séduisante à sa façon, et bénéficiant du prestige de l'université aux yeux de Claude qui, tout en se targuant de n'avoir pas dépassé le certificat d'études, respectait les diplômes et le savoir qu'ils sanctionnent. Cette tolérance, dont seules ses opinions politiques ouvertement conservatrices interdisaient qu'on le crédität sans réserve, était en vérité unilatérale : le brasseur d'affaires et sa femme considéraient le petit sociologue et la sienne comme des animaux un peu bizarres, des non-conformistes qu'ils ne méprisaient ni ne jalousaient, alors que ces derniers devaient sans cesse recourir, pour juguler l'envie, à des critères de supériorité autrefois sans réplique, mais que le passage des années avait sournoisement érodés.

Ils jouaient les Parisiens alors, les branchés – c'est-à-dire qu'ils souriaient avec bénignité quand Claude utilisait ce mot, ou d'autres du même genre, qu'ils avaient depuis quelques saisons bannis de leur vocabulaire. Les fables-express de Jean-Pierre, ses histoires dont la drôlerie consistait à tourner court, ses anglicismes parodiques se trouvaient rehaussés de n'être qu'à demi compris. Frédérique prenait négligemment des positions hardies, elle affirmait des goûts provocants dans ce cadre, mais qui étaient l'ordinaire de leur milieu, comme de préférer Placid et Muzo à la collection de classiques reliés Jean de Bonnot. Cela déroutait Marie-Christine, pourtant sa cadette, l'engonçait dans l'emploi de la bourgeoise provinciale collet-monté; Frédérique, auprès d'elle, tirait vanité de lire *Libération* et non le *Figaro-Magazine*.

Dans cet hebdomadaire justement, Marie-Christine avait lu l'éloge d'un livre qu'elle s'était empressée d'acheter : on y analysait le choix des prénoms attribués aux enfants depuis un siècle sur des bases statistiques, et selon des critères exclusivement sociologiques. Elle avait donc appris, pour commencer, qu'il est vain d'associer, comme le font tant de livres auxquels jusqu'à présent elle accordait crédit, un prénom à une couleur, une plante ou un trait de caractère, de présumer qu'un Placide sera de nature calme, un Martial belliqueux.

Forte de ces révélations, dont Jean-Pierre affectait de s'émerveiller, elle comptait que le livre l'aiderait à baptiser l'enfant à naître – une récente échographie l'avait déclaré de sexe mâle – d'un prénom qui, compte tenu des tendances de sa génération, serait original mais pas trop, distingué mais sans prétention, et qui enfin s'accorderait avec un nom de famille pas vraiment malsonnant mais dont le maniement imposait quelques précautions, puisque Claude s'appelait Bonnot.

« Si c'est pour dire qu'il ne vaut mieux pas l'appe-

51

ler Jean, je crois que je l'aurais trouvé tout seul! » plaisanta le futur père, tandis que sa femme montait chercher le précieux guide.

« Non, reprit-il, le mieux, c'est encore de faire comme on a envie, sans s'occuper de la mode.

– C'est exactement comme ça, note, qu'on a les meilleures chances de la suivre », observa Jean-Pierre sur un ton finement supérieur dont Frédérique se demanda comment il se faisait qu'il n'incitât pas Claude à lui mettre son poing dans la figure.

Marie-Christine redescendit. Ils passèrent au salon et commencèrent à feuilleter le livre, dans l'ordre alphabétique des prénoms. Pour ceux qui retenaient l'attention, la maîtresse de maison lisait à voix haute la notice révélant l'époque de leur plus grande vogue, le milieu social que trahissait leur choix, s'ils paraissaient vieillots les chances de leur retour en grâce. Claude, partisan d'Anthony, ne se formalisa pas lorsqu'on lui opposa que c'était, comme la plupart des prénoms anglo-saxons récemment importés, un choix typiquement prolétarien; en ce cas, admit-il, mieux valait autre chose, mais tout de même pas Arnaud, ou Thibaut, ni rien de ce qui appelait, selon lui, un patronyme à rallonge. « Déjà, Aude... », dit Frédérique, mais sa sœur ne l'entendit pas : les lunettes sur le nez, retenues par une chaînette d'écaille, elle expliquait que les prénoms à la mode au XIXe siècle, et tombés en désuétude, amorçaient depuis quelque temps une spectaculaire remontée. Bientôt, les cours de récréation seraient peuplées de petits Jules, Eugène, Victor, Emile... Cela changerait des Julien, des Nicolas, des Sébastien, dont la vague finissait à peine de déferler.

« Ah, dommage, dit Claude. J'aimais bien Sébastien.

– La mode est venue du feuilleton télé. C'était très bien, d'ailleurs », dit Jean-Pierre qui, en réaction avec l'éducation qu'il avait reçue et l'hostilité encore ancrée dans les plus retrogrades des milieux universitaires, affichait une érudition télévisuelle au moins égale à celle, plus ingénue et coupable, de Claude et Marie-Christine – « Oh, nous la regardons très peu », protestaient-ils, surpris de l'indulgence que professait Jean-Pierre pour les jeux les plus idiots, les feuilletons et les films étrangers en version française, où il se réjouissait que Clark Gable parlât avec la voix de Robert Dalban.

« Le plus sûr, trancha Marie-Christine, ce sont des prénoms simples, classiques, sans prétention. Pas Jean, d'accord, à cause de notre nom, mais Pierre ou Paul. Ou Etienne : pas Stéphane, qui pourtant veut dire la même chose, mais Etienne c'est joli.

– A la tienne ! » s'abstint de dire Claude, au désappointement de Frédérique, qui s'en prit à sa sœur :

« C'est un peu facile, tu ne crois pas, ce genre de prénom indémontable ? C'est comme si tu lui achetais dès le berceau un petit imper Burberry's et des Weston pour aller avec. »

Jean-Pierre, feignant la contrition, cacha ostensiblement ses chaussures sous le canapé ; Marie-Christine, qui visiblement n'avait rien contre cette panoplie, fit remarquer que ça valait toujours mieux que Gontran ou Boniface, le genre de prénom avec lequel, de deux choses l'une, soit le gosse est ridicule, soit les parents ont cru faire leurs intéressants et s'aperçoivent en fait qu'il y en a huit autres dans sa classe.

« Regarde, insista-t-elle. Même Quentin. Tu t'es dit

que c'était joli et original, d'accord. N'empêche, j'ai vérifié dans le livre : c'est le type même du prénom donné à un premier enfant par un couple de la région parisienne, aisé, profession libérale, au début des années 80. Comme tous les prénoms qui se finissent en -in, d'ailleurs : Fabien, Damien, Valentin, Adrien... Alors, tu vois. »

Quentin, depuis un moment, s'acharnait en silence sur un puzzle représentant, en plus grand, la marine de Boudin accrochée au mur. Entendant son nom, il leva la tête et demanda ce que cela voulait dire : profession libérale. Jean-Pierre corrigea :

« D'abord, nous ne sommes pas professions libérales, mais fonctionnaires tous les deux. Des planqués » ajouta-t-il avec satisfaction, et pour couper l'herbe sous le pied de Claude qu'il devinait prêt à enfourcher son dada : la libre entreprise, les dangers exaltants du privé, il trouvait même que Madelin était bien. Frédérique attira le petit garçon sur ses genoux.

« Mon pauvre gamin, bêtifia-t-elle en le cajolant. Mon pauvre premier enfant typique de couple aisé-région-parisienne-début-des-années-80... » et, tout en poursuivant sur ce ton de badinage attendri, tout en serrant Quentin dans ses bras, elle se sentit d'un coup horriblement triste, triste et désarmée comme si elle avait su Quentin gravement malade, menacé d'être infirme, ou comme s'il était né avec une tache de vin et qu'on s'était moqué de lui.

Elle savait bien pourtant que ce n'était pas un prénom si rare. D'ailleurs elle n'avait pas cherché un prénom rare, seulement joli, comme l'avait dit Marie-Christine, et pas trop répandu. Elle avait déjà, dans la rue ou au square, entendu appeler d'autres enfants qui portaient le même, sans ressentir pourtant

54

cet étrange chagrin : lucide, exagéré, sans appel; soudain son petit garçon cessait d'être unique, perdait toutes ses chances de devenir par la suite quelqu'un d'exceptionnel; devant lui se découvrait la perspective d'une vie obligatoirement banale, sans gloire, sans richesse, ponctuée de petites joies, avec des boutons d'adolescence, de vagues études, un service militaire si cela existait encore, des copines, puis une femme, aussi ordinaire que lui, un travail quelconque, et puis la retraite et la mort, comme des milliers d'autres Quentin que seules leurs mères auraient un moment crus singuliers et précieux. Jamais elle n'avait songé à la mort de son fils, ou bien si, mais c'était la hantise de l'accident, de tout ce qui pouvait arriver quand elle n'était pas là pour veiller sur lui, et non la simple, plus douloureuse certitude qu'il mourrait un jour, peut-être vieux, sans doute après elle, et sans que sa vie ait eu le moindre éclat, laissé la moindre trace. Et elle avait beau se raisonner, se dire qu'il n'aurait rien changé à cette évidence de l'appeler autrement, il lui semblait qu'en se laissant piéger par le choix d'un prénom qui soudain paraissait si commun, elle avait saccagé son fils; d'entrée de jeu, avant même qu'il soit question d'éducation, fait peser sur lui le poids de leur médiocrité, à Jean-Pierre et à elle; et elle en était tellement triste, tellement sans recours, que tout en serrant plus fort le petit garçon soudain inquiet, elle sentait que des larmes, lentement, pas des sanglots, commençaient à couler sur ses joues.

Marie-Christine, stupéfaite, se précipita; Quentin cria « Maman! » et Jean-Pierre, qui était allé aux toilettes, manqua toute l'affaire, d'ailleurs très brève : déjà Frédérique souriait, en disant que ce n'était rien, une sorte de vertige, ça lui arrivait parfois, mais c'était fini à présent. Claude avança un verre de Calvados, insista en disant que ça la remettrait d'aplomb. Elle accepta, avec un brusque élan de sympathie pour lui.

Puis, comme il tenait à divertir ses invités, il proposa qu'après la rituelle et vivifiante promenade sur la plage – il faisait, avec à propos, un temps de Toussaint –, on fasse un grand Trivial Pursuit, ensuite qu'on aille dîner aux *Vapeurs*, la brasserie élégante de Trouville, et qu'on finisse la soirée au casino.

8

Faute d'être jamais entrée dans un casino, Frédéri-que ignorait quelle tenue y était requise. Une image-rie littéraire et cinématographique d'ailleurs confuse lui représentait un élégant ballet de smokings et de robes longues sous de hauts plafonds lambrissés, l'agitation mousseuse d'une Riviera d'opérette pour comédie à la Lubitsch. Mais ces clichés, pensait-elle, n'étaient peut-être plus de saison que dans des cercles particulièrement prestigieux, Monte-Carlo par exem-ple, pour complaire aux émirs épris de raffinement européen.

Elle monta, après le thé, dans la chambre où Jean-Pierre s'était retiré pour lire tandis qu'ils par-taient en promenade.

« Tu t'habilles comment ? demanda-t-elle.

– Pour le casino ? Une veste devrait suffire. Et une cravate, peut-être. Claude m'en prêtera une. »

La question était inutile, Jean-Pierre mettant une coquetterie à s'habiller en toutes circonstances de la même manière : le genre anglais, avachi sans laisser-aller, grâce à la qualité des étoffes. Ses parents, chaque année, lui offraient pour Noël un pull de cachemire, qu'en tirant sur le bas il s'employait à déformer. Frédérique, dont la famille ne faisait pas ce genre de cadeaux et qui, achetant elle-même ses vêtements, s'en tenait au lambswool, enviait cette collection de chandails moelleux, s'étonnait qu'à force de l'entendre en vanter la douceur, Jean-Pierre n'ait jamais eu l'idée, même s'il les lui prêtait volontiers, de lui en offrir un à son tour. Ses parents n'y songeaient pas davantage, au temps où ils lui faisaient encore des cadeaux : à chaque réveillon, dans la grande maison de l'Ile aux Moines, ils se fendaient triomphalement d'un bijou fantaisie qu'ils déclaraient « très original », ou « bien dans son style », et qu'il fallait ensuite porter – Jean-Pierre y veillait – lorsqu'on leur rendait visite, rue Las-Cases. La fameuse « originalité », quand ce n'était pas l' « excentricité », dont le vieux professeur de médecine et sa femme avaient une fois pour toutes décidé de créditer leur belle-fille, pour recouvrir d'un voile exotique les stigmates d'une extraction modeste, pesait à Frédérique plus qu'elle ne la flattait. Mais elle n'avait pas le choix : son rôle était de brocarder, au nom de la fantaisie, l'élégance conventionnelle mais sûre, sûre en tout cas d'elle-même et pour cela enviable, en usage dans la famille de Jean-Pierre.

D'un geste un peu plus sec qu'il n'était nécessaire – il fit lever les yeux à Jean-Pierre –, elle ouvrit la porte de l'armoire où elle avait suspendu ses vêtements, et les examina d'un œil critique. Tout lui semblait vulgaire, bon marché, sauf, à la rigueur, un ensemble qu'elle avait apporté en prévision de l'inévitable dîner auquel les convierait Claude dans quelque relais gastronomique de la région. C'était un tailleur pied-de-poule, d'une coupe qui, dans l'esprit du fabricant aux soldes duquel elle l'avait acheté, devait évoquer ceux de Lauren Bacall dans les films noirs des années 40. Porté par Frédérique, blonde et élancée, il n'y échouait pas trop. Elle regretta de n'avoir pas pris le trench-coat qu'habituellement elle enfilait par-dessus, pour rester dans la note.

Retirant son jean et son pull, elle passa le tailleur, sans prendre garde à Jean-Pierre qui, vautré sur le lit, feuilletait un magazine périmé.

« Ça ira, tu penses ?

– Tu sais, on ne va pas à Buckingham Palace », dit-il d'un ton blasé qui incita Frédérique à lui demander s'il était déjà allé au casino. « Deux ou trois fois, il y a longtemps », répondit-il, et elle soupçonna cette réponse évasive de couvrir un mensonge. Le casino n'avait pas dû faire partie de son éducation, au contraire du croquet, des vacances en Angleterre, des rallyes adolescents et même des amours vénales dont il aimait, à la fois pour souligner combien elles lui étaient étrangères et pour divertir la société, raconter son unique expérience : il faisait son service militaire comme coopérant au Brésil, des camarades l'avaient entraîné dans ce qu'il se gargarisait d'appeler un « bar montant ». Avant qu'il ne monte avec la fille de son choix – il disait « la créature », ou « la charmante créature » –, le copain habitué des lieux lui avait glissé dans la main un petit paquet semblable à un sachet d'aspirine, en lui conseillant de « mettre sa petite laine » pour éviter les maladies. Cela permettait à Jean-Pierre de confesser plaisamment qu'il ignorait l'usage du préservatif et, en insistant sur son désarroi à la perspective de s'en revêtir, de préparer la chute : par malice ou, plus vraisemblablement, erreur due à l'alcool dans le maniement du distributeur qu'on trouvait aux toilettes, le copain lui avait refilé un sachet d'Alka Seltzer qu'il avait déchiré, une fois dans la chambre et, ne sachant trop qu'en faire, versé sur son membre en inquiète érection, tandis que la « créature », affolée, se demandait à quelle pratique typiquement française préludait ce saupoudrage.

A l'époque où la propension de Jean-Pierre à exagérer ses maladresses la séduisait, Frédérique avait ri de ce récit dont la répétition, par la suite, l'avait lassée. Du fait, en tout cas, qu'il ne disposât d'aucune anecdote comparable concernant le casino, elle déduisit qu'il n'avait jamais dû y mettre les pieds, sans quoi il se les serait pris dans les tapis et n'aurait pas manqué de s'en vanter.

9

Après le dîner aux *Vapeurs,* ils gagnèrent à pied le casino tout proche. Frédérique et Jean-Pierre, la porte franchie, restèrent légèrement en retrait tandis que Claude, foulant en habitué le tapis rouge du grand hall, s'approchait du guichet où un employé délivrait les billets. Marie-Christine paraissait mal à l'aise. Chacun, pour être admis, dut montrer une pièce d'identité, mais Claude centralisa l'opération et, prévenant d'un geste qui lui était familier celui, non moins familier à Jean-Pierre, de porter la main à son portefeuille, acquitta pour tout le monde la taxe d'entrée. Jean-Pierre laissa faire et, pour qu'on le croie distrait, prétendit s'égayer d'un écriteau placé sur le comptoir.

« Ah, dit-il, on n'accepte pas les militaires, ici?

– Les militaires en uniforme, Monsieur, précisa l'employé.

– En tout cas, reprit Jean-Pierre, parti pour commenter tout l'écriteau, pas les personnes susceptibles de causer du scandale.

– Je me demande alors s'il est prudent de te laisser entrer », plaisanta Claude sur le ton du costaud qui, à la récréation, accuse finement de chahuter le premier de la classe binoclard.

Marie-Christine gloussa sans gaieté. Ils poussèrent la porte à tambour et, délaissant la salle où l'on jouait à la boule – « le petit bain », dit Claude, très à l'aise dans son rôle de mentor – entrèrent tous les quatre dans la grande salle de jeu.

Au premier regard, l'inquiétude de n'être pas assez habillée quitta Frédérique. Pendant le repas déjà, le foulard Hermès et les perles de sa sœur, le blazer à écusson de Claude l'avaient, par contraste, rassurée : au moins Jean-Pierre et elle ne faisaient pas provinciaux en goguette. Et dans la salle, hormis les croupiers, reconnaissables à leurs vestes et nœuds papillon de garçons de café, nul ne poussait le souci de sa tenue plus loin que le port de la cravate pour les hommes, pour les femmes de la robe préférée au pantalon. Il lui sembla aussi que la plupart des joueurs étaient vieux et que, seul de leur groupe, Claude ne détonnait pas, à la fois parce qu'il approchait la cinquantaine et parce que son pas, ses regards, trahissaient le familier des lieux.

A peine entré, il proposa d'aller se procurer des jetons, mais Frédérique préférait d'abord regarder un peu. Sur les quatre tables de roulette, disposées en carré, une était encore inoccupée. Elle s'en approcha, suivie à quelques pas par Jean-Pierre, qui affectait une souriante indifférence, les mains dans les poches, les yeux flottant sans se poser au-dessus des têtes qu'il dominait de sa haute taille. Claude s'était éloigné, seul, vers le guichet de change, et Marie-Christine, après un instant d'hésitation, décidée à rester avec sa sœur et son beau-frère.

« Vous voulez boire un verre ? » proposa-t-elle,

comme s'il n'y avait rien eu d'autre à faire, comme si la visite au casino devait se passer à attendre que Claude ait fini de s'amuser. Frédérique, perfide, faillit lui demander si elle avait apporté un tricot, mais se contenta de dire qu'elle voulait tout d'abord se faire expliquer le jeu.

« On fait difficilement plus simple, dit Jean-Pierre, interrogé du regard. La roulette tourne, le croupier jette la boule, elle finit par tomber sur un numéro et si tu as misé dessus, tu as gagné. C'est tout.

– J'ai gagné quoi ? demanda Frédérique.

– Ça dépend. Attends... – Il hésita : Oui, ça dépend si tu as misé sur un seul numéro ou sur plusieurs. Le principe, qui est logique, c'est que tu gagnes d'autant plus que tes chances sont faibles. Si tu mises, par exemple, sur le rouge, tu as une chance sur deux et tu touches seulement le double de ta mise. Si au contraire tu mises sur un seul numéro, il a une chance sur 36 de sortir et tu récupères 36 fois ta mise.

– Une chance sur 37 : n'oublie pas le zéro ! » corrigea Claude, qui les avait rejoints. Il tripotait, comme on se savonne, les jetons dont ses mains débordaient.

« Tu comptes jouer ? demanda Frédérique.

– On ne compte pas jouer, ma petite. On joue, répondit-il, content de sa formule. Vous venez ? Moi, en tout cas, j'y vais. »

Il s'approcha de la table voisine. Aucun siège n'était libre, mais les joueurs ou spectateurs qui se tenaient debout derrière la rangée des assis, ou dans les intervalles qui les espaçaient, étaient assez peu nombreux pour qu'il puisse sans peine se glisser près du croupier installé au bout de la table. Frédérique, quant à elle, trouva un poste d'observation un peu plus loin, prenant soin de garder une distance suffisante pour être sûre qu'on ne s'attendrait pas à ce qu'elle joue. Elle craignait qu'un croupier, tout à trac, lui dise : « Eh bien Madame ? » et de devoir alors, morte de honte, bredouiller qu'elle se contentait de regarder.

Elle comprit vite que ce risque était nul. Non seulement les croupiers ne sollicitaient personne, mais ils semblaient ne pas voir les joueurs placer de leur propre initiative sur divers numéros, ou à cheval entre eux, des jetons qui se trouvaient par hasard à leur portée, qu'ils ratissaient ensuite, en ramenant certains à eux, en faisant glisser d'autres, d'un geste coulé, vers un de leurs collègues en bout de table, et parfois quelques-uns vers un joueur qu'aucun signe évident ne désignait pour recevoir cette manne. Le joueur alors les empilait devant lui, sans marquer de satisfaction particulière, en glissait à son tour un ou deux au croupier le plus proche, qui les faisait disparaître dans une fente pratiquée à même le tapis vert. Au « Merci, Monsieur » qu'elle surprit, Frédérique devina qu'il s'agissait d'un pourboire mais, excepté ce furtif remerciement, exceptés aussi les « Faites vos jeux... Rien ne va plus ! » que lançait à intervalles réguliers l'employé le plus proche de la roulette, elle n'entendait à peu près rien d'articulé. Un brouhaha soutenu montait de la table, comme émanant de la nappe de fumée suspendue à mi-hauteur, produite par les nombreuses cigarettes qui se consumaient dans les cendriers sans que nul ne songe à tirer dessus après les avoir allumées.

En aiguisant son attention pourtant, en se penchant davantage, elle pouvait saisir des ordres brefs, que donnaient au croupier ses voisins immédiats lorsqu'ils poussaient devant lui une poignée de jetons. Certains lançaient des chiffres, d'autres des formules bizarres, prononcées souvent dans un souffle, dont elle ne percevait que la dernière syllabe : il y avait beaucoup de terminaisons en -in, comme pour les enfants des années 80. Une fois, elle entendit : les orphelins.

Assailli d'injonctions simultanées, à peine audibles, le croupier gardait tout son calme. Le buste très droit, il agitait les mains avec une rapidité incroyable, exempte de toute hâte; il ratissait, répartissait, levait une paupière lorsque par aventure il avait mal compris, et déjà plaçait d'autres pièces, consolidait du bout de son râteau une pile de jetons qui menaçait de s'écrouler, ordonnait en rouleaux parallèles, près de son coude, ceux qu'il venait de récupérer, écoutait à nouveau, sans jamais faire savoir qu'il avait saisi l'ordre donné comme à la sauvette, mais l'exécutant avec une diligence et, apparemment, une exactitude qui émerveillaient Frédérique.

La difficulté de la tâche accomplie avec ce zèle impassible s'augmentait du fait que de nombreux joueurs se passaient des services du croupier, et posaient eux-mêmes leurs jetons sur le tapis, parfois en plusieurs endroits différents. Certains, pour tout arranger, choisissaient de le faire à la dernière minute, quand la boule tournait déjà dans le cratère de la roulette et que le croupier chargé de celle-ci prononçait le fatidique. « Rien ne va plus » qui – Jean-Pierre l'expliqua à mi-voix à Frédérique – signifiait qu'il était trop tard pour miser. Mais il semblait y avoir une tolérance, un délai de grâce dont les retardataires se plaisaient à profiter jusqu'au dernier instant, se penchant brusquement pour placer leur jeton d'une main qu'ils retiraient avec précipitation, comme si la table avait été chauffée à blanc, ou comme si une règle tacite avait exigé, pour que la mise fût valide, qu'ils aient remis leur main dans leur poche, ou derrière leur dos, au moment précis où la boule en fin de course allait osciller entre deux alvéoles et, avec un bruit ténu qu'au bout de quelques minutes Frédérique avait appris à anticiper, par une sorte de contagion issue de la suspension des souffles, s'immobilisait enfin. Debout à côté d'elle, un jeune Asiatique bien mis, sans doute un Japonais, pratiquait systématiquement cet exercice, dont elle aurait juré qu'il tirait davantage de plaisir que du jeu proprement dit. Sans doute, pensa-t-elle, une superstition de joueur l'incitait à ne faire son choix qu'inspiré par l'urgence, en espérant que la quasi-simultanéité de la chute de la boule et de celle du jeton les ferait, par quelque opération magique, coïncider sur le même numéro. Et il donnait l'impression de pratiquer, plutôt qu'un jeu de hasard, un sport de haute compétition, où la victoire appartenait au dernier qui misait, à celui qui s'appropriait le centième de seconde au-delà duquel sa mise serait invalidée. Les yeux de Frédérique allaient du Japonais au croupier. En vain, elle s'efforçait de surprendre sur le visage inexpressif de celui-ci un signe indiquant qu'il avait remarqué le geste du jeune homme et, si tardif fût-il, lui donnait son aval. Elle espérait vaguement qu'un incident survienne, qu'emporté par le désir de repousser encore son record, le Japonais mise vraiment trop tard et qu'alors le croupier dise non; mais cela ne se produisit pas. Lorsque le Japonais gagna, le croupier poussa devant lui, après diverses autres opérations, un amoncellement de jetons dont Frédérique aurait voulu savoir de combien il multipliait sa mise; mais tout était allé trop vite pour qu'elle prenne garde à celle-ci, il y avait, de surcroît, des jetons de différentes couleurs, et c'est en fait le geste du croupier qui lui apprit la victoire du Japonais.

Vu le nombre de jetons qui s'entassaient sur le tapis, le rythme auquel s'effectuait cet entassement, et le nombre des joueurs qui, soit de leur propre initiative, soit par l'intermédiaire des croupiers, y contribuaient, elle s'étonnait que ceux-ci ne soient pas débordés, ne se trompent pas dans l'attribution des gains et surtout, même s'ils ne se trompaient pas, qu'aucune protestation ne s'élève. Qu'est-ce qui, dans la pagaille, empêchait un joueur de mauvaise foi de prétendre qu'on ne lui avait pas remis son dû? Peut-être, pensa-t-elle, les tables étaient placées sous le contrôle de caméras vidéo. Ou alors la parole du croupier, comme celle des policiers assermentés, l'emportait sur celle du client...

Le Japonais, rassemblant son butin, s'éloigna de la table sur laquelle il lui abandonna une vue plongeante. Fascinée par le contrepoint qu'il apportait au manège infatigable du croupier, Frédérique avait à peine regardé les autres joueurs, et dut faire un effort pour remonter les yeux du tapis, où continuait en mouvement perpétuel la circulation des jetons, des mains et des râteaux, jusqu'à la rangée de visages penchés sur ce spectacle.

Sur le plus long côté de la table, face à elle, se tenait tout d'abord un homme un peu chauve, très brun et velu, qui, protégé par une véritable muraille de plaques et de jetons, occupant beaucoup de place, avait l'allure d'un gros commerçant et notait sur une feuille de papier des séries de chiffres dont Frédérique se demanda s'ils correspondaient aux numéros qu'il avait joués ou à ceux qui étaient sortis. Ensuite venait une femme que Marie-Christine aurait probablement trouvée bien habillée, mais beaucoup plus âgée qu'elle, la cinquantaine passée, avec un visage chevalin et trop maquillé. Comme le Japonais, quoique avec moins d'aisance, elle misait le plus tard possible, accompagnant le départ de sa main d'un mouvement de tête déterminé, vers l'avant – détermination que contredisait à la fin un temps d'hésitation, la main tenant le jeton suspendue au-dessus du tapis et finissant par le poser à regret, une fois la boule lancée, comme si elle avait rêvé de pouvoir adouber ainsi jusqu'à ce que le résultat soit certain.

Frédérique devenait attentive : elle observa que la femme jouait un jeton à chaque tour, variait les numéros, et ne gagnait jamais. Mais si, à chaque mise, son visage reflétait la torture de l'incertitude, elle accueillait calmement ses échecs. Elle rejetait seulement le buste en arrière, jusqu'à toucher le dossier de sa chaise et, l'instant d'après, une fois la table débarrassée des enjeux périmés, se penchait à nouveau, repartait à l'assaut, sa mâchoire de cheval tendue par l'anxiété que seule calmait l'annonce d'une nouvelle déconfiture. Frédérique se demanda si elle était venue au casino toute seule, ou avec un mari, un amant, quelqu'un qui se trouvait peut-être à la même table – mais rien ne l'indiquait; si elle jouait souvent, ou une fois en passant, à l'occasion; quelle pouvait être sa vie. Impossible de répondre, et presque d'imaginer. Une sorte d'anonymat lui semblait protéger les hôtes du casino, brouiller les procédures familières d'identification et de classement. On n'était plus personne devant le tapis vert, plus qu'un joueur en possession d'un certain nombre de jetons. Même le gros commerçant pouvait être autre chose que ce qu'il paraissait, et Frédérique, en poursuivant son tour de table, fut soulagée de voir Claude. Cette figure sanguine, ces cheveux grisonnants qui frisaient aux tempes et derrière les oreilles, cet aplomb surtout d'homme bien carré dans son siège, le menton au creux de la main et le coude sur le bord de la table, la ramenèrent en pays de connaissance. Et cependant : d'être surpris à la table de jeu conférait à un personnage aussi familier et dépourvu de mystère que Claude cette opacité qui interdisait d'assigner aux joueurs une condition sociale, familiale, financière même, puisque miser gros ne signifiait pas forcément qu'on en avait les moyens, mais peut-être que la chance venait de vous sourire.

Que savait-elle de Claude, au juste? Comme ses voisins, il gardait les yeux fixés sur le tapis vert, affectant le même détachement concentré, qui contrastait avec la mobilité habituelle à son visage. Au contraire de la femme au menton de cheval, il ne misait pas à chaque coup et Frédérique, l'observant avec une attention qui en toute autre circonstance lui aurait paru presque indécente, remarqua qu'au lieu de tout mettre sur un numéro, il répartissait entre plusieurs un paquet de jetons, en plaçait souvent, deux par deux, sur des lignes de séparation.

A un moment, en faisant le ménage de la table, le croupier poussa du bout de son râteau une double pile de jetons en direction de Claude, qui d'une pichenette adroite envoya un pourboire, puis replaça la moitié de son gain à cheval sur deux numéros. Beaucoup plus importante que la précédente, cette mise fut raflée quelques secondes après et Claude, prudemment, ne piocha plus dans sa réserve qu'à raison de deux jetons par-ci par-là, ce qui déçut un peu Frédérique. Trois coups plus tard, il gagna de nouveau, mais seulement quelques jetons. Elle vit qu'il avait misé sur l'un des quadrilatères entourant les trois colonnes de numéros, celui qui se trouvait devant lui et au milieu duquel figurait un losange rouge : rouge, donc une chance sur deux, donc le double de la mise. Elle trouvait amusant de découvrir peu à peu, sans rien demander, les règles et les différentes stratégies ordonnant le chaos entrevu au début. Il suffisait de regarder pour comprendre, ce n'était pas difficile.

« Tu veux ? » dit soudain Jean-Pierre, derrière elle. En se retournant, elle vit qu'il lui offrait un verre rempli de soda avec une rondelle de citron – à moins que ce ne fût un gin tonic.

Elle l'avait complètement oublié. Elle saisit le verre, sans bien savoir si elle en avait envie ou non, avala une gorgée. C'était du gin tonic.

« Marie-Christine a l'air de s'ennuyer ferme, dit Jean-Pierre. Alors, je fais la dame de compagnie. Tu t'amuses, toi ?

– Je regarde.

– Tu veux jouer ?

– Et toi ?

– Moi, non. Je ne peux plus compter sur la chance du débutant. Mais tu devrais essayer. As-tu de l'argent ? »

Frédérique secoua la tête. Jean-Pierre sortit son portefeuille, amorça le geste d'en retirer quelques billets. Puis, se ravisant, il le lui tendit. Elle y préleva 200 francs.

70

« Je vais jouer en petite épargnante, plaisanta-t-elle. Comme Claude.

– Méfie-toi de la petite épargne. A en croire ta sœur, ça tourne vite au gouffre. »

Frédérique haussa les épaules : elle se souciait peu à ce moment des griefs de Marie-Christine. En se dirigeant vers le guichet où l'on se procurait les jetons, elle redoutait que la modestie de la somme lui vaille d'être toisée avec condescendance. Mais le caissier, sans se départir de l'expression d'efficiente courtoisie qu'elle avait observée aussi sur le visage des croupiers, lui demanda seulement si elle voulait des jetons de 20 ou de 50 francs, et elle dit moitié-moitié.

Elle préféra changer de table. Aucun siège n'était disponible, mais elle pensait de toute façon rester debout, craignant que ses ressources ne s'épuisent vite.

Réfléchissant à la meilleure façon de les ménager, elle regretta d'avoir prix deux jetons de 50 plutôt que cinq autres de 20, et résolut d'utiliser d'abord ceux-ci, de n'en miser qu'un seul à la fois. Le plus sûr était de jouer quelque chose comme noir ou rouge. Mais ce manque de panache pouvait offenser la chance qui, si elle entendait favoriser ses débuts, le ferait aussi bien, plus volontiers même, sur un pari risqué. Mieux valait, oui, miser hardiment, sur un seul numéro – alors, lequel ?

Faute d'imaginer aucune tactique rationnelle, comme devaient en poursuivre ceux qui prenaient des notes, il fallait s'en remettre à la superstition. Mais elle n'était pas superstitieuse, n'avait ni chiffre ni couleur fétiche. Même le 13 la laissait indifférente, et une liste bornée à 36 excluait qu'elle jouât son année

71

de naissance, *a fortiori* celle de Quentin. En revanche – elle sourit, étonnée de ne s'être pas plus tôt arrêtée à cette évidence : elle pouvait jouer son âge. Jusqu'en mars prochain, ensuite ce serait fini, elle aurait trente-sept ans et, à supposer qu'elle rejouât, ce choix lui serait à jamais interdit.

« Le 36 », dit-elle d'une voix basse, un peu étranglée, en posant un jeton devant le croupier. Il ne la regarda pas, continua de placer d'autres enjeux, laissant le sien où elle l'avait mis. Elle n'osait répéter, ni reprendre son bien, et songea qu'elle aurait dû choisir un autre numéro, ou un autre croupier car, celui-ci se trouvant en haut de la table, du côté de la roulette, le 36, situé tout en bas du tapis, était hors de sa portée. Mais, sans crier gare, il inséra très naturellement dans la fluide succession de ses gestes celui de lancer le jeton à son homologue de l'autre bout en disant : « le 36 en plein », et le jeton fut placé sur le 36, qui ne sortit pas. Ce fut le 4, tout près d'elle, autour duquel subsistèrent, avant la répartition des gains, quelques numéros chanceux par voisinage, tandis que les râteaux s'affairaient à déblayer les autres.

Il fallait insister, décida Frédérique. Tandis qu'on achevait de faire place nette sur le tapis, elle se déplaça vers le bout de la table, pour au moins avoir l'œil sur son numéro, puis donna le même ordre à son nouveau croupier. Le 36 ne sortit pas davantage. Une place se libéra; elle s'assit, alluma une cigarette, la première, nota-t-elle avec surprise, depuis qu'elle était entrée. « Le 36 encore », dit-elle avec l'espoir, en insistant sur son obstination, d'éveiller une réaction chez le croupier, qui n'en montra aucune. Elle perdit encore, sans se résoudre à changer de numéro, ou de tactique. Mais, pour n'être pas trop tôt obligée de quitter la table, les mains vides, elle résolut de laisser passer un tour. Si le 36 sort, pensa-t-elle, j'en pleurerai.

Comme il ne sortit pas, elle s'abstint encore, au coup suivant. C'était une autre manière de jouer, à laquelle le risque de voir son numéro sortir sans avoir misé dessus donnait assez de piquant pour qu'elle ressente, chaque fois, un très vif soulagement. Elle se grisait de l'échapper belle, en venait à se dire qu'il serait raisonnable, à présent, de miser et, par défi, attendait le tour suivant. Le 36 persistait à ne pas sortir. Elle jouait avec le feu. Chacun des trente-cinq autres numéros la comblait. Enfin, elle fut certaine qu'il allait sortir : là, tout de suite; elle misa un jeton de 50. Le 36 sortit.

Elle ne compta pas les jetons que le croupier fit glisser vers elle mais, en les empilant, calcula que 36 fois 50 faisaient 1 800 francs. Elle se rappela alors l'usage du pourboire, sans trop savoir combien donner. Elle glissa trois jetons dans la fente; le croupier la remercia.

Pour la première fois depuis qu'elle s'était assise, elle regarda les autres joueurs, qui bien sûr ne la regardaient pas, absorbés déjà par la mise suivante. Mais, debout en face d'elle, Claude, le sourire aux lèvres, mimait du bout des doigts un applaudissement. Cela lui fit plaisir, elle sourit à son tour. Elle eut envie d'aller vers lui, pour parler, entendre la voix de quelqu'un qui avait remarqué son succès et proposerait sans doute de rejoindre les autres au bar pour le fêter. Plus que l'envie de rejouer immédiatement, ses jetons la retenaient à la table. Le croupier, pensa-t-elle, aurait pu lui donner des plaques qui, d'une

73

valeur plus élevée, l'auraient moins encombrée, incitée à se lever. Mais, bien entendu, son intérêt professionnel était précisément qu'elle ne se lève pas, mise à nouveau et perde – ou gagne encore, ce qui lui vaudrait un autre pourboire. Et, à terme, si elle restait, elle perdrait forcément, puisque rester jusqu'au bout signifiait jusqu'à l'épuisement de ses ressources, que peut seul éviter le joueur raisonnable, capable de se lever dès qu'il a gagné et de ne pas remettre ses gains en jeu. Sentant toujours le regard de Claude posé sur elle, Frédérique se demanda ce qu'il ferait en pareille circonstance, ce que peut-être il avait fait un moment plus tôt, puisqu'il avait quitté sa table : en vainqueur prudent, ou flambeur malchanceux ?

Elle passa deux tours, incertaine, hésitant à miser encore sur le 36. Elle regardait les numéros imprimés sur le tapis, à la recherche d'un signe qui l'invite à en choisir un autre. Lorsqu'elle releva les yeux, Claude avait disparu. Mais aussitôt après, une main se posa sur son épaule. C'était lui, qui dit à mi-voix :

« Les autres sont fatigués. On y va ?

– Encore un coup », implora-t-elle; et, baissant les yeux, elle vit le losange noir qui lui donnait une chance sur deux. Se rappelant la tactique de Claude, elle poussa dessus, au jugé, la moitié de ses jetons.

Le 8 sortit, qui est noir. Elle s'enhardit à réclamer des plaques au croupier. « C'est maintenant que tu devrais t'arrêter, ma mignonne », lui dit Claude, sur un ton d'indulgence amusée, indiquant qu'il savait qu'elle ne s'arrêterait pas.

Gardant les plaques, elle remit sur le noir tous les

jetons qui lui restaient. Il lui sembla que la bille cliquetait plus longtemps que d'habitude.

« 36, annonça enfin le croupier, rouge, pair et passe ! »

Elle se mordit les lèvres, au bord des larmes; le râteau s'abattait déjà sur ses jetons. « Allez, on reviendra demain, si ça te plaît », dit Claude en écartant sa chaise pour l'aider à se lever.

Il l'accompagna jusqu'à la caisse, où elle reçut deux billets de 500 francs en échange de ses plaques et, craignant peut-être qu'elle s'arrête encore à une table, il ne lui lâcha plus le bras jusqu'au bar. Jean-Pierre et Marie-Christine, qui avaient depuis longtemps épuisé leurs sujets de conversation, les accueillirent comme s'ils étaient partis une semaine.

« Vous avez fait fortune, au moins ? demanda Jean-Pierre.

– Pas moi, mais Frédérique, oui », dit gaiement Claude.

Le brouhaha, estompé dans le bar, de la salle de jeu, manquait soudain à Frédérique. Elle se sentait grise, la tête chaude, dans un de ces états d'excitation et de lassitude mêlées dont on serait en peine de décider s'ils sont agréables ou pénibles. Espérant différer la sortie dans le silence, qu'elle imaginait glacial, de la rue, elle proposa de boire un verre à son succès. Jean-Pierre, alors, eut la grossièreté, qui lui parut ahurissante, de dire qu'ils étaient tous crevés, que le bruit l'assourdissait, mais que si elle tenait absolument à offrir une tournée, les verres qu'ils venaient de finir, et où se diluait encore l'eau des glaçons, n'attendaient que d'être payés.

Sans rien dire, Frédérique posa un billet de

500 francs sur la table. Un serveur qui passait le ramassa, rendit quatre billets de 100. Elle n'en reprit que deux.

« Ça me paraît un peu beaucoup, comme pourboire, observa Jean-Pierre.

– Non, c'est pour toi, dit-elle. Ta mise de fonds. »

10

De Trouville à la maison, le retour en voiture fut silencieux, tendu. La bonne humeur de Claude, encore disposé à plaisanter et commenter la soirée, butait contre l'hostilité lasse de Marie-Christine. Considérant, de la banquette arrière, le profil perdu de sa sœur, Frédérique eut soudain pitié d'elle, avec son foulard de soie aux motifs équestres, sa broche coûteuse et laide, piquée sur le revers de la veste bleu marine. Elle se rappela le premier fiancé de Marie-Christine, avant son mariage avec Claude : un élève de Sciences Po, toujours vêtu de chemises à cols anglais, ornés d'une fine barrette dorée dont Jean-Pierre, partisan du col boutonné, soutenait qu'elle traversait la peau de son cou de poulet, et qu'il s'agissait d'une mutilation rituelle en usage rue Saint-Guillaume. Hormis les boutons, cependant, et un sens plus vif de l'ironie, peu de traits distinguaient ce pâle fiancé de Jean-Pierre. Tous deux étaient issus du même moule, où Marie-Christine rêvait de se couler. Le couple qu'elle formait avec Claude paraissait tout à coup moins plausible. Frédérique l'avait toujours jugé parfaitement assorti : confortable, rassurant, un peu grossier, alors qu'en vérité Marie-Christine n'aspirait qu'à une distinction frileuse et Claude qu'à prendre des risques : conduire très vite, comme il faisait à présent – et elle, à chaque virage cisaillé, pinçait davantage les lèvres –, traiter ses affaires comme on joue au poker, s'en délasser à la roulette...

Bien sûr, se raisonnait-elle, cette image de son beau-frère ne tirait son prestige que de l'éclairage inattendu du casino; déjà, elle s'estompait. Mais elle aurait tout de même, à ce moment, préféré que les autres ne soient pas là, pour parler avec lui sans contrainte, le questionner, se faire expliquer tel détail du jeu, sûre qu'il lui répondrait avec compétence et sympathie. C'était la première fois qu'elle imaginait prendre plaisir à un tête-à-tête avec lui. Non qu'elle l'évitât habituellement, mais elle n'avait jamais trop su quoi lui dire, hors des banalités enjouées sur le temps, le menu du dîner, les progrès comparés d'Aude et de Quentin qui, concluaient-ils, ne se voyaient pas assez. Elle découvrait ce soir, avec surprise, que la fréquentation de son beau-frère pouvait impliquer autre chose, sa personne faire l'objet d'une curiosité, et aussi que l'occasion d'être seule avec lui n'était pas si fréquente, pour peu qu'on le désirât.

Il proposa, à la maison, de boire un dernier verre avant de se coucher. Marie-Christine dit qu'elle montait, mais qu'on ne se dérange pas pour elle, surtout. Comme Frédérique, pour la forme, tentait de la retenir, Claude fit derrière son dos un geste débonnaire, signifiant qu'elle était de mauvaise humeur et qu'il ne servirait à rien d'y prendre garde.

Jean-Pierre, malheureusement, avait passé le trajet à se persuader qu'en le rembarrant au casino, Frédérique sanctionnait un impair de sa part. Il ne voyait pas lequel, mais pensait avoir, soit à se faire pardonner, soit une bonne occasion de se montrer grand seigneur, oublieux des offenses. Il resta donc, blagua, huma la mirabelle de derrière les fagots avec des palpitations de narines connaisseuses, s'enquit du temps et des conditions de son vieillissement. Ce bon vouloir agaça Frédérique. Il entraînait Claude sur le terrain familier, ennuyeux, des petits plaisirs offerts par la vie à qui sait les goûter, plaisirs dans la hiérarchie desquels la mirabelle, apparemment, ne le cédait en rien à la roulette. Prônant, les pieds sur les chenets, cette raisonnable économie des voluptés, le double principe du chaque-chose-en-son-temps et de la modération en toutes, Claude abdiquait l'aura, le mystère entrevus au casino. Il retrouvait ses marques, redevenait ce qu'un instant il avait cessé d'être : un parvenu jovial, fort en gueule, sans malice.

Frédérique, tout de même, fit une tentative pour ranimer la connivence esquissée autour de la table de jeu. Profitant du moment de silence dévot qui entourait la dégustation, elle demanda, au fait, quels numéros certains joueurs notaient sur de petits bouts de papier : ceux qu'ils avaient joués, ou bien ceux qui sortaient ?

« Ceux qui sortent, évidemment, répondit Claude après un temps de pause, comme s'il avait dû faire un effort pour se rappeler à quoi elle faisait allusion. Ils font un tas de calculs en espérant deviner quel numéro sortira. C'est complètement idiot.

– Idiot, idiot..., protesta Jean-Pierre. D'un point de vue théorique, ce n'est pas si idiot que ça. C'est même le principe du calcul des probabilités.

– Oui, c'est ce qu'ils disent tous... »

79

Claude hésita, en homme qui, sans douter de ce qu'il tient pour une évidence, cherche l'argument capable de confondre les sceptiques.

« Oui, reprit-il, il y a des types qui ont écrit des livres entiers pour expliquer leurs systèmes. A eux, d'ailleurs, ça leur rapporte, parce qu'ils les vendent très cher, et que des gogos les achètent en croyant qu'avec ça ils pourront se pointer à Monte-Carlo et faire sauter la banque. Mais s'il y avait vraiment un système efficace, ça se saurait. Le calcul des probabilités, c'est très bien en maths, je suppose, ou pour les ingénieurs de la NASA, mais la roulette, il n'y a pas de mystère, c'est le hasard. Et le hasard, ça veut dire que même si le 13, disons, est sorti neuf fois de suite, à la dixième il a toujours une chance sur 37 de sortir, pas une de plus, pas une de moins.

– Actuellement, dit Jean-Pierre d'un air fin, tu peux aussi bien dire une chance sur deux. Soit il sort, soit il ne sort pas. »

Autrefois ironique, née d'un code partagé avec quelques amis, l'affectation de franciser littéralement des mots et des tournures anglais s'était tellement ancrée chez lui qu'il disait, sans intention d'humour, « actuellement » pour « en fait », « je suis effrayé que » pour « je crains » ou, plus gaillardement « sur la verge » pour « sur le point ». Souvent, on le faisait répéter; on croyait à des cuirs. Certaines personnes, connaissant le milieu où il avait grandi, s'étonnaient qu'il parlât un français incorrect, et quelquefois si incongru. Claude, à qui dans un autre registre il avait un jour emprunté, et faite sienne, l'expression « déferler la chronique », ne s'étonnait pas. Mais il pensa qu'« actuellement » renvoyait à quelque avancée récente de la science, qui rendait sans réplique la boutade de Jean-Pierre, et cela l'impressionna.

« Je n'y aurais pas pensé, avoua-t-il. Mais, de toute façon, j'aime mieux raisonner comme ça que de m'embarquer dans des systèmes. La roulette, c'est la roulette, une affaire de hasard et c'est tout. Si tu veux calculer, tu n'as qu'à jouer au bridge, ou au billard. Donner de l'effet ou non, prévoir ton coup : là, si tu es bon, tu gagnes. C'est pour ça que j'y joue maintenant. Et puis, conclut-il, Marie-Christine aime mieux ça.

– Tu jouais souvent, avant ? » demanda Frédérique, tandis que Jean-Pierre, inconscient du point qu'il avait marqué, ajoutait avec trop de retard pour que sa remarque ne tombe pas à plat : « Ou aux échecs. »

(Il les aimait, et prétendait souvent que s'il s'y laissait aller, il n'arrêterait plus, peut-être deviendrait fou.)

« Oh la la ! Si tu savais ! répondit Claude avec un sourire de rétrospective indulgence. J'ai joué à tout : roulette, black jack, chemin de fer, poker, des nuits d'affilée. Et puis les courses. Enfin, tout. A l'époque, s'il pleuvait, tu me montrais deux gouttes d'eau qui descendaient sur la vitre, je pariais sur la première qui arrivait en bas.

– Et tu gagnais souvent ? demanda avidement Frédérique.

– Je gagnais, je perdais... A force, ça s'équilibre. Enfin, non, pas vraiment. Pas vraiment, parce que, quand tu joues, tu t'arrêtes seulement quand tu as tout perdu. C'est pour ça aussi que les systèmes ne marchent pas. Parce que, même s'ils marchaient, les types continueraient jusqu'à ce qu'ils s'arrêtent de marcher. »

Jean-Pierre ouvrit la bouche, ayant cru déceler une faille dans la logique du raisonnement, mais il renonça et se contenta de bâiller, puis déclara qu'il allait se coucher. Claude dit que lui aussi, au mécontentement de Frédérique, et aussi qu'il se lèverait tôt le lendemain matin, pour aller au marché choisir un beau poisson, ou peut-être un homard.

« Au marché? s'écria Frédérique. J'adore les marchés. Réveille-moi avant de partir, je t'accompagnerai. »

Jean-Pierre leva le sourcil : il ne lui connaissait pas ce goût. Claude promit. Tous les trois montèrent.

11

Après avoir embrassé Quentin, qui grogna doucement en se retournant dans son sommeil, Frédérique
gagna la chambre qu'elle partageait avec Jean-Pierre.
Lorsque, au cours d'un précédent séjour, elle avait
informé sa sœur de leur semi-rupture, Marie-Christine
avait proposé des chambres séparées : « La maison
est assez grande », soulignait-elle avec satisfaction.
Frédérique avait ri, écarté cette solution qui dramati-
sait à outrance un mode de relations à l'en croire
parfaitement naturel. Elle persistait dans cette présentation des choses, qui déroutait Marie-Christine tout
en confirmant ce qu'elle lisait dans des magazines
féminins bruissants du joyeux vacarme dont réson-
nent les grandes maisons de week-end où se rassem-
blent les familles « éclatées », la première femme de
l'un confiant à la seconde sa recette de carpaccio de
limande au kiwi, les demi et quart de frères s'entendant comme larrons en foire.

Cependant, sans doute parce que les nuits passées
avec Jean-Pierre s'étaient, à Paris, raréfiées jusqu'à
devenir exceptionnelles, succédant à des soirées que
de trop copieuses libations rendaient sentimentales et
rétrospectivement un peu gênantes, la cohabitation

pesait maintenant à Frédérique, pas assez pour la faire revenir sur sa décision, suffisamment pour qu'elle préfère se coucher après Jean-Pierre, ou le contraire, éviter en tout cas le rituel du déshabillage simultané, de l'extinction des lumières et du semblant de conversation destiné à prouver que, de part et d'autre, on ne ressentait aucun malaise.

Ils tâchaient, d'habitude, de ne pas monter ensemble. Autrement, l'un d'entre eux confessait, en s'excusant presque, l'envie soudaine de faire quelques pas dans le parc ou, s'il pleuvait, d'écouter seul au salon, sur la somptueuse chaîne à laser, les *Kindertoten Lieder* de Mahler ou cet air du Froid de Purcell qui servait de musique à plusieurs films. Si haut qu'on montât le volume, on n'entendait rien de l'étage et leurs hôtes, le lendemain, étaient toujours ravis d'apprendre qu'on avait joui de cette indépendance acoustique, comme si elle réclamait d'être entretenue par un usage régulier. Le disque terminé, on revenait : l'autre pouvait prétendre dormir à poings fermés.

Jean-Pierre était allé au salon la veille, et ce soir tombait de sommeil. Il s'alarma donc, sans qu'il lui fût permis de l'exprimer, de voir Frédérique vaquer dans la chambre sans donner aucun signe d'appétit musical – il aurait été feint, mais elle n'avait pas le choix, car il pleuvait à verse.

Elle s'allongea sur le lit, alluma une cigarette. De ce manquement à la règle, il déduisit que soit elle s'apprêtait à prétexter la fatigue pour l'obliger à amortir deux soirs de suite les frais d'insonorisation intérieure engagés par son beau-frère, soit elle voulait avoir ce que tous deux appelaient, avec une ironie hérissée de guillemets, une conversation sérieuse.

Frédérique gardait le silence, et fumait en fixant le plafond.

« Tu es fatiguée ? finit-il par dire avec une sollicitude mielleuse.

– Non, je réfléchissais.

– On peut savoir à quoi ?

– Je me demandais pourquoi tu n'avais pas joué, tout à l'heure.

– Pourquoi ? »

La question le prenait au dépourvu. Il s'attendait aux habituels reproches sur son attitude à l'égard de leurs hôtes ou, dans le pire des cas, à une remise en cause de leurs arrangements – « Autant ne plus se voir du tout », ce genre de choses. En revanche, il comprenait mal qu'on pût lui faire grief de son abstention au casino.

« Pourquoi ? répéta-t-il. Je ne sais pas, moi, pour tenir compagnie à ta sœur. Et puis parce que ça ne m'amuse pas. Je ne te demande pas pourquoi tu ne joues pas aux échecs. »

Frédérique regrettait déjà d'avoir engagé la discussion sur ce terrain. Sans grande curiosité, devinant la réponse, elle demanda à Jean-Pierre si, quand il avait joué, puisqu'il prétendait avoir joué, il n'avait ressenti aucune excitation. Il dit que non, que cela faisait partie pour lui d'une mythologie plutôt risible, un peu comme la rude amitié virile entre truands. Vestes cintrées, grosses voitures de sport, gourmettes, ou alors rombières à cheveux roses : dans l'un et l'autre cas, ce n'était pas sa tasse de thé. Et puis il préférait les jeux où, au lieu de s'en remettre au hasard, on devait réfléchir, ruser : les échecs, le poker, à la rigueur le billard...

« Le Trivial Pursuit », compléta Frédérique, avec

l'insolence distraite de qui, sur une pirouette, déserte une controverse devenue fastidieuse à son gré.

D'ailleurs, il avait raison : tout en discernant ce qui entrait de défense frileuse dans ses railleries, elle partageait son sens du ridicule, auquel le romanesque à deux sous entourant le monde du jeu offrait une pâture facile. Cela n'empêchait pas l'attrait, ni de s'abandonner à la rêverie.

Elle écrasa sa cigarette et se déshabilla rapidement, sans mot dire, puis se glissa entre les draps. Elle ferma les yeux, le dos tourné à Jean-Pierre, en se retenant de penser à la roulette tant qu'il demeurait dans la pièce. Il dit : « Ho ! Frédérique ! » à mi-voix, ensuite : « Bonne nuit »; ensuite, elle l'entendit sortir, refermer la porte derrière lui.

La toiture crépitait sous la pluie. En chien de fusil, la couverture ramenée sous le menton par les deux poings fermés, elle commença, doucement, à passer en revue ses vêtements, essayant chacune des robes qu'elle possédait ou rêvait de posséder, et chacune de ses attitudes, dans le film répétitif et merveilleux des mises qui s'accumulaient, du cylindre qui tournait, des jetons que le râteau poussait devant elle. Des visages, des silhouettes élégantes tanguaient à la limite de son champ de vision. Mais elle ne prenait garde qu'au tapis, et à ses propres gestes, efficaces, négligents. Elle misait de nouveau : elle variait, décomposait, étirait à plaisir la durée de chaque phrase, en jouissant de son impatience. Le sommeil venait, dans ce tournoiement.

12

En demandant, à la gare Saint-Lazare, un billet pour Forges-les-Eaux, Frédérique se voyait agir, avec un mélange d'agacement et d'excitation, *comme si de rien n'était* : l'allure pressée, la voix neutre, une femme parmi d'autres, dans la foule. L'employée, derrière l'hygiaphone, lui rendit la monnaie avec un sourire en coin. Elle se crut devinée : Forges, entre toutes les petites villes que dessert la ligne Paris-Dieppe, attire une clientèle bien spéciale, celle des joueurs, et sans doute aux guichets ne l'ignorait-on pas. On devait être habitué à les identifier, dans le flot des voyageurs, à les distinguer des résidents. Peut-être, pour tromper l'ennui du travail, prenait-on des paris sur leur compte.

Elle s'y essaya dans le wagon, immobile encore sous la verrière d'où tombait une lumière de suie. Sûre qu'il y avait d'autres joueurs qu'elle parmi les passagers, elle ne savait à quels indices se fier. Son seul souvenir de casino n'aidait guère : le trait commun aux gens qu'elle y avait côtoyés était de décourager le repérage, pour une néophyte tout au moins. Car peut-être, entre eux, se reconnaissaient-ils au premier coup d'œil, à un regard furtif, à l'amorce d'un geste : instinctivement, comme font, paraît-il, les homosexuels, les francs-maçons, en général les membres de fratries minoritaires qui recrutent dans toutes les couches de la société, aux pesantes stratifications de laquelle ils opposent un cloisonnement vertical, plus secret, plus libre. Et peut-être, déjà, quelqu'un dans le wagon l'avait reconnue, elle.

C'était un train sans compartiments. Elle se leva, marcha dans la travée pour mieux voir ses voisins, les solitaires surtout : ainsi se figurait-elle les joueurs. Comme elle avait pris soin de partir avant la sortie des bureaux, les grands retours vers la banlieue, il y avait peu de monde : une petite dame en manteau et toque de fourrure, qui faisait des mots croisés; un moustachu, regardant défiler le paysage vert de gris, détrempé, en même temps remuant les orteils dans des mocassins de cuir trop fin; un vieux monsieur emmitouflé, pardessus, chapeau, cache-nez, qui était presque le sosie d'un professeur de mathématiques du collège, mort l'année précédente. Il lisait *Paris-Turf*, ce qui à la rigueur, et contre toute son apparence, pouvait passer pour le signe d'un naturel joueur; Frédérique, toutefois, tenait de son beau-frère que les habitués des casinos dédaignent le tiercé et le loto, non par snobisme, mais parce qu'ils savent dérisoires les chances d'y gagner autre chose que des clopinettes, alors que la roulette, on l'ignore souvent, est en réalité beaucoup plus équitable – Claude en avait fait la démonstration chiffrée, à quoi elle n'avait rien compris.

Le sosie de Monsieur Huon, de toute façon, descendit à l'arrêt de Gisors, ainsi que la petite dame. Frédérique reporta son attention sur le moustachu dont, revenue à sa place, elle voyait se balancer le pied dans la travée. Il n'y avait plus qu'eux deux dans le wagon. Quand, à son tour, il se leva pour aller aux toilettes, en passant devant elle il la dévisagea. Mais, vingt minutes plus tard, elle se retrouva seule sur le quai de Forges-les-Eaux.

Pas tout à fait, cependant : deux petits garçons, qu'elle avait à plusieurs reprises vus passer en courant à travers le wagon, se bousculaient déjà vers la sortie où les attendait un couple âgé, les grands-parents sans doute.

Elle traversa le hall de la gare, aux guichets clos. Aucun taxi, sur le terre-plein, qui aurait pu la conduire à l'hôtel où elle avait réservé une chambre. Il faisait nuit, il bruinait. Elle frissonna. Le couple âgé et les gamins, à quelques pas d'elle, entouraient l'unique voiture garée, bien droit, entre les bandes blanches du parking. Elle s'approcha, en fouillant dans son sac à main pour y retrouver l'adresse, préférant mentionner l'hôtel plutôt que le casino, et le nom de l'avenue où se trouvait l'hôtel plutôt que l'hôtel lui-même dont elle avait appris, en téléphonant, qu'il dépendait du casino et accueillait sa clientèle. Elle ne craignait pas tant d'être regardée de travers que de paraître ridicule, pitoyable à s'y rendre ainsi, seule, par le train, avec son petit sac et sans même savoir bien où elle allait. Mais l'avenue des Sources était longue, dit le vieux : elle dut se résoudre à nommer son hôtel.

« Mais oui! En face le casino », dit la vieille qui bouclait déjà sa ceinture de sécurité. On proposa de déposer Frédérique : à pied, cela faisait une trotte. Elle monta à l'arrière, avec les gamins. Le conducteur, après avoir démarré, lui demanda si elle était venue pour le casino.

« Pas vraiment, dit-elle, se sentant rougir. Mais si l'occasion se présente, pourquoi pas?

– Ah, vous êtes en cure? » en conclut la dame. Frédérique s'avisa qu'elle avait négligé cette couverture, pas très flatteuse du reste, et faillit éclater de rire en s'imaginant absorber gobelet sur gobelet d'une eau supposée bienfaisante pour les rhumatismes ou la goutte.

« Non, je suis de passage », répondit-elle évasivement. La voiture longea des murets de meulière, crêtés de brique. Derrière, on devinait des bâtisses renfrognées, des arbres nus, des grilles. Frédérique s'aperçut qu'un des gamins, qui avait à peu près l'âge de Quentin, la dévisageait par en-dessous, hostile.

« Vous voilà rendue », annonça le vieux monsieur, qu'elle ne put empêcher de sortir sous la pluie et de contourner la voiture pour, bien inutilement, lui ouvrir la portière. Elle remercia, quand il fut remonté, se baissa pour saluer encore, derrière la vitre. Puis la voiture démarra, et ses feux disparurent presque aussitôt, révélant un virage tout proche. L'enseigne lumineuse de l'hôtel se reflétait dans une large flaque d'eau.

La fenêtre de sa chambre, au premier étage, donnait sur une des lettres de cette enseigne, le *e* d'*hôtel*. De l'autre côté de l'avenue, une autre lumière rouge, griffée par un bouquet d'arbres, signalait le casino. Elle resta un moment, le front collé à la vitre, un peu inquiète de ce qui allait se passer dans les heures suivantes, et aussi du mouvement qui l'avait entraînée jusqu'à cette chambre, perdue à la périphérie d'une toute petite ville de province. Mouvement prémédité, le contraire d'un coup de tête : il avait fallu qu'elle s'organise, prévienne Jean-Pierre, dès le début de la semaine, qu'elle serait absente le week-end et qu'il devrait s'occuper de Quentin – comme à son habitude, il n'avait pas posé de questions. Et à présent personne, personne au monde ne savait qu'elle était là. S'il survenait quelque chose, réclamant qu'on la joigne d'urgence, elle serait introuvable. Elle imagina Jean-Pierre pendu au téléphone, appelant les amis communs, la famille, Corinne, en dernier recours les amants qu'à tort ou à raison il lui prêtait. C'était la première fois qu'elle partait sans laisser d'adresse, sans qu'une simple recherche par élimination permette de retrouver sa trace. Avant de quitter Paris, elle avait même arraché au bloc placé près du téléphone la feuille où figuraient le numéro de l'hôtel et les horaires des trains. L'examen de sa penderie permettrait, tout au plus, de conclure qu'elle ne pensait pas s'absenter longtemps – à moins qu'au contraire, prévoyant un long voyage, elle ait préféré ne pas s'encombrer. Par acquit de conscience, pour être sûre d'avoir fait le tour du problème, elle se demanda si Claude, interrogé sur sa disparition, ne se rappellerait pas la soirée à Trouville, son excitation, et lui avoir dit le lendemain, en allant au marché, que la roulette la plus proche de Paris se trouvait à Forges-les-Eaux, depuis qu'on était revenu sur l'autorisation accordée à Enghien. Cette possible faille l'agaça, bien qu'elle n'eût pas l'intention de prolonger son escapade et que toute raison de la rechercher d'urgence lui fût désagréable à imaginer dans la mesure où, presque forcément, elle concernerait Quentin.

Elle s'éloigna de la fenêtre, décida de prendre un bain avant de traverser l'avenue. Pendant que l'eau coulait, elle sortit de son sac, disposa sur un cintre le tailleur qu'elle avait déjà mis à Trouville. Puis elle se dévêtit, se sourit dans la glace déjà embuée qui surmontait le lavabo, se demanda si elle était contente ou mal à l'aise, et ne trouva pas la réponse. Mais c'était souvent ainsi.

13

Orné de fresques évoquant un monde de petits marquis et de fêtes galantes, le hall du casino était, à mi-hauteur, bordé d'une galerie par laquelle on accédait à la salle de jeux. Au pied de l'escalier, un orchestre de quatre musiciens exécutait languissamment un air de jazz. Une dizaine de tables carrées, recouvertes de nappes blanches et inoccupées pour l'instant, dégageait devant l'estrade un cercle qui devait faire office de piste de danse. Derrière, de lourdes et poussiéreuses tentures de velours rouge encadraient le seuil du restaurant, que Frédérique hésitait à franchir. Elle n'avait pas très faim, ne tenait pas à dilapider les sommes prévues pour le jeu dans un repas certainement cher, enfin elle n'aimait pas aller seule au restaurant. Plutôt : elle ne le faisait jamais. Mais elle n'allait jamais, non plus, jouer seule à la roulette dans des villes d'eau perdues. Tant qu'elle y était, pourquoi ne pas prendre place hardiment à une table, commander à dîner, boire un peu, pour dissiper la gêne qui entravait ses mouvements et risquait de trahir son inexpérience ?

« Une personne ? » s'enquit le jeune serveur venu à sa rencontre. Elle confirma : « Comme vous voyez », avec un sourire de célébrité jouissant de circuler incognito. On la plaça. L'examen de la carte, aussitôt apportée, l'occupa une minute. Elle était moins coûteuse qu'elle n'avait craint : ne commandant qu'un plat, en compensation elle choisit pour son prix, le plus élevé de la liste, une demi-bouteille de vin rouge.

Elle attendit. La médiocrité vieillotte du décor incitait à se sentir supérieur, amusé. Une plante grasse, près d'elle, interdisait l'accès d'une porte vitrée que surmontait pourtant le cartouche vert indiquant la sortie de secours. Chaque table était flanquée d'une desserte sur laquelle le serveur, avec un évident désir de bien faire, disposait les plats coiffés de cloches en métal argenté, les réchauds, les lampes à alcool servant à flamber les desserts.

La clientèle était peu nombreuse. Un couple entre deux âges dînait en tête-à-tête, sans parler. Un groupe de six personnes, sans doute une famille, devait fêter quelque chose. Ceux-là, estima Frédérique, étaient venus pour le restaurant, peut-être coté dans la région, et n'iraient pas au casino ensuite. D'un autre client, en revanche, elle aurait juré le contraire : cet homme d'une trentaine d'années, corpulent, vêtu avec une correction sans recherche, qui fumait entre chaque bouchée et, seul à sa table, paraissait totalement inattentif à ce qui l'entourait comme au contenu de son assiette, devait jouer, et n'être là que pour se nourrir sans quitter le lieu de l'action. Ou bien il aurait pu être détective privé, chargé de surveiller l'épouse flambeuse d'un riche industriel de province, ou l'époux flambeur d'une bourgeoise soupçonneuse comme Marie-Christine, et manger, non par appétit, mais pour ne pas faire grâce d'une note de frais à son client.

Ni lui ni les autres dîneurs ne faisaient attention à Frédérique et, faute de public dont elle aurait pu se demander ce qu'il imaginait à son sujet, elle se trouva réduite à se regarder elle-même, en spectatrice intriguée. Que pouvait donc faire seule, au restaurant du casino de Forges-les-Eaux, un soir pluvieux de novembre, cette femme jeune et jolie – on pouvait le dire, accorda-t-elle –, habillée avec une discrète élégance, qui picorait dans son assiette, un sourire absent aux lèvres ? Peut-être voyageait-elle pour ses affaires et, contrainte d'en traiter une par ici, tuait de son mieux une soirée qu'elle avait dédaigné de passer avec un client ou un fournisseur, son rendez-vous de l'après-midi... « Vous l'auriez vu ! J'ai préféré dîner seule »; et elle raconterait ce dîner, à Paris, avec une emphase persifleuse, recommanderait l'endroit, sa clientèle, pour leur paradoxal exotisme – « Moi qui visite la France profonde... »

Mais non. Non, cette image de jeune femme d'affaires compétente, moqueuse, trop active, ne lui convenait pas, surtout banalisait un personnage que définissait mieux, dans son imprécision voulue, la réponse évasive qu'elle avait donnée aux deux vieux tout à l'heure : « Je suis de passage. »

Une passagère, oui, une silhouette floue, habituée à glisser avec aisance dans des décors faits pour encadrer sa trace, non pour cerner sa condition. Sans attaches, sans destination connues. On voudrait la retenir, elle se dérobe, distante même quand elle est toute proche : imperceptiblement, royalement ironique; nulle part déplacée mais prévisible nulle part; trouvant dans les palaces, qu'on croirait faits pour elle, le moyen de détonner par quelque insolence calculée, au contraire amusée de se fondre, le plus naturellement du monde, dans le cadre étriqué du casino de province où le hasard un soir l'a fait échouer...

Le goût du jeu complétait bien cette enviable version d'elle-même, dont un miroir terni, sur le mur opposé, lui certifiait la vraisemblance. Mais il aurait fallu, pensa-t-elle avec une soudaine rancœur, que ce goût et l'occasion de s'y livrer soient servis par plus de hasards; qu'elle se retrouve au casino comme on se réveille, à peine surpris, dans une chambre incon-nue, ou comme, par désœuvrement, on décide d'être parti avant le soir pour l'autre bout du monde. Alors, elle aurait flambé, sans souci du lendemain ni de rompre avec l'ordinaire d'une vie de toute façon vouée au caprice, à l'improvisation, au petit bonheur des rencontres. La préméditation saccageait ce rêve de liberté dansante. Elle se sentait laborieuse, risible. Elle en aurait ri. Pouvait-on se dire passagère, jouer, même pour soi seule, les aventurières de haut vol, quand on avait depuis une semaine prévu une si dérisoire escapade, composté son billet pour se ren-dre, même pas à Monte-Carlo ou à Baden-Baden, mais dans un patelin réputé pour offrir la roulette la plus accessible aux gagne-petits qui peuvent y faire l'aller-retour sans que trop de frais annexes écornent leur budget? Quand on avait pris soin d'y réserver sa chambre d'hôtel, en se réjouissant, comme du menu, qu'elle s'avère moins coûteuse qu'on ne l'avait redouté? – et alors, au diable l'avarice, on s'offrait une *demi*-bouteille de vin rouge!

Et pourquoi tout cela, tout cela qui était si peu? Pour jouer? Et pourquoi jouer? Par passion, sous l'effet d'une impulsion irrésistible, faisant basculer dans le néant tout ce qui n'était pas le tapis vert? Allons donc : ces vertiges lui allaient mal. Son lot, c'était l'envie de les éprouver, pour se rendre intéressante. Son père lui disait cela, quand elle était petite : tu cherches à te rendre intéressante, ou : à faire ton intéressante. On le lui avait, depuis, répété; pourtant, elle n'y parvenait guère.

La demi-bouteille, presque vide, lui faisait honte. Calculée au plus juste, prétentieuse, elle lui ressemblait. D'un trait, Frédérique but ce qui en restait, et demanda l'addition. Puis, elle se regarda de nouveau dans la glace, s'adressa une grimace que le serveur surprit en approchant pour balayer les miettes sur la nappe.

14

Un souvenir lui revint, pénible aussi, tandis qu'elle gravissait les marches de l'escalier. Elle devait avoir douze ou treize ans. Son père l'avait conduite avec Marie-Christine dans un parc d'attractions et leur avait donné à chacune un peu d'argent, les laissant libres de l'employer à leur guise. Elle ne se rappelait plus ce qu'avait fait Marie-Christine, seulement qu'elle, Frédérique, avait préféré se priver de tout ce qui était amusant, mais cher, la Rivière enchantée, le Palais des merveilles, la promenade à dos de chameau, par crainte d'épuiser trop vite son pécule et, du coup, l'avait dépensé dans les stands les plus puérils et ennuyeux. Toutes les cinq minutes, entre deux manèges poussifs, elle entr'ouvrait son poing serré pour recompter les piécettes dont elle se séparait à regret, consciente de se gâcher une sortie attendue depuis des semaines. Elle avait pleuré au retour, personne n'avait compris pourquoi.

Et maintenant qu'en échange de sa liasse de billets on lui avait remis des jetons dont ses mains crispées débordaient, elle découvrait que le choix était le même. Elle y avait réfléchi, pourtant, depuis Trouville. A l'aide d'un dépliant, donné par Claude, elle avait étudié, comme on prépare un concours, les différentes catégories de mises, dont elle connaissait à présent les noms – plein, transversale, cheval, sizain... – et les rapports qu'elles impliquent entre le gain possible et la somme engagée. Certaines annonces lui échappaient encore, mais elle avait compris qu'on peut gérer son capital avec audace ou prudence, c'est-à-dire miser à chaque coup sur un numéro plein, au risque de tout perdre très vite, ou bien, pour faire durer le plaisir, quitte à en réduire l'intensité, jouer peu à la fois, et pas à tous les coups; miser, non sur des pleins, mais sur des groupes, sizains, colonnes, couleurs, qui, rapportant peu, ont davantage de chances de sortir et de maintenir à flot qui se fie à leur régularité sans éclat.

Elle avait, à Paris, mis en balance les deux méthodes, opposé au panache de la première la sécurité relative de la seconde, vers laquelle l'inclinait un instinct qu'il ne lui semblait pas alors si urgent de combattre. Mais le dégoût de soi qui l'avait gagnée au restaurant, l'épisode du parc d'attractions remémoré au moment d'entrer dans la salle éclairaient crûment une alternative promue soudain au rang de choix vital, engageant l'idée que désormais elle se ferait d'elle-même. Il n'était plus question qu'elle jouât autre chose qu'un plein. Le numéro importait peu et le 36, à ce compte, pouvait bien resservir – n'était-il pas valable jusqu'en mars?

Sans s'asseoir, mais en prenant soin d'être vue par le croupier, elle risqua un jeton de 50 à la table la plus proche de l'entrée. Le 36 ne sortit pas. Elle recommença une fois, deux fois, trois fois, moins inquiète de perdre que de sentir gagner la pensée atavique, détestable, que 50 francs n'étaient pas grand-chose, mais que 50 francs quatre fois, cela faisait déjà 200, soit le cinquième de ce qu'elle était prête, au pire, à laisser sur le tapis vert. Tout en suivant le ballet des jetons, des râteaux, des pourboires, elle calculait : si un numéro plein rapportait 36 fois la mise, il suffisait de gagner au trente-sixième coup pour rentrer dans ses fonds, rattraper au moins les pertes des trente-cinq précédents. Gagner avant ce seuil vous rendait bénéficiaire, perdre au-delà revenait à avoir tout perdu.

Ce chiffre la réconfortait. Il lui semblait que trente-six tentatives suffisaient largement pour forcer la chance, que ce serait bien le diable si elle les épuisait en vain. Mais alors elle se mordit les lèvres, s'avisant qu'elle n'avait pas assez de jetons pour tenir jusque-là. Pourquoi, encore une fois, n'en avoir pas demandé cinquante de 20 ? Elle aurait été tranquille, avec ça.

Une autre idée lui vint : si, pendant quelques tours, elle s'abstenait de miser, ne s'approcherait-elle pas du coup décisif sans avoir sacrifié de munitions à l'attendre ? Mais non, c'était idiot, il pouvait avoir lieu pendant ce temps. Elle comprit qu'elle cédait à l'illusion de croire qu'un chiffre ayant une chance sur 36 de sortir – non d'ailleurs, sur 37 : il ne fallait pas oublier le zéro – doit le faire en conséquence tous les trente-sept tours. Alors qu'en réalité – c'était évident, mais bizarrement difficile à assimiler – il peut apparaître trois fois de suite comme se faire attendre une journée entière.

Rien ne permettait de prévoir. Pourtant, certains joueurs essayaient. Il y en avait trois autour de la table qui, comme elle l'avait vu faire à Trouville, notaient les numéros annoncés par le croupier, en dressaient des colonnes, supposant sans doute imminente la sortie de tel qui s'était fait rare et donc devait revenir, ou au contraire sortait souvent et pouvait continuer sur sa lancée. Frédérique se rappelait les sarcasmes de Claude. En principe, elle les jugeait fondés, mais aucun des calculateurs ne pouvait ignorer ce principe, et cependant ils s'obstinaient. Ce mystère l'impressionna. Elle-même, au fond, ne raisonnait pas autrement, en se persuadant qu'à force de miser sur le 36, il finirait bien par sortir. Il finirait, oui, sans l'ombre d'un doute; il serait même étonnant – pas impossible, mais étonnant – qu'il ne sorte pas d'ici la fin de la soirée. Seulement, il y avait de fortes chances pour qu'alors elle n'ait plus d'argent. Non, pas de fortes chances, corrigea-t-elle : des chances, voilà tout, voilà ce qu'il fallait qu'elle se mette dans la tête.

Voyant diminuer ses réserves, et la soirée à peine engagée, Frédérique décida de faire une pause. Elle misa une fois encore, s'éloigna de la table dès que fut annoncé le résultat et gagna le bar, situé dans un angle de la salle. En se juchant sur un tabouret à l'extrémité du comptoir, dos au mur, elle pensa qu'il serait raisonnable d'éviter l'alcool, pour garder sa présence d'esprit. Quand le barman l'interrogea, elle commanda tout de même un gin tonic.

Absorbée par le jeu, elle n'avait guère pris garde à ce qui se passait autour d'elle. Vus de près, au coude-à-coude, les joueurs ne se distinguaient que par leur façon de placer leurs jetons, la nature de leurs annonces, le calcul ou les impulsions qu'elles trahissaient. Ils se résumaient à leur façon de jouer. Quelques mètres de distance leur restituaient une identité. Ils redevenaient des personnes, à nouveau possédaient un nez, des tics, des vêtements, une allure qu'elle résolut de détailler, comme on se force à respirer fort et régulièrement pour calmer les battements précipités de son cœur. Mais dès qu'elle s'attardait sur un visage, le jeu reprenait ses droits, le brouillait, en modelait l'expression dont le regard, aimanté, cherchait le fin mot sur le tapis vert qu'une rangée de têtes et de nuques penchées dérobait à Frédérique. Elle clignait des yeux, regardait ailleurs, mais ailleurs c'était pareil. Elle peinait à accommoder; son attention flottait sur ce champ où grouillaient des gens aussi semblables qu'on peut l'être lorsqu'on pense tous à la même chose en même temps; aussi semblables et divers que les passagers d'une rame de métro. Ils lui parurent plus concentrés encore qu'elle ne se le rappelait à Trouville, sans doute parce qu'elle l'était aussi, et comprenait mieux. Nul souci de l'apparence, nulle attention à celle des autres : les rares qui devaient se croire bien vêtus l'étaient mal, la plupart remplissaient, sans plus, les conditions de correction pour n'être pas refoulés à l'entrée. Cette fois encore, son tailleur de séductrice distante aurait classé Frédérique, s'il y avait eu quelqu'un pour le remarquer, parmi les élégantes de l'assemblée.

Se détournant pour en juger, entre deux reflets de bouteilles, dans le miroir placé derrière le bar, elle reconnut, à trois tabourets de distance, le gros jeune homme du restaurant. Accoudé au comptoir, pensif, il buvait une bière. Entre chaque gorgée, au lieu de reposer son verre ou au moins d'abaisser la main qui le tenait, il le gardait en contact avec ses lèvres minces, que soulignait une fine bordure de mousse. Un léger mouvement du poignet lui suffisait à faire couler dans son gosier la bière probablement tiède, et

102

le col de sa veste noire était constellé de pellicules. Au-dessus de l'arrondi du verre, voilés par des cils singulièrement longs, mais englués de petites saletés blanchâtres, ses yeux allaient et venaient, couvrant la salle d'une attention morne. Frédérique qui, au restaurant, ne l'avait pas vu de si près, le trouva répugnant : un physique de pion, mal soigné, sous-payé, et qui pourtant jouait ! Avec quel argent, grand Dieu, quelles économies grattées sur le salaire de misère qu'il devait toucher ? Mais peut-être se trompait-elle, peut-être son voisin était-il un de ces héritiers légèrement tarés qui déparent les meilleurs milieux ? Tous les ans, rue Las-Cases, aux éprouvantes réunions plénières de la famille de Jean-Pierre, venait un cousin taciturne, pareillement corpulent et blafard, aux ongles pareillement endeuillés, dont, bien qu'on le lui eût plusieurs fois répété, Frédérique ignorait toujours s'il était philatéliste, taxidermiste ou radiesthésiste amateur; mais une chose était certaine, c'est qu'il avait de la fortune, une fortune importante, administrée, il est vrai, par un conseil de tutelle supposé l'empêcher d'en jouir à sa guise, c'est-à-dire d'en faire don à l'actrice Brigitte Fossey – sa passion pour elle, épistolaire et sans retour, s'était fixée à l'époque où il avait vu le film *Jeux interdits*, et il secouait sa grosse tête, en signe de dénégation butée, quand on lui assurait pour l'embêter qu'elle avait pris de la bouteille depuis. En tout cas, bien que privé de la libre disposition du capital, le cousin recevait une pension substantielle qu'il aurait très bien pu dépenser au jeu, alors que Frédérique s'inquiétait déjà d'y perdre 1 000 francs.

Poussée par un mélange de superstition prête à s'entêter sur n'importe quel objet, et de curiosité, car elle aurait voulu savoir s'il jouait gros, elle décida d'attendre pour retourner aux tables que son voisin s'y risque. Il arrivait à bout de sa bière, dont il aspirait les dernières gouttes en tendant la lèvre supérieure avec un bruit de succion. Frédérique croisa haut les jambes, dans un élan de coquetterie qui ne s'adressait à personne, puisque le gros garçon ne la regardait pas, que personne d'autre ne la regardait, et qu'il n'y avait personne, surtout pas lui, par qui elle eût souhaité être regardée. Soudain, avec la rapidité, la souplesse inattendues qu'on voit quelquefois aux obèses, il pivota sur son tabouret de manière à faire face au comptoir sur lequel il posa son verre, tandis que le barman passait à sa hauteur. Il agrippa son bras, demanda d'une voix sourde : « Tu dirais quoi, là, maintenant ? »

Saisi en pleine action, alors qu'il s'apprêtait à contourner le comptoir pour porter un plateau dans la salle, le barman, un petit roux à figure couperosée, sans âge, ne se dégagea pas comme s'y attendait Frédérique, mais au contraire se figea, prit l'air de réfléchir ardemment puis, avec un sourire finaud, laissa tomber : « Le 37 », et reprit le mouvement interrompu. « Non, sérieux », protesta le jeune homme, pivotant à nouveau pour le suivre de l'autre côté du bar. « Alors, si c'est sérieux : le 36. Parole. » Il fit un clin d'œil, qui s'adressait aussi à Frédérique, et s'éloigna.

Le gros garçon hocha la tête, se laissa glisser de son tabouret. Des poches déformées de sa veste, il sortit un fouillis de jetons et de plaques dont, sans les compter, il parut évaluer le montant. Puis, rempochant le tout, il se dirigea vers la table la plus proche.

Frédérique pensa qu'il avait de quoi tenir beaucoup plus longtemps qu'elle. Que faire alors ? Renoncer au 36, pour ne pas l'imiter, serait lui attacher trop d'importance. Mieux valait rester fidèle à son numéro, mais à une autre table : elle se voyait mal plaçant ses petits jetons à côté de ses grosses plaques, au risque, s'il le remarquait, de paraître ajouter foi au conseil du barman et vouloir profiter de sa chance éventuelle. La perspective, en outre, de partager avec lui l'euphorie d'une victoire n'avait rien d'engageant. Elle posa un billet sur le comptoir, remarquant au passage que lui ne l'avait pas fait, puis, approchant de la table à laquelle il était assis, se posta debout derrière lui. Sans doute avait-il déjà misé : deux plaques de 100 francs recouvraient le 36. Le croupier lança la boule. Elle voulut s'éloigner, pour ne pas voir ce qui sortirait, mais resta immobile, sûre de crier si c'était le 36, ou d'enfoncer ses ongles dans la petite tonsure laiteuse de son rival, qu'elle surplombait. Ses cheveux noirs et gras, qui devaient d'ordinaire être coiffés de façon à recouvrir ce début de calvitie, rebiquaient sur le front où perlaient des gouttelettes de sueur. Elle se força à détourner le regard vers la roulette, essaya vainement de déchiffrer les numéros qui tournoyaient à toute allure. La boule, en sens inverse, courait sur la paroi de la cuvette. Butant contre les galets de cuivre qui en jalonnaient le pourtour, elle se mettait à zigzaguer, ralentissait, paraissant hésiter, enfin glissait.

« 4, noir, pair et manque ! », annonça le croupier.

Quand on distribua les gains, le gros garçon reçut pourtant deux plaques. D'abord interloquée, prête à le dénoncer, Frédérique comprit qu'en plus du

105

numéro en plein, il avait dû courir une chance simple et, bien qu'il lui déplût de s'en inspirer, elle pensa que ce panachage n'était pas une mauvaise idée – mais il fallait, pour l'appliquer, plus de répondant qu'elle n'avait.

Secouant l'hébétude, elle se fraya un chemin jusqu'à une autre table, la plus éloignée. Elle continuait de penser au gros garçon, certaine qu'il s'obstinerait sur le 36 jusqu'à ce qu'il sorte : trente-six tours s'il le fallait, et peut-être même plus, en dépit du bon sens. Elle fut tentée de céder, d'abandonner, avec son numéro, une compétition qu'elle seule savait engagée, mais qui chargeait de tension l'axe invisible traversant la salle, de la table la plus proche du bar à la plus proche de la porte. Elle savait bien pourtant qu'à la roulette on ne joue pas contre ses voisins, mais contre le hasard, et la caisse du casino. Elle savait qu'au même moment, aux autres tables, d'autres joueurs devaient miser sur le 36, et que leur victoire possible ne la léserait en rien. Malgré quoi elle craignait que le gros type n'épuisât à son bénéfice les chances qu'avait le 36 de sortir, toutes tables réunies et peut-être à toutes les tables de tous les casinos du monde. Le fait de savoir qu'il le jouait lui semblait, contre l'évidence, diminuer ses propres chances; cependant elle ne voulait pas renoncer. Pour revenir à plus de raison avant de s'asseoir – car elle avait cette fois décidé de s'asseoir –, elle s'astreignit à fumer lentement une cigarette, sans pouvoir s'empêcher de la secouer plus souvent qu'il n'était nécessaire au-dessus d'un cendrier aussi répugnant, à sa manière, que son rival.

Coiffé d'un grillage métallique, c'était un cylindre de fonte rempli d'eau, au contact de laquelle la cendre produisait un grésillement à peine perceptible, mais odieux à l'oreille une fois qu'on l'avait perçu. La fonction du grillage semblait être d'arrêter les mégots; il suffisait pourtant de se pencher pour constater qu'il en flottait à la surface de l'eau. Quant à ce qui se passait en-dessous... Frédérique se représentait, dans les profondeurs de la colonne, un cloaque de cendres noyées, de papiers et de filtres en décomposition, macérant depuis des semaines, ou des années. Réprimant un haut-le-cœur, elle se demanda, avant de jeter son mégot, quelles chances il avait de franchir l'obstacle du grillage et de plonger dans la tisane noirâtre. Une sur deux? Une sur trente-six? Difficile d'en juger, et puis ce n'était pas le meilleur moyen de se calmer. Mais à quoi bon se calmer, en quoi son calme, ou son excitation, agiraient-ils sur la trajectoire de la boule? Elle ferma les yeux, lâcha le mégot, la pointe incandescente dirigée vers le bas, juste au-dessus du cendrier. Entendant le grésillement, très distinct, elle sourit, rouvrit les yeux, puis se rapprocha de la table.

Il n'y avait pas de place assise. Elle préféra attendre qu'il s'en libère une, et aucun des six tours que dura cette attente ne vit sortir le 36. L'euphorie la gagnait. A plusieurs reprises, elle regarda en direction de la table près du bar, mais il y avait trop de monde, elle ne voyait personne.

Enfin, une petite dame aux joues tartinées de poudre rose abandonna son siège, à côté du croupier. Un collègue, en lui touchant l'épaule, vint relayer celui-ci alors que Frédérique s'asseyait. Levant les yeux vers le nouveau croupier, elle crut, aux rouflaquettes frisottées, reconnaître celui qui un moment plus tôt officiait à la table du gros garçon. Tant pis, elle jouerait quand même : deux jetons à chaque tour, l'un sur le 36, l'autre sur noir ou rouge, alternativement, dans l'espoir de limiter les dégâts. Elle ramassa ainsi deux jetons au premier tour, et encore quelques-uns ensuite, mais au bout d'une demi-heure, alors que le croupier changeait à nouveau, elle n'avait plus rien.

Elle se leva, resta quelques minutes en retrait, à contempler la table où les autres recommençaient à miser. Ils ne remarquaient pas plus son départ qu'elle ne s'était aperçue de leur présence.

Retournant vers le bar, la tête vide, elle jeta un coup d'œil à la table de son rival. Il n'y était plus. Elle le chercha en vain alentour. Elle fouilla son sac, espérant y trouver un jeton qui se serait glissé dans la doublure. Mais il ne lui restait que 70 francs, et son carnet de chèques. Elle commanda encore un gin tonic.

« Soir de chance ? » demanda le barman.

Elle secoua la tête.

« Ça va venir. Faut pas se décourager, ça finit toujours par venir.

— Et le type tout à l'heure, demanda-t-elle, à qui vous avez conseillé le 36... Ça a marché ? »

A son tour, le barman secoua la tête, en faisant la grimace.

— Hélas non, avoua-t-il. Mais il est noir, noir, noir en ce moment. Ferait mieux de jouer le 37, c'est ce que je lui disais. »

Et il cligna de l'œil, à la fois satisfait de sa plaisanterie et sincèrement peiné d'une déveine qui le privait d'un pourboire. Frédérique sourit. La certitude que le gros garçon avait quitté le casino sans avoir eu la faveur du 36 réveillait sa pugnacité. Elle n'avait même pas joué trente-six fois : il fallait essayer encore, miser les 40 francs qui lui resteraient, une fois payé son gin tonic.

L'ayant vidé, elle courut au guichet, sans même, l'alcool aidant, redouter la condescendance du caissier qui lui compta deux jetons de 20 : ses dernières cartouches, à moins que...

« Vous n'acceptez pas de chèques? » demanda-t-elle.

Le caissier répondit qu'hélas non – l'usage du mot « hélas » semblait très répandu parmi le personnel –, à moins de disposer de renseignements bancaires qu'hélas le casino n'était pas équipé pour recevoir avant un certain délai. Mais n'y avait-il pas, insista Frédérique, un distributeur de billets dans le voisinage, qui acceptait la carte bleue? « Hélas, si », pensa-t-elle entendre, mais ce fut « si » tout court, et le distributeur se trouvait au Crédit du Nord, place de la République, il suffisait de remonter l'avenue des Sources. Frédérique s'empara des jetons, les perdit d'un seul coup – ni le 36, ni l'impair –, et sortit de la salle d'un pas décidé, après s'être assurée que la taxe d'entrée valait jusqu'à la fermeture, qui avait lieu à quatre heures. Il était une heure moins le quart.

Au vestiaire, où elle reprit son trench-coat, elle dit qu'elle n'avait pas de monnaie, mais reviendrait dans un moment. Ayant probablement bouclé leur répertoire, les musiciens, dans le hall, jouaient le même air qu'à son arrivée, devant des tables vides.

15

L'air froid, coupant, fouettait sa griserie. Elle se rappela, en marchant, avoir la veille tiré d'un distributeur l'argent qu'elle venait de perdre; le plafond des retraits hebdomadaires consentis par sa banque ne lui donnait plus droit qu'à 800 francs. Cette restriction ne la découragea pas : le 36 sortirait bientôt. Elle ne craignait même pas qu'il le fasse en son absence. Les mains dans les poches de son imperméable, elle marchait vite, de temps à autre riait, en rejetant la tête en arrière, le visage face au ciel : tout lui semblait comique, exaltant.

Bientôt, elle se trouva en rase campagne et comprit qu'elle avait, en quittant le casino, pris la mauvaise direction. L'avenue était devenue une route, sur laquelle apparurent, loin devant elle, les feux avant d'une voiture. Espérant être prise en stop, elle se posta au bord du fossé. Les phares, en approchant, s'éloignèrent l'un de l'autre anormalement. Quelques instants plus tard, deux motos la dépassèrent en vrombissant. Elle rit, puis soupira, et rebroussa chemin. Il se remit à pleuvoir : une pluie fine, insistante, de celles qui durent jusqu'au matin. Quand elle fut revenue à hauteur du casino, un de ses talons était cassé. Elle continua quand même, en clopinant. Pour se réchauffer, elle voulut courir mais, ayant failli tomber, revint en maugréant au pas. Peu après un pont de chemin de fer, sous lequel elle se rappelait être passée en voiture, des magasins fermés, rideaux de fer baissés annoncèrent l'approche du centre ville, ou de ce qui en tenait lieu. Elle arriva trempée, grelottante, sur une place, et repéra l'enseigne éteinte de la banque. Sur le distributeur automatique, qu'elle trouva encastré dans le mur, un macaron rouge à demi décollé, déchiqueté à coups d'ongle, annonçait : *Hors service.*

Elle resta un moment béante, immobile, attendant un miracle. Puis, des deux poings, elle tambourina contre la vitre de l'agence, sans réussir à faire beaucoup de bruit. Accompagnée, elle aurait piqué une crise de nerfs, rendu son compagnon responsable de sa guigne. Seule, elle s'assit sur un banc et ôta l'escarpin dont le talon pendait, à demi détaché. Pour occuper ses mains, elle tenta de l'arranger. Ses collants, jusqu'aux mollets, étaient maculés de boue. La pluie continuait à tomber; aucune lumière, aucun son ne franchissait les volets des maisons, soigneusement clos. Jusqu'au lever du jour, personne ne passerait sur cette place, personne, sauf elle, ne battrait le pavé de ces rues. Et pour trouver de l'argent liquide le matin, un dimanche, ce serait à peine mieux. Aucun commerçant n'accepterait un chèque contre des billets. Ou, peut-être, si le montant du chèque était plus élevé. Et encore...; elle se rappela un test, imaginé par un sociologue, que Jean-Pierre lui avait raconté : on abordait les gens dans la rue, en prétendant leur vendre pour 400 francs un billet de 500. Presque tous refusaient. Déjà, elle se figurait la tête du cafetier à qui elle proposerait ce genre de transaction : fronçant le sourcil, se curant l'oreille, puis répétant d'une voix de stentor, à la grande joie des Hell's Angels de Forges-les-Eaux, ceux qui avaient dépassé Frédérique sur la route et chaque jour se réunissaient au Café du Coin, ou au Café d'en Face : « Alors, comme ça, c'est du liquide qu'il vous faudrait ? (rire entendu). Le casino, c'est ça ? Oh, je vois... »; et il expliquerait, bonhomme du reste, qu'il avait eu assez de chèques sans provision comme ça, qu'il en avait connu, oh oui, des joueurs décavés, prêts à vendre leur chemise, et que désolé, non.

Peut-être, au casino, aurait-elle plus de chance : pas auprès des employés, tenus, hélas, d'appliquer la loi, mais d'un joueur comblé, un peu gris, généreux. Cela devait arriver couramment; encore, pour en aborder un, fallait-il du toupet. Elle craignait d'en manquer, et aussi qu'on se méprenne. Mais c'était ça, ou rentrer le lendemain à Paris. Ou revendre à la gare son billet de retour. Elle en tirerait trois jetons de 20, un pactole. Pourquoi, aussi, n'être pas allée plus loin, beaucoup plus loin, et en première ? Au casino de Vladivostok, pour avoir son billet de Transsibérien à monnayer en dernier recours ? Elle rit, eut un hoquet qui s'acheva en quinte de toux et s'aperçut enfin qu'elle avait horriblement froid, tremblait de tout son corps. Un dernier examen de son escarpin malmené, avant de le chausser pour se remettre en route, lui rappela que 36, c'était aussi sa pointure. Un attribut, pensa-t-elle, moins fugitif que l'âge : même en mars 1987, elle pourrait continuer à jouer avec ses pieds. Cette plaisanterie l'égaya. Elle se la répéta, gloussant et frissonnant à la fois, et que c'était une chance de ne pas chausser du 40 ou même du 37.

Il était près de trois heures quand elle se retrouva devant le casino, hésitant à entrer, se raisonnant : mieux valait, pour y taper quelqu'un, qu'elle parût à son avantage et non boitant, défaite, ruisselante de pluie, avec des cheveux de noyée dans la figure et des fous rires nerveux, de dépit et d'épuisement. Mieux valait, oui, ne pas se griller. Et puis le casino allait bientôt fermer, elle n'aurait pas le temps.

Elle tourna les talons, gravit le perron de l'hôtel. Le gardien de nuit, qui feuilletait un magazine derrière le comptoir de la réception, leva sur elle avant de lui donner sa clé un regard étonné. Elle ôta ses chaussures, en attendant l'ascenseur, et dans le miroir de la cabine se dévisagea : le plafonnier n'arrangeait pas les choses.

Arrivée au premier, où se trouvait sa chambre, elle eut une inspiration, pressa le bouton du troisième. Là, retenant son souffle, les chaussures à la main, elle avança dans le large couloir, mal éclairé. Les numéros luisaient faiblement sur les portes. Le sang, battant ses oreilles, portait un grésillement lointain. Elle s'arrêta devant le 36. Alors, la minuterie s'éteignit. Elle vit qu'un rai de lumière passait sous la porte. Immobile dans l'ombre, elle le fixa un moment, attentive aux bruits qui auraient pu trahir une présence à l'intérieur. N'entendant rien, elle avança la main vers le loquet, mais n'osa achever son geste. Quelques verres de plus lui auraient peut-être donné le courage de frapper, ou d'entrer sans bruit, de coucher pour de l'argent avec l'hôte du 36 qu'elle se figurait être le gros garçon du casino. Non, en fait : choisissant cette chambre, il n'aurait pas demandé au barman quel chiffre jouer. Et elle, de son côté, n'aurait pas été capable de coucher avec lui. Ni de supplier un cafetier, ou un autre habitant de l'hôtel. Quant à tenter sa chance auprès d'un joueur, au casino, elle n'en avait même plus les moyens, plus de quoi acquitter la taxe : juste son billet de retour, et des tickets de métro pour, de Saint-Lazare, regagner la rue Falguière. Il faudrait donc rentrer, ce matin. L'exaltation de sa promenade nocturne l'avait quittée. Elle restait debout, pieds nus, les bras ballants le long de son imperméable trempé, dans l'obscurité de ce couloir d'hôtel. Sans le sou, le nez bouché, un peu saoule; pourtant, elle n'était pas malheureuse. Le tableau la faisait sourire, avec une malice engourdie : la flambeuse capable de tout, d'errer dans Forges-les-Eaux by night ou de se donner au premier venu pour satisfaire son vice, c'était donc elle. Enchantée. Elle rit encore, silencieusement. L'hôte du 36, alors, se râcla la gorge, puis éteignit la lumière. « O.K., murmura-t-elle, on ferme. Une autre fois », et elle redescendit.

16

Du Jardin d'acclimatation, où l'avaient mené ses grands-parents le dimanche, Quentin était revenu avec un début d'angine, qu'il fallut enrayer. Il manqua trois jours d'école, ravi de rester au lit en exagérant, avec force grelottements, les symptômes d'une fièvre trop peu élevée à son gré. Il exigeait, jugeant cela plus digne, qu'on lui prît la température par voie orale mais, sachant qu'elle accusait deux degrés de moins que l'autre, les rajoutait d'autorité et, le thermomètre bien calé dans la bouche, tel Donald quand il est malade, s'indignait que Frédérique prétende vérifier. Comme elle avait peu de cours au début de la semaine, elle resta beaucoup avec lui, transporta la télé dans sa chambre, fit la lecture à haute voix, raconta des histoires, tout attendrie de ses remarques, de sa vivacité, de son innocente filouterie. Elle se reprocha de ne porter à son fils qu'un amour distrait, insuffisamment étonné. Seule l'année de sa naissance, la suivante peut-être, avaient marqué une trêve dans le ressassement égocentrique auquel, depuis l'adolescence, elle se laissait aller. Les vagissements du nourrisson, ses sourires, sa façon de s'attraper les pieds avec les mains, ensuite sa première dent, ses premiers pas, ses premiers mots lui avaient paru autant d'expériences inédites, extraordinaires, qui par contrecoup faisaient d'elle une personne unique. Le plus commun des événements, commun à la majorité des femmes, avait paradoxalement étanché sa soif de singularité, et la conscience de ce paradoxe, loin de relativiser la magie, en rehaussait l'évidence, le mystère, la plénitude. Elle ne souffrait plus de comparaisons incessantes. Quentin l'avait réconciliée, comblée. Grâce à lui, elle s'était pour un temps suffi : elle-même et nulle autre, sans désir d'être une autre, parce que la mère de cet enfant, et de nul autre. Elle qui avait raillé les parents extasiés devant leur mioche, leur attendrissement bêtifiant, l'indiscrétion de leur prosélytisme, ne se gênait pas pour les imiter, et même prenait plaisir à se rappeler sa sévérité passée, à fréquenter des gens qui, faute d'avoir franchi le pas, la professaient toujours; elle montrait à leur égard la suave et bienveillante intolérance d'un converti qui maintenant sait où est la vérité, n'attend pas que le raisonnement y conduise ceux qui errent encore mais leur souhaite de connaître un jour l'illumination transformant la niaiserie en grâce, l'asservissement en liberté, la banalité en indicible miracle.

Elle s'était habituée, cependant. Ses amies avaient eu des enfants. Elle n'aimait pas moins Quentin, mais cet amour, alors qu'il commençait à le lui témoigner à son tour, avait petit à petit cessé de rejaillir sur elle, de la rendre précieuse et incomparable à ses propres yeux. Quentin restait Quentin, et Frédérique sa mère, mais aussi une jeune femme parmi d'autres, une jeune enseignante, bientôt une moins jeune. Il lui semblait parfois, comme le jour des prénoms, entraîner son enfant sans pareil dans son orbite, celle des pareils, des interchangeables, des gens qui naissent, vivent, meurent et ne laissent pas de trace. C'était rare heureusement, fugitif, et trois jours de tête-à-tête, à la faveur d'une angine, restituaient à Quentin une identité dans la définition de laquelle s'affrontaient cependant le désir et la crainte de l'originalité. Elle le rêvait exceptionnel, sans bien savoir en quoi, mais aurait détesté qu'il portât les stigmates de l'enfant trop précoce, introverti, différent, le nez toujours fourré dans un livre – comme Jean-Pierre à son âge, aimait-on raconter dans la famille de celui-ci, et, pour ce qui en était résulté, elle aimait mieux que Quentin manifeste moins de goût pour la lecture que pour le skate-board, emploie les mots de tout le monde, des gamins de son âge et de la télévision, avec l'assurance épanouie du conformisme. Ils devenaient dans sa bouche des signes d'aisance sociale, de saine adaptation, naturels et charmants chez un petit garçon bien portant, entouré de copains et copines qui lui ressemblaient et, comme lui, feraient sans trop d'états d'âme leur chemin dans la vie.

A la sortie de l'école, les copains justement venaient lui rendre visite, sous prétexte de le tenir informé pour qu'il ne prenne pas de retard. Quentin était alors partagé entre le désir de paraître malade et celui de participer à des jeux qui, commencés autour de son lit, ne tardaient pas à s'étendre dans tout l'appartement. Connaissant d'expérience le laxisme de Frédérique, les copains l'entretenaient par des flatteries – « Elle est super, ta mère! » déclaraient-ils très fort – qui sapaient son autorité. Elle se résignait à n'en user que dans des cas extrêmes, quand par exemple le sort, voulant qu'il s'y collât, exilait Quentin sur le balcon, en pyjama, rieur, les pieds nus.

Jean-Pierre, le mercredi en fin d'après-midi, vint lui prêter main-forte, apporta un Gaston Lagaffe à Quentin, poursuivit les gamins dans le couloir en hurlant « Rontudju! », se roula par terre, bref joua le père sympa et rigolo avec un zèle qui, compte tenu de sa présence effective, agaça quelque peu Frédérique. Après être descendu acheter de quoi chez le charcutier, il resta dîner. Evitant, selon son habitude, de poser des questions plus précises, il demanda seulement à Frédérique si son week-end s'était passé comme elle voulait, puis, bien qu'il fût encore tôt pour cela, si elle comptait venir à l'Ile aux Moines pour les fêtes de Noël ou si elle avait d'autre projets. Frédérique reconnut les procédés d'inquisition discrets qui, sous couvert de concertation au sujet de Quentin, permettaient à chacun de s'assurer que rien, c'est-à-dire aucune liaison accaparante, ne menaçait sa place dans la vie de l'autre. Aussi se réjouit-elle d'inquiéter Jean-Pierre en déclarant qu'elle avait en effet d'autres projets et lui confierait donc Quentin pour les vacances.

« Ah bien, dit Jean-Pierre, très bien. » Dans le silence qui suivit, elle songea avec amusement qu'il serait probablement rassuré – surpris, troublé peut-être, mais au fond rassuré, de savoir à quoi elle avait occupé son week-end et comptait, déchargée de tout autre souci, passer les dix jours de Noël. En quoi, pensa-t-elle aussi, il aurait grand tort : ce qui faisait deux excellentes raisons, bien que contradictoires, pour ne rien lui en dire.

17

Elle n'eut finalement pas à attendre Noël pour prendre la clé des champs. Lorsque, Quentin guéri, elle retourna au collège, un mouvement de protestation auquel elle n'avait guère prêté attention mais qui, depuis la fin novembre, se formait parmi les élèves de l'enseignement secondaire, prit soudain de l'ampleur, débouchant sur une grande manifestation. La riposte policière, l'embarras coléreux du gouvernement se chargeant d'entretenir la flamme, même le calme collège de Frédérique se retrouva sur le pied de guerre. Elle en fut, le premier jour, agréablement étonnée.

Dix ans plus tôt, elle avait presque sans transition cessé d'étudier pour enseigner. En passant de l'autre côté de la barrière, elle estimait n'avoir pour sa part pas changé, mais que les étudiants, les lycéens, les « jeunes », comme elle avait horreur qu'on dise, s'étaient, eux, métamorphosés. A peine avait-elle abandonné leur camp, où elle pensait garder sans peine un pied, toutes les valeurs qu'on y honorait avaient cédé la place à d'autres, les contredisant point par point. De son temps, lui semblait-il, on cultivait l'insoumission, la paresse, l'insolence, à la fois – ou peut-être à la suite – la ferveur militante et la fierté de tirer au flanc, le mépris des vieux cons, qu'ils fussent profs, policiers ou politiciens, du fric, de la hiérarchie sociale et des ilotes qui s'entêtaient à en gravir les échelons. Et puis, à la faveur d'une changement sans doute insidieux, mais que Frédérique datait du jour où *elle* avait quitté le monde étudiant, il s'était désormais agi de réussir dans la vie, pour cela d'étudier en paix, sans se laisser distraire par des activités aussi vaines que le sexe, la drogue, la politique ou même la culture désintéressée – le sport, si, mais parce qu'il maintenait en forme. Propres et contents d'eux, satisfaits d'habiter chez leurs parents, aspirant sans honte à faire carrière dans l'informatique, la Bourse ou, considérée comme une fin en soi, la création d'entreprises, aussi indifférents au sort des damnés de la terre qu'au ridicule de ses nantis, les jeunes selon Frédérique mettaient une incompréhensible légèreté à tout prendre au sérieux.

A la vérité, en quelque dix années d'études, elle-même avait été témoin et partie prenante d'un glissement comparable qui, de l'engagement politique un rien grandiloquent, avait dans les années 70 entraîné ses amis de Vincennes vers une attitude de défaitisme ironique, d'ataxarie à la fois rigolarde et maussade, enseignant de se tenir sur la touche et d'observer, à peu près comme une émission de variétés à la télévision, l'absurde agitation du monde, la risible ambition de ceux qui prétendaient en tenir les rênes. Ces changements, toutefois, étaient de ceux que l'âge, les circonstances, les dispositions autant que l'air du temps opéraient en chacun de façon naturelle et surtout interne. Au départ et à l'arrivée, on avait affaire aux mêmes personnes, réelles et observables, tandis qu'une race nouvelle, différente, semblait avoir remplacé celle des jeunes gens dont Frédérique faisait autrefois partie. Elle enseignait à des mutants, aimables d'ailleurs, plus polis qu'elle n'était, mais capables, comme cet adolescent rencontré dans le métro, auprès de qui un semblable – cheveux courts, polo pastel, mocassins à pompons sur chaussettes Burlington – se plaignait d'un professeur particulièrement stupide et tyrannique, de répondre avec l'accent de l'évidence : « Eh oui, étonne-toi : il a eu son diplôme en 68 ! » – et c'était comme s'il avait dit, non que le professeur avait eu la malchance de grandir à une époque obscurantiste, mais qu'il s'était engagé spontanément dans la Waffen S.S.

Aussi, bien qu'indifférente aux iniquités contenues dans un projet de loi qu'elle n'avait pas lu et ne comptait pas lire, Frédérique éprouva une désaltérante surprise à voir les lycéens, manifestant, tenant des A.G., dirigeant contre un ministre des slogans malsonnants, renouer avec un folklore qu'elle croyait révolu, tout juste bon à entretenir la nostalgie bilieuse des gens de sa génération. Les premiers jours, elle se plut à trouver cela « mignon », mais s'aperçut avec déplaisir que le mot, qu'elle avait cru doucement provocateur et bien dans sa manière désinvolte, rencontrait une faveur certaine en salle des professeurs où les moins concernés de ses collègues jugeaient « frais » et « mignons » aussi leurs élèves manifestants. Rendue suspecte par cet écho, la sympathie qu'elle ressentait, assortie de la conviction que cette agitation était sans conséquence, lui évoqua fâcheusement l'indulgence amusée des aînés pour certaines manifs auxquelles elle avait en son temps participé. A eux, ça leur rappelait leurs monômes, et rien n'exaspérait

Frédérique comme cette façon bonhomme, il-faut-bien-que-jeunesse-se-passe, de minimiser des actions qu'elle jugeait pour sa part décisives, capables de mettre en péril un gouvernement.

Il lui fut pénible de se surprendre à endosser ce rôle aussi naturellement. « Ça nous rajeunit, tout ça! » avait-elle lancé en plaisantant à un vieux soixante-huitard de prof d'histoire-géo, à barbe et parka, syndicaliste teigneux qui à présent épluchait le texte de la loi Devaquet afin d'en détailler à ses élèves les plus fourbes implications. En réalité, tout ça, et sa façon de l'accueillir, la vieillissait terriblement, bien plus que la réconfortante pensée d'une jeunesse composée de petits vieux arrivistes. Vexée, elle changea en deux jours d'attitude. Les plus véhéments de ses élèves, remarqua-t-elle, n'avaient qu'un mot à la bouche : « correct ». Il fallait que les manifs fussent correctes, les éléments qui y participaient corrects, et correct le ton des revendications. « Responsable » plaisait aussi. Le souci de conduire une campagne de contestation avec le même sérieux, la même mesure vétilleuse qu'une carrière dans la banque, lui inspira d'aigres sarcasmes.

« Ce qui est un peu terrible, vous comprenez, expliquait-elle à Monsieur Laguerrière – débordé par les événements, sympathisant d'ailleurs avec les élèves, mais toujours honoré de converser avec le plus charmant et fantasque de ses professeurs –, ce qui me navre, c'est de voir qu'ils sont tellement peu déconneurs. Sérieux comme des papes, responsables, corrects. Pas un seul, je ne dis pas pour crier sur les toits, mais au moins pour penser que ce pauvre Devaquet, on s'en fout, et qu'une manif, entre nous, c'est tout de même une occasion de foutre le bordel. Pensez

122

qu'ils n'ont même pas eu l'idée de faire ça au printemps. Ces jours-ci, ça va, il fait beau, mais dans trois jours, il pleut : forcément, c'est fini. »

En cela elle se trompait, et aussi en croyant convaincre le principal, que le ton de ces sorties mettait mal à l'aise. Il y répondait par des paroles confuses et pacifiantes sur l'inquiétude de la jeunesse devant le marché du travail – sincère, du reste, mais n'osant ajouter que, surveillant général en 1968 dans un lycée très bourgeois, il avait été séquestré presque 24 heures dans des toilettes bouchées, et se réjouissait surtout du discrédit où étaient tombées de telles pratiques.

Frédérique, excédée, coupait court avant de se laisser aller à dire que c'étaient tous des petits cons, ce que même Madame Fourques, pourtant catholique intégriste et suspecte de voter Le Pen, n'osait soutenir ouvertement. Jean-Pierre, si, mais Jean-Pierre, ayant par coquetterie décidé qu'il n'atteindrait son étiage que vers 80 ans, professait le mépris de la jeunesse, surtout des étudiants et lycéens qu'il jugeait conformistes, incultes, mal lavés, et il n'était pas spécialement agréable de tomber sur ce genre de points d'accord avec Jean-Pierre. Emportée cependant par une rage de dédain qu'elle comprenait mal, qui ne s'accordait avec aucune de ses positions, Frédérique continuait à tenir au collège des propos dont la saveur subversive perdit beaucoup à être exprimée le jour où Louis Pauwels en développa, sans plaisanter, d'à peu près semblables dans un éditorial du *Figaro-Magazine* et où des policiers motocyclistes tabassèrent à mort un jeune homme mêlé à la foule étudiante. Frédérique, ce jour-là, se sentit trahie. Voyant, au début de la semaine suivante, qu'à la suite de ce drame la

123

grève s'étendait – « Alors, lui dit le prof d'histoire barbu avec une satisfaction cruelle, on flippe ? Le Sida mental se propage ? » –, elle décida d'en profiter et, plus tôt qu'elle ne l'avait prévu, de regagner un monde où les réactions absurdes, les malentendus, les repentirs morveux, s'ils existaient aussi, n'engageaient d'autre conséquence que la perte ou le gain de quelques billets de banque, un refuge de feutre vert et de velours cramoisi où les passions se neutralisaient, où nul ne la connaissait, n'exigeait d'elle convictions ou palinodies et où, au moins, on la laisserait tranquille.

18

Instruite par l'expérience, Frédérique emporta davantage d'argent liquide, s'arrêtant toutefois au seuil des 1 800 francs consentis par les distributeurs automatiques, non par avarice, mais parce que cette somme, convertie en jetons de 50, formait exactement le capital nécessaire pour suivre jusqu'au trente-sixième coup, soit le point de non-retour sur les numéros pleins. La coïncidence entre le montant ainsi fixé de sa fortune, son numéro fétiche, le nombre de fois où, au pire, elle était résolue à le jouer, son âge provisoire et sa pointure vraisemblablement définitive lui donnait le sentiment d'une harmonie secrète, personnelle, capable de forcer la chance en sa faveur. De plus, en se fiant à de telles intuitions, elle pensait imiter les vrais joueurs, qu'elle se figurait à la fois superstitieux et rusés. Espérant, à force d'application, acquérir cette ruse, elle n'avait d'ailleurs pas l'intention de s'acharner sur un numéro plein, fût-ce le 36, mais de se familiariser avec les différentes sortes de mises que recensait l'aide-mémoire de Claude. Il lui importait peu de perdre, cette fois : elle considérait cela comme le prix à payer pour une séance de travaux pratiques, l'équivalent de ce que coûtent à un apprenti conducteur ses leçons d'auto-école. Et la leçon, en soi, était un plaisir.

Assise en bout de table, ne misant que tous les deux ou trois coups pour faire durer ce plaisir et ne manquer aucun de ses enseignements, elle avançait ses jetons en disant d'un ton détaché : « 13-18 » – c'était un sizain –, ou : « 31-33 » – une transversale. Elle perdit ainsi quelques pièces, en gagna, mais ne tarda pas à dédaigner ces mises trop simples, désignées par un vocabulaire transparent. Elle désirait s'entendre prononcer telle de ces formules idiomatiques qu'elle surprenait au vol sans en comprendre le sens : « Tout au tiers... 26 et latéraux... 17 chevaux voisins... 13 et voisins... » Entendant cela, le croupier, au lieu de recouvrir le 13 et les cases qui l'entouraient – comme il l'avait fait quand une dame avait réclamé « le complet du 13 » –, répartissait les jetons un peu partout, les uns à cheval sur deux numéros, d'autres couvrant un carré de quatre, dans un ordre apparemment arbitraire : le sachant en réalité codifié, Frédérique aspirait à connaître et maîtriser ce code.

Mesurant les progrès accomplis en deux séances où pourtant elle s'était tenue aux numéros pleins, sans prendre garde aux autres possibilités, elle devinait que bientôt ce qui lui échappait serait devenu familier, qu'elle dirait : « 36 et voisins » le plus naturellement du monde, sans effort pour se rappeler ce qu'on entendait par là. Déjà, en observant, elle avait compris ce que signifiaient les finales : « Finale 9 », tous les numéros se terminant par 9, « Finale 5 », tous ceux qui se terminent par 5, et pourquoi celle-ci réclamait quatre jetons, la première seulement trois.

Cette question du nombre du jetons requis par chaque annonce la retenait de se jeter à l'eau. Il était facile, en effet, de répéter un ordre ésotérique sans savoir ce qu'il signifiait. Le croupier, lui, saurait, et disposerait les pièces dans les règles. Seulement, combien lui en donner? Elle craignait de commettre une erreur, en donnant trop ou pas assez de provoquer une réaction étonnée, impatiente, et elle aurait beau dire : « Mais oui, où avais-je la tête? », son inexpérience sauterait aux yeux.

Deux fois, sûre de ne pas se tromper, elle joua des finales, dont l'une lui rapporta un plein et augmenta son assurance. Mais les fameux « voisins » l'intriguaient, et aussi « le tiers », « les orphelins ». Se rappelant que ces mots figuraient sur le pense-bête de Claude, expliqués de façon tellement sybilline qu'elle avait jusqu'alors fait l'impasse dessus, elle quitta la table pour le consulter de nouveau, à l'écart, comme faisait Jean-Pierre avec un petit carton sur quoi étaient notés de 1 à 20, les millésimes des différentes régions viticoles : confronté à la carte des vins d'un restaurant, il déclarait avec son aide que telle année était dégueulasse en Bordeaux, telle autre intéressante en Bourgogne, mais ne supportait pas qu'on le vît s'en servir et l'étudiait à la dérobée, en feignant de chercher quelque chose dans son portefeuille ou même en s'enfermant aux toilettes.

Ainsi, à l'abri d'un rideau, dans l'embrasure d'une fenêtre, Frédérique découvrit ce qu'étaient les voisins, du zéro ou de n'importe quel chiffre. C'étaient tout simplement ceux qui l'entouraient, non pas sur le tapis, mais sur le cylindre de la roulette. Cette découverte la transporta. Elle traçait une frontière entre deux façons de jouer, complémentaires et irréconciliables. L'une, évidente, se référait au tapis sur lequel, respectant une convention connue de chacun, les chiffres de 0 à 36 s'alignaient docilement. L'autre, secrète, magique, courtisait le désordre du cylindre sur le pourtour duquel le 0, le 32, le 15, le 19, le 4, le 21 voisinaient de façon aussi aléatoire qu'ils étaient susceptibles de sortir. Ainsi, jouant un sizain, on se fiait indûment à un bloc compact, en réalité démembré : en réalité, oui, car le cylindre exprimait la réalité de la roulette; et seuls les vrais joueurs, les croupiers, étaient rompus au va-et-vient entre cet agencement réel, dérobé à la foule, et la plus commune de ses transpositions, imposée sur la feutrine verte par une sorte de concession au monde contingent qui déployait son chaos autour du cratère où régnait, souverain, l'ordre du hasard.

Le cylindre, sous le choc de cette révélation, parut à Frédérique l'équivalent d'un gyroscope, qui semble tourner à toute allure alors que la terre entière tourne autour de lui, seul en réalité à rester immobile. Du coup, elle n'éprouvait que du dédain pour la morne et trompeuse configuration du tapis, miroir aux alouettes auquel elle résolut de ne plus se laisser piéger. Elle comprenait fort bien, cependant, que cette préférence nouvelle n'augmentait pas ses chances de gagner, qu'il était illusoire, une fois saisi le phénomène qui de six numéros groupés sur le tapis faisait six numéros épars sur le cylindre, et l'inverse, d'espérer en tirer la moindre indication sur l'alvéole ou même le secteur où viendrait se loger la bille. Seulement, jouer le cylindre lui procurait la sensation d'une intimité nouvelle avec la roulette, de se soumettre mieux à son empire et d'en montrer cette connaissance idiomatique qu'elle avait enviée aux joueurs chevronnés. Elle tutoyait le jeu désormais, découvrait l'envers du décor comme un cinéphile aguerri distingue dans l'entraînante continuité d'un film les changements de plan ou d'objectifs, les bavures ou prouesses techniques qui échappent au spectateur moyen, naïvement pris par l'histoire. Il lui restait, sans doute, beaucoup à apprendre : noter à bon escient les numéros sortis, tirer des conclusions de ces colonnes surchargées où l'on s'absorbait autour d'elle. Mais déjà, l'idée de réclamer à son tour des voisins, sur un ton négligent d'habituée, la grisait comme le signe, discret mais irréfutable, de son intronisation dans la société des vrais joueurs.

Y regardant de plus près, elle s'aperçut que les voisins du zéro réclamaient neuf pièces, mais que le 36 n'y figurait pas. Il faisait partie de la zone appelée Tiers, que six pièces permettaient de contrôler. Dommage : Frédérique se serait volontiers définie comme « voisine du zéro », une raison sociale qui, estimat-elle, lui allait comme un gant. Mais on pouvait jouer les voisins d'autres chiffres : l'aide-mémoire en dressait la liste, pour chacun. Sept pièces, grâce à des chevauchements sur le tapis, suffisaient à couvrir ceux du 36. Elle s'appliqua à en mémoriser la disposition afin de se passer des serviteurs du croupier, car les voisins, hormis ceux du zéro, n'ont pas le statut d'annonces homologuées : on doit placer soi-même, en principe, ses jetons. Pour être plus libre de ses mouvements, elle ne s'assit pas, mais se déplaça autour de la table, profitant des brèches, allongeant le bras entre les épaules des joueurs, anxieuse de se tromper, de n'être pas remarquée par les croupiers, ou de n'avoir pas le temps de compléter ses mises avant le « Rien ne va plus » que le bouleur prononça alors qu'elle déposait son dernier jeton sur le 36, tout en bas du tableau.

La bille, heurtant un galet, quitta la galerie. Frédérique était trop loin pour voir passer les numéros, tâcher de repérer les neuf qu'elle avait joués, comme les passagers aux fenêtres d'un train lancé à vive allure. Elle remonta le long de la table, se posta près de la roulette, derrière le cordon de velours rouge qui la séparait du public.

« 6, noir, pair et manque! » annonça le bouleur. Déçue, elle se mordit les lèvres puis, regardant le carton qu'elle tenait encore à la main, s'aperçut que le 6 faisait partie de *ses* voisins et qu'elle avait touché un plein.

Elle en toucha trois autres, au cours de la soirée, et se retrouva vers la fin à la tête d'une somme dépassant légèrement son capital de départ. Le casino, en semaine, fermait plus tôt que le week-end. Un peu avant deux heures, les croupiers annoncèrent « les trois dernières ». Il restait une vingtaine de joueurs dans la salle, rassemblés autour d'une seule table, tandis qu'on recouvrait les autres de draps sombres, ce qui donnait l'impression d'un cocktail prolongé au milieu d'une veillée funèbre. Le tapis de la dernière disparaissait sous les mises, comme si l'imminence de la clôture, la perspective de quitter ce cercle de lumière pour échouer, dégrisés, dans le froid de la ville endormie et la solitude de leurs chambres d'hôtel avaient affolé les joueurs attardés, prêts à se défaire de tout ce qui leur restait pour profiter pleinement des derniers instants qu'on leur consentait. Frédérique, raisonnablement, décida de ne miser que ses gains, en se fiant au 36 en plein. Elle perdit mais, après la dernière boule, un petit homme d'une soixantaine d'années, plus chanceux sans doute, annonça qu'il offrait une tournée générale.

130

Une clameur d'approbation salua ce sursis. Tout le monde, joueurs, croupiers, valets, se dirigea vers le bar. Frédérique suivit. Le champagne coula. Le généreux petit homme s'était laissé tomber dans un fauteuil et, la coupe à la main, accueillait les hommages avec une modestie de monarque. On l'entourait, trinquait à sa santé. On le félicitait comme d'une action d'éclat, insistant sur le cran dont il avait fait preuve.

« J'ai bien cru, un moment, que je ne tiendrais pas le coup », confessa-t-il.

Frédérique, absorbée par son propre jeu, n'avait pas suivi le sien et saisissait mal quel mérite, hors celui d'offrir à boire, il avait démontré en touchant vraisemblablement un plein. Interrogeant son voisin de bar, un grand type décharné, mélancolique, dont la veste de cuir, assortie à l'étroite cravate, semblait posée sur ses épaules comme sur un cintre, elle fut d'abord surprise d'apprendre que le héros avait simplement misé sur le noir. Mais le noir, détail qui lui avait échappé, était sorti six tours de suite et, chaque fois, il avait laissé sur le tapis sa mise initiale et ses gains cumulés, sans mettre de côté un seul jeton. Cette audacieuse escalade, guère plus rentable en l'occurrence qu'un plein mais autrement digne d'admiration, s'appelait « faire paroli » et, glissa son mentor à Frédérique, on avait vu parfois, lui-même avait vu de ses yeux et rapportait le fait avec une ferveur religieuse, des parolis de neuf ou dix coups. Comme en écho, et bien qu'il n'ait pu entendre cette affirmation, le vainqueur, oubliant son précédent aveu, déclara à la cantonade : « Un tour, deux tours encore ! Parti comme j'étais, je vous jure que je suivais !

– A ce train, cher Monsieur Bouglione, vous auriez bien fini par nous ruiner », dit un homme en costume bleu marine, bedonnant, paterne, les cheveux gris lissés avec soin en arrière : « le directeur des jeux », souffla le voisin de Frédérique.

Les joueurs qui, autour des tables, s'étaient toute la journée ignorés, bavardaient à présent familièrement. Beaucoup se connaissaient; ils se tapaient dans le dos, se demandaient des nouvelles, comme surpris de se retrouver alors qu'ils n'avaient pas quitté la salle de la soirée. On aurait dit des employés astreints au silence durant leur travail par un règlement pointilleux et qui, à l'occasion d'un pot pour le départ d'un collègue, peuvent enfin se détendre, renouer des liens humains. Du reste, la plupart ressemblaient à des employés; et, de même qu'à la sortie d'un bureau s'échangent principalement des histoires de bureau, le jeu, après avoir mobilisé les esprits, nourrissait les conversations que Frédérique s'efforçait de suivre.

Il n'y avait, en dehors d'elle, qu'une femme : la cinquantaine petite-bourgeoise, le cheveu rare et roux, aux racines noires, la bouche plissée d'amertume. Elle se tenait un peu à l'écart du groupe le plus animé, formé autour de Monsieur Bouglione et du cordial directeur des jeux; on sentait qu'elle aurait voulu y être admise, mais n'osait s'imposer; faute de mieux, elle parlait avec un vieux croupier qui, lui-même en retrait, tâchait d'écouter à la fois ce qu'elle disait et ce qui se disait dans le cercle des maîtres. Soudain, à la faveur d'un creux dans le brouhaha, une phrase qu'elle prononça sur un ton presque vindicatif retentit haut et fort, comme un défi :

« Et puis, ce n'était pas à la même table! »

Le croupier, à qui l'objection s'adressait, haussa les

132

épaules et les conversations auraient repris leur train si le directeur des jeux ne s'était tourné vers la femme et, la reconnaissant, exclamé :

« Ah! Chère Madame Krechmar! Je ne vous avais pas vue! Mais il m'a suffi de vous entendre. Je vous reconnais bien, Madame Krechmar! » Il répéta son nom, apparemment connu de tous, avec une onction bienveillante où Frédérique perçut de l'ironie. « Pas la même table, allons! Quelle importance? Voyons, Madame Krechmar, ce n'est tout de même pas, j'espère, à une systémière avertie que je devrais citer Marigny de Grilleau. Si? »

Madame Krechmar, butée, gênée de se trouver au centre de l'attention, ne répondit pas. Derrière les fines lunettes du directeur brilla la lueur de malice par quoi un professeur cabot accueille l'aubaine de placer un morceau de bravoure aux dépens de son cancre favori. Le cercle s'étant élargi, il donna de la voix :

« Eh bien, s'il faut le rappeler, je vous rappellerai donc que Marigny de Grilleau, au début de ce siècle, cherchait à découvrir les lois mathématiques du hasard, ce que certains, dont je suis, estiment aussi vain que de s'acharner sur la pierre philosophale, mais enfin lui ne le pensait pas, nos amis systémiers non plus, et peut-être un jour me donneront-ils tort. Ce jour- là, soit dit en passant, il nous faudra mettre la clé sous la porte. Toujours est-il que Marigny à passé cinq ans, assisté de plusieurs secrétaires, ce qui à l'époque était autorisé, à relever systématiquement toutes les boules sortantes à Monte-Carlo : une permanence digne de foi, vous l'admettrez. Un jour, le directeur du casino vient le trouver, lui dit son étonnement de le voir arriver tous les jours avant l'ouverture des tables et repartir après la fermeture. N'est-ce pas trop de zèle ? " Du tout, répond le grand savant, car pour que mes statistiques soient exactes et puissent servir mes recherches, il faut que je ne manque pas une seule boule. – Fort bien, répond mon collègue de l'époque. Et dites-moi, Monsieur Marigny, pour la table numéro 2, est-ce que vos statistiques vous donnent satisfaction ? – Certainement, dit Marigny. – Ah, vraiment ? C'est bien étrange, car elles sont incomplètes, je peux vous l'assurer. – Comment ? s'indigne Marigny. Je vous assure qu'en cinq ans je n'ai pas laissé passer une seule boule à cette table ! – Hé si Monsieur Marigny ! Des milliers et des milliers. Car voyez-vous, avant l'heure d'ouverture, cette table sert à notre école de croupiers qui chaque matin, pour s'entraîner, y font tourner deux bonnes centaines de boules ! " »

Il y eut un silence, que rompit le vieux croupier en éclatant d'un rire servile. On l'imita. « Vous ne connaissiez pas cette anecdote ? demanda le conteur.

– Mais si, c'est très connu, dit quelqu'un.

– Tu parles ! » soupira, écœuré, le voisin de Frédérique, sans que celle-ci puisse déterminer s'il émettait un doute quant à la célébrité de l'histoire, à son authenticité, ou à la justesse des conclusions que certains en tiraient. Il importait peu : sans comprendre, Frédérique baignait dans un concert de savoir et d'expérience où bientôt elle tiendrait sa partie, se prononçant avec une compétente désinvolture pour un contre Marigny de Grilleau.

« Tout cela ne prouve qu'une chose, reprit le directeur des jeux, c'est que notre chère petite bille d'ivoire ne sait ni à quelle table elle se trouve, ni quand elle a servi pour la dernière fois. Et maintenant – ajouta-t-il en claquant des mains avec bonhommie – il se fait tard, mes bons amis. La maison devrait être fermée depuis longtemps. »

Tout le monde se retrouva dehors. Certains, dont Monsieur Bouglione et sa cour, s'éloignèrent aussitôt vers leurs voitures. On entendit des portes claquer, des moteurs s'échauffer. Malgré le froid, un petit groupe s'attardait sur le perron; par indécision, Frédérique s'y mêla. On échangeait des commentaires allusifs, des bâillements, des rires qui se transformaient en quintes de toux. Ils ne furent bientôt plus que quatre, qui tous logeaient en face, à l'hôtel. Quand les derniers membres du personnel furent sortis, ils se résignèrent à descendre l'allée, précédés par les feux arrière d'une voiture qui, après avoir longtemps observé le stop, s'engagea dans l'avenue et disparut au tournant. L'homme à la veste de cuir qui avait servi de cicerone à Frédérique marchait devant, avec un moustachu replet engoncé dans un lourd pardessus. La buée de leurs paroles formait devant eux comme des bulles de bande dessinée où se seraient inscrits des souvenirs de parolis retentissants. Le gravier crissait sous leurs pas. Frédérique, en se retournant, vit que l'enseigne du casino était éteinte. Madame Krechmar, coiffée d'une énorme chapka à oreillettes, réglait son allure sur la sienne, lui parlant d'une voix acrimonieuse qui semblait l'accuser autant que la prendre à témoin. « Vous avez vu, disait-elle, comment il m'a traitée? C'est toujours comme ça, ils détestent les systémiers, et là en plus j'étais seule, et eux tous contre moi, à rigoler comme des ânes. Seulement, au bout du compte, c'est quand même moi qui rigole, parce que, dites, qui est-ce qui leur prend de l'argent? Qui est-ce qui les emmerde pour de bon? C'est nous, et ils le savent. Alors ils peuvent toujours nous faire le coup du mépris, chouchouter les flambeurs qui leur laissent la grosse galette, ou les guignols comme l'autre, avec son paroli, à payer le champagne pour bien qu'on l'admire, alors qu'il a touché quoi, je vous le demande? Soixante pièces, et à part ça il perd tout ce qu'il peut... Mais il est content, il paye le champagne, Monsieur Bouglione par-ci, Monsieur Bouglione par-là, n'empêche que moi, je vous le dis, sur l'année, c'est Monsieur Bouglione qui y laisse des plumes, et c'est moi qui rigole. »

19

« Oui, poursuivit Madame Krechmar, c'est toujours la même chose. Je me rappelle, tenez : il y a quatre ans, je jouais un petit système, une combinaison du Tiers avec les colonnes, ce serait trop long de vous détailler, mais je peux vous garantir une chose, c'est que je l'avais testé sur un an de permanence de Monte-Carlo. Cinquante-six mille boules, je ne sais pas si vous vous représentez, mais ça fait beaucoup, croyez-moi. J'y ai passé presque un an, tous les soirs de la semaine, à la maison. Mon mari, le pauvre chat, était encore de ce monde, ça le rendait fou. Ça ne vous ennuie pas si je prends un bain de pieds ? Mes pieds me font souffrir. Servez-vous, je vous prie... »

Avant de disparaître dans la salle de bains dont elle laissa la porte entrouverte, elle désigna un thermos, sur la table de chevet. Frédérique dévissa le bouchon, respira et fit la grimace : une sorte de grog sans doute, qui fleurait aussi la cerise.

Cinq minutes plus tôt, elles s'étaient aperçues en demandant leurs clés à la réception que leurs chambres étaient contiguës et Madame Krechmar avait invité Frédérique à boire un dernier verre dans la sienne. Bien que tombant de sommeil, Frédérique saisit l'occasion de s'instruire auprès d'une vieille renarde. Malheureusement, Madame Krechmar, inconsciente ou simplement insoucieuse du niveau de son auditoire, s'était mise aussitôt à soliloquer en termes si techniques, et sur un ton encourageant si peu l'interruption, qu'elle l'écoutait à présent avec la sorte d'attention hébétée qu'inspire une émission surprise par hasard en tournant le bouton de la radio, quand on n'identifie même pas la langue parlée par l'orateur. Le vacarme des robinets tenait lieu de friture, dont triompha bientôt la voix de Madame Krechmar : « Voulez-vous m'apporter le thermos ? Vous serez bien gentille. Entrez, entrez, je suis visible », ajouta-t-elle avec un gloussement de coquetterie. Frédérique, un peu embarrassée, prit le thermos et entra dans la salle de bains. Madame Krechmar avait troqué sa robe, suspendue maintenant à un cintre, contre un kimono brodé de pivoines et d'oiseaux exotiques. La chaleur faisait luire la poudre sur ses joues. Assise sur la seule chaise de la pièce, les genoux relevés à la hauteur de la poitrine, elle jetait de grosses poignées de sels dans le bidet fumant où trempaient ses pieds. Frédérique versa un peu du contenu du thermos dans le verre à dents qu'elle lui tendait et, pour se donner une contenance, en saisit un autre sur la tablette du lavabo. Prudemment, elle ne le remplit qu'à demi.

« Oui, je vous disais, reprit Madame Krechmar. Je l'ai donc testé, mon petit système, et je peux vous assurer qu'il était valable. J'aurais pu l'appliquer, à l'heure où je vous parle, je serais riche. Alors, vous me direz, qu'est-ce qui s'est passé ? Le système a sauté ? Vous n'y êtes pas, mais alors pas du tout. C'est seulement que, pour l'appliquer correctement, vous pouvez toujours courir. Et vous savez pourquoi ? Parce qu'à chaque attaque, comprenez-vous, il s'agissait de jouer entre dix et quinze numéros. C'était un système sur les pleins, quelque chose d'assez compliqué, mais valable, je vous assure. Et pour savoir lesquels, de numéros, il y avait tout un jeu d'écritures. Même avec mes petits tableaux bien tenus, et je vous prie de croire que je faisais ça proprement, c'est du travail, ça prend du temps, et pas seulement les écritures, mais aussi de placer sa douzaine de jetons comme il faut. Et le temps, c'est ça qui manque. Le signal n'est même pas sorti que déjà ça repart, estimez-vous heureuse si vous avez en tout une petite minute à vous. Sans compter que ces cochons de bouleurs, je ne sais pas si vous avez remarqué, c'est tout juste s'ils ne disent pas " Rien ne va plus " avant même d'avoir lancé. Alors qu'il y a des règles, je peux vous montrer, c'est imprimé au *Journal officiel*, mais pour les faire respecter, le client peut toujours se brosser. Surtout le systémier évidemment. Déjà que j'avais à peine le temps de faire mes petits calculs, s'il avait fallu demander aux croupiers de me placer mes jetons, vous pensez bien que j'arrivais trop tard. Alors je devais bien me débrouiller comme une grande. Résultat, vous ne pouvez pas savoir combien de pleins je me suis fait rafler sous le nez. Pas de discussion possible. Vous protestez, le chef de partie vous dit, réglé comme du papier à musique : " Il fallait les confier au croupier, Madame, pour éviter toute contestation. " Ils vous disent ça droit dans les yeux, ça les fait même sourire, alors qu'ils viennent de filer votre pognon à un guignol de flambeur qui a arrosé la table n'importe comment, en veux-tu en voilà, et je suis prête à parier qu'il ne se rappelle même pas quels numéros il a couverts. Ma main au feu. Mais vous comprenez, on leur dit : " C'est bien à vous, Monsieur ? " ils ne vont pas répondre non, surtout qu'ils ne savent même pas, et si moi je viens dire que minute, papillon, c'est pas à eux, tout ça, mais à moi, et que moi je sais très bien où je les ai mis, mes jetons, et même qu'ils peuvent regarder mon tableau, s'ils savent lire, c'est logique, c'est écrit noir sur blanc, c'est le système qui voulait que je joue ça, tu parles Charles, ils te regardent comme une crotte. Le sourire, la bouche en cœur, mais comme une crotte. Alors qu'en plus, pour eux, question pièce-employés, ça revient au même. Je vous ai dit, c'était un système sur les pleins et moi, quand je touche un plein, je ne suis pas plus rapiat qu'une autre, je donne la pièce. Sur un plein, toujours. Mais non, le flambeur est roi. Forcément, on lui tire son pognon, alors de temps à autre on lui fait une petite fleur, ni vu ni connu, et c'est le systémier qui trinque. C'est comme ça, il faut le savoir. Et vous savez pourquoi ? Vous savez une chose ? Ils sont tous là à dire, en prenant des airs : s'il y avait un système valable, ça se saurait et le casino mettrait la clé sous la porte. Moralité, flambez, allez-y, roulez jeunesse, c'est le hasard, point à la ligne. Mais la vérité vraie, c'est qu'un système valable, ils vous empêchent de l'appliquer. Pas fous. Parce que le mien, je peux vous garantir qu'il marchait. Mais pas à la table, forcément. Ils s'arrangent pour que vous n'ayez pas le temps de faire vos écritures, ou alors ils vous font presser et vous vous embrouillez, et si vous gagnez quand même, eh bien ils font semblant de ne pas avoir vu. Je les connais. Vous allez me dire, je vous vois venir, que si un croupier repérait un système valable, peut-être qu'il pénaliserait le systémier,

140

et d'ailleurs c'est ce qui se passe, mais il filerait tout de suite dans un autre casino pour s'en servir, lui. Seulement là, je vous arrête. C'est plus compliqué que ça. Un croupier, d'abord, mettez-vous bien ça dans la tête, ça gagne très, très correctement sa vie. Avec les flambeurs, les pièces-employés en veux-tu en voilà, ça chiffre vite. Alors, le croupier, il n'a aucune raison d'aller se casser la tête avec un système pour se faire des clopinettes quand de toute façon elles lui tombent toutes cuites dans les poches. Enfin, façon de parler, ils n'en ont pas, de poches. Alors qu'un système, ça n'est pas du tout cuit, c'est du travail. Celui dont je vous parlais, testé sur Monte-Carlo, 56 000 boules, je vous prie de croire que je n'ai pas chômé. Mais ça rendait. Petit à petit, je m'entends. Pas de gros gains qui en mettent plein la vue, mais corrects, réguliers. Et si ça rendait sur les permanences, forcément ça rendait à la table. Enfin ça aurait rendu, et avec un petit capital. Ça compte aussi, ça, c'est même ça qui compte avant tout. Parce que j'en ai connu, des systèmes, il y en a autant que vous voulez, et souvent avec des montantes bien sèches. A la maison, c'est du gâteau, mais pour les appliquer, il vous faut, je ne blague pas, des mille pièces de départ. A 20 francs la pièce, faites votre petit calcul, vous verrez que tout le monde ne peut pas suivre. En tout cas pas moi, je vous le dis tout de suite. Moi, je joue mes petites progressions, jamais plus de trois fois la mise, après je me retire toujours. Le paroli, comme l'autre guignol, ce n'est vraiment pas mon genre. Chacun son tempérament, et puis chacun son portefeuille, hein, c'est là où le bât blesse le plus souvent. Je me rappelle, tenez, il y a quelques années... vous n'avez pas dû connaître ça. Vous n'avez jamais pris le car? Non, je me souviendrais.

– Le car? » répéta Frédérique, supposant que le mot avait un sens caché.

Madame Krechmar fit signe qu'elle lui resservît à boire.

« Oui. Il y a deux ans encore, même pas, il y avait un car pour ici, tous les samedis après-midi. De Paris, je veux dire. Vous êtes de Paris? Je m'en doutais. Vous avez l'allure parisienne, je dirais même le chic parisien. Et puis tout le monde est de Paris, ici... Il partait devant la brasserie Wepler, place Clichy. Retour le dimanche soir. On s'y retrouvait entre habitués, on discutait, c'était plus sympathique que le train. Avant que je prenne ma retraite, forcément, je ne venais qu'en week-end, et je crois bien que ce car, je l'ai pris tous les samedis en vingt ans. Enfin, presque...

– Vous faisiez quoi? interrompit Frédérique. Je veux dire, avant votre retraite.

– Parfumerie, dit Madame Krechmar, assez sèchement pour décourager toute demande de détails. Eh bien, enchaîna-t-elle, presque tous les week-ends, dans ce car, j'avais l'occasion de bavarder avec un monsieur, un systémier aussi. Assez âgé, très distingué, on ne le voit plus maintenant, et vous allez savoir pourquoi. Il avait étudié un système, un truc sur la loi du Tiers, qui était tout ce qu'il y a de plus valable, du moins c'est ce qu'il disait, et moi, personnellement, je lui fais confiance, parce que c'était un peu sa partie, il était professeur de mathématiques. Agrégé, vraiment très sérieux. Le plus beau, c'est qu'il ne jouait pas. Jamais je ne l'ai vu toucher un jeton. A ce qu'il m'a dit, il s'est mis à s'intéresser à la roulette comme ça,

142

juste pour la théorie et même, les deux premières années, il n'a jamais mis les pieds dans un casino. Il travaillait chez lui, avec ses permanences...

– Attendez, dit Frédérique. Je n'y connais pas grand-chose, vous savez. Qu'est-ce que c'est qu'une permanence ? »

Arrêtée dans son élan, Madame Krechmar leva sur Frédérique le regard, incrédule avant d'être atterré, d'un professeur de faculté découvrant soudain que ses étudiants ne savent ni lire ni écrire, et assistent à ses cours accompagnés chacun d'un kangourou en laisse.

« Vous ne savez pas ce que c'est qu'une permanence ? Vous jouez comment, alors ? Au petit bonheur la chance ?

– Plus ou moins, confessa Frédérique. Enfin, souvent les voisins... » ajouta-t-elle, regrettant aussitôt cette justification d'élève prise en faute. Sans désirer vraiment s'aliéner l'estime de Madame Krechmar, il lui aurait plu d'incarner à ses yeux soudain dessillés le personnage maudit de la flambeuse. Mais l'ancienne parfumeuse, d'évidence, la prit simplement pour ce qu'elle était, une débutante, et, retirant ses pieds du bidet, s'écria :

« Les voisins, les voisins ! Ça ne veut rien dire, les voisins ! Moi aussi, je joue les voisins, si vous allez par là. Ma pauvre petite, je vais vous montrer. »

Et, sans même s'essuyer, en laissant sur la moquette des traces d'orteils, elle retourna dans la chambre. « Apportez le thermos et les verres ! » ordonna-t-elle à Frédérique, qui la retrouva assise au bord du lit, fouillant dans un cartable qu'elle portait déjà au casino. Elle en sortit, parmi des brochures, des chemises en carton bourrées de papiers jaunâtres,

143

un gros livre qu'elle ouvrit sous le nez de Frédérique avec l'autorité confiante de qui, par un choc salutaire, pense triompher d'un cas d'amnésie.

« Tenez, c'est celle dont je vous parlais. Monte-Carlo. Toutes les boules du 1er juillet 1972 au 30 juin 1973. Avec ça, vous pouvez commencer à vous amuser. »

Le livre, que Frédérique feuilleta, ne contenait qu'une succession de chiffres sur deux colonnes, comparée à quoi les relevés de partie publiés par la revue d'échecs dans laquelle Jean-Pierre feignait autrefois de s'absorber auraient presque paru attrayants.

« Bon, j'admets, dit Madame Krechmar, que c'est surtout commode pour les systèmes sur les chancess simples. Mais même pour les chances multiples, vous savez, on s'en tire. Il suffit d'un peu d'habitude.

– Mais enfin, soupira Frédérique, ça sert à quoi ?

– Comment ça, à quoi ? Ça sert à tester les systèmes. Vous avez toutes les boules sorties pendant un an, regardez. Les noires à gauche, les rouges à droite, et sur 56 000, excusez-moi, vous trouverez toujours des gens pour vous dire que ce n'est pas assez, mais moi je dis que si le système marche là-dessus, il doit marcher à n'importe quelle table. Le hasard, vous savez, c'est toujours la même chose. Le monsieur, là, dont je vous parlais, il pensait que ça ne suffisait pas, et c'est pour ça, une fois qu'il a fini avec ses permanences, il faut dire qu'il n'y en a pas tant dans le commerce, il s'est mis à venir au casino. Pas pour jouer, juste pour s'en faire de nouvelles, être sûr que son système marchait dans tous les cas. Ce qui est idiot d'ailleurs, parce qu'un système finit toujours par sauter, je suis la première à le reconnaître. Pour ce

144

que ça lui a réussi, d'ailleurs, pauvre Monsieur Huon...

– Monsieur comment? demanda Frédérique, que le nom arracha à son accablement.

– Monsieur Huon.

– Et vous dites qu'il était professeur de mathématiques?

– Oui. Vous l'avez connu?

– Je crois bien. Un vieux monsieur avec des lunettes et un sonotone? Toujours en costume gris et cravate blanche?

– Cravate blanche oui, toujours. Très distingué. C'est curieux que vous l'ayez connu. Le monde est petit.

– Le plus curieux, dit Frédérique, rêveuse, c'est que j'ai vu dans le train, il y a quinze jours, en venant ici, quelqu'un qui lui ressemblait beaucoup.

– Ça m'étonnerait que ce soit lui, parce qu'il n'est pas revenu depuis au moins deux ans.

– Ça m'étonnerait aussi. Il est mort.

– Ah? C'est triste, ça. Remarquez, après ce qui lui est arrivé...

– Racontez, dit Frédérique en refermant le livre.

– Eh bien voilà. Je vous disais qu'il s'était mis à venir ici pour se faire de nouvelles permanences. C'est comme ça que je l'ai connu. Il venait tous les week-ends, par le car, comme moi, et il notait, il notait, il ne faisait que ça, toutes les boules jusqu'au dimanche soir à la table 4, toujours la même, et il n'avait pas de secrétaire, lui, alors il me fait rigoler, l'autre, avec son Marigny de Grilleau... Et dans le car il me disait, je parle de Monsieur Huon : " Ça marche, ça marche encore! " Moi, je me moquais de lui, gentiment bien sûr, je suis espiègle mais pas

145

caustique. Je lui disais qu'il pouvait vérifier son fameux système, comme ça, jusqu'à temps que ça ne marche pas, et qu'il ferait mieux en attendant de jouer une bonne fois. " Non, non, quand je serai sûr, il me répondait, et alors je jouerai une fois, une seule jamais plus après, mais je ferai sauter la banque. " Seulement, pour appliquer son système, il fallait avoir de quoi suivre, et je ne me rappelle plus la somme, mais c'était beaucoup, plusieurs millions d'anciens francs, et il ne les avait pas, pauvre vieux. Alors, il a essayé de trouver quelqu'un qui les lui avance. Il était sûr de gagner, donc forcément il n'aurait pas eu de problème pour rembourser. D'autant, comme il disait qu'il ne jouerait qu'une fois, il proposait de donner ensuite son système à la personne qui lui aurait avancé. Vous pensez bien qu'un système gagnant, je veux dire pour de bon, ça vaut tout ce qu'on voudra. Mais enfin, il n'a trouvé personne. Et il se lamentait, chaque dimanche il rentrait en disant : " C'est terrible, ça a encore marché, si j'avais eu le million, je serais milliardaire. " Je disais : " Pourquoi ne pas amorcer avec un petit pécule et si ça marche, vous continuez avec les gains, c'est l'enfance de l'art. – Non, non, il répondait, vous ne comprenez pas, Madame Krechmar, il faut d'abord subir plusieurs écarts, avoir de grosses réserves... " et il s'arrêtait tout de suite, il avait toujours peur d'en dire trop. Moi, les systèmes secrets, je me méfie. Je n'y crois pas. Si vous me demandez le mien, sur les voisins, je vous le dis pour rien, ce n'est pas une formule magique, abracadabra, non, tout le monde peut s'en servir. Le tout, c'est de savoir s'en servir, de ne pas rater les signaux, de ne pas se tromper dans les écritures, de garder la tête froide, c'est tout un

146

travail, je vous prie de croire, et ce n'est pas le système qui va le faire à votre place. Et d'ailleurs, c'est ça qui a dû faire le malheur du pauvre Monsieur Huon. Enfin, je pense. Parce que voilà ce qui s'est passé, enfin tel qu'on me l'a raconté, je n'étais pas là malheureusement, c'était pendant la maladie de mon mari, ça passe avant quand même. Mais les habitués ont tout vu. Vous pensez, Monsieur Huon qui jouait, c'était le grand événement. Depuis un an, on le voyait avec ses petits carnets, ses tableaux, tout son bazar, sans jamais toucher un jeton, et voilà qu'un après-midi il allait ponter. Il paraît qu'il avait fait un petit héritage. Les croupiers, je suis sûre qu'ils étaient dans leurs petits souliers, ils voyaient déjà la banque sauter. Et bon, tout a raté. A ce qu'on m'a raconté, il s'est mis dès le début à arroser le tapis comme un maboule, et il a perdu les pédales, enfin c'est ce que moi je pense, parce que peut-être son système était valable, mais il a dû être forcé de se presser dans les écritures, ou alors se tromper en plaçant ses jetons, il faut se rappeler qu'il n'en avait jamais touché de sa vie... Toujours est-il qu'au bout de deux heures...

— Il avait tout perdu?

— Pas tout. Il en avait quand même beaucoup. Mais assez pour être sûr qu'il ne pourrait plus tenir son système jusqu'au bout. Alors il a ramassé ce qui lui restait et il est parti, sans parler à personne. On ne l'a pas vu dans le car, paraît-il, au retour. Et après, il n'est jamais revenu.

— Et il en est mort... » murmura Frédérique, émue.

Il y eut une minute de silence, puis Madame Krechmar se resservit à boire et reprit :

« Tout ça pour dire qu'un système n'est pas tout. Il faut savoir l'appliquer et avoir les moyens, c'est-à-dire, pour des personnes sans fortune, moi j'ai ma petite retraite, qu'il soit valable avec un petit budget. Et aussi qu'il n'y ait pas trop d'écritures à faire à la table. Je vois des jeunes, tout fous, qui font de ces calculs, des tableaux, des trucs en quatre couleurs, tout le bazar, et finalement ils n'ont pas le temps. Moi je dis : à la maison, tant que vous voudrez, mais à la table, le minimum, un carnet, deux colonnes, point à la ligne. C'est pour ça que moi, maintenant, je joue sur six voisins, jamais plus. J'observe pendant deux, trois heures, le temps qu'on ait tourné une centaine de boules, je vois les chaleurs, les écarts, je fais ma petite cuisine, tranquille, sur mon carnet, et quand je suis sûre de mon coup, j'attends le signal et j'attaque sur mes petits voisins. Je fais placer par le croupier, ça me fend le cœur, mais à force, j'ai compris la leçon. Clair, net, sans discussion. Et pour le massage, tout doux, tout doux. La grande martingale, les parolis, merci bien. Non, la progression en douceur, et la tête claire, c'est mon secret, vous en faites ce que vous voudrez.

– Et vous gagnez, comme ça ? s'inquiéta Frédérique.

– Depuis la mort de mon mari, pas beaucoup, mais je suis quand même gagnante sur l'année. De toute façon, il n'y a pas de mystère, c'est le petit gain qui paye, à la longue. Et ce qu'il faut, c'est savoir s'en aller quand on a touché ce qu'on voulait. 15 % maximum du budget de départ, ensuite je file à la caisse, vous ne me verrez plus toucher un jeton jusqu'à la séance suivante. Il faut de la volonté, surtout quand on reste à regarder. Mais moi, j'ai mon petit bénéfice dans mon sac, ça me paye mon hôtel, ma nourriture, résultat je me suis fait plaisir et je n'ai rien déboursé.

– Evidemment... reconnut Frédérique. Vu comme ça, ça se tient. »

Elle vida son verre, machinalement. Le goût écœurant du grog au kirsch tiède, dont l'odeur empestait l'haleine toute proche de sa voisine, lui donna brusquement conscience du spectacle qu'elle offrait : le ventre barbouillé, la gorge sèche d'avoir trop fumé, vautrée sur ce couvre-lit pisseux en compagnie d'une parfumeuse retraitée qui, le kimono bâillant, massait ses orteils aux ongles peints en rose en détaillant fièrement l'absurde mesquinerie de ses systèmes et de ses permanences. Elle regarda sa montre : quatre heures moins dix.

« De toute façon, dit Madame Krechmar qui avait surpris son geste, ça n'ouvre qu'à cinq heures. On a largement le temps de faire la grasse matinée.

– Je suis crevée, dit Frédérique. Merci pour tout. »

Elle se leva, refusa de la tête le « petit coup pour la route » que proposait obligeamment Madame Krechmar.

« Vous jouez toujours ici ? lui demanda-t-elle en se dirigeant vers la porte.

– Dans l'année, oui. Ça coûte moins cher en déplacements, et puis on est entre habitués, on se connaît. Mais l'été, je m'offre la Côte. C'est autre chose. Vous débutez, vous ? C'est beau, la jeunesse. Rappelez-vous mes petits conseils. Si quelqu'un, à votre âge, m'en avait dit la moitié, je me serais épargné bien du souci,

149

et à mon pauvre mari aussi. Mais bien sûr, vous vous rendrez compte plus tard, on n'écoute jamais les conseils. Allez...

– Merci pour tout », répéta Frédérique et, titubant un peu, elle sortit dans le couloir.

20

Frédérique devait souvent revoir Madame Krechmar qui séjournait à Forges presque en permanence,
au point qu'on pouvait se demander quand elle
retournait à Paris et si elle y avait un domicile. Elle
préférait cependant l'éviter. C'était facile au casino
où, toute à ses calculs, l'ex-parfumeuse ne voyait
personne et aurait mal pris qu'un simple bonjour
vienne distraire une parcelle de son attention, mais se
révélait plus délicat en terrain neutre lorsque, la salle
fermée, elle se mettait en quête de compagnie.
Sachant qu'en récompense de son assiduité la direction de l'hôtel lui réservait toujours la chambre 17 –
très recherchée des joueurs, le numéro 17 étant situé
au centre exact du tapis –, Frédérique, sans oser pour
sa part réclamer la 36, prit soin lors de ses visites
ultérieures de loger au second ou au troisième étage.
Et dans le hall, à la sortie du casino, au café où elle
déjeunait quelquefois d'un sandwich, elle fuyait la
systémière, craignant à l'écouter de perdre le goût du
jeu, dont sa marotte convertissait la gratuité, l'insouciance, la griserie, tout ce qui attirait Frédérique, en
pâte lourde et rancuneuse où fermentaient les attitudes qui lui répugnaient le plus : l'appât du gain,

pourvu qu'il fût modeste – sans quoi il fallait s'en défier –, la croyance au mérite, au calcul, au travail de fourmi, supposés compenser les revers d'une fortune ressentie comme hostile, la hargne du gagne-petit pour qui, lâchant les rênes, se laisse conduire par la vie et que, comble d'injustice, la vie comble parfois en retour.

Dès le premier soir, à Trouville, Frédérique avait pressenti dans le jeu une solution de remplacement à ces principes péniblement familiers. Au casino, malgré l'inexpérience, elle s'était sentie à son aise, affranchie par l'indistinction, l'anonymat. Elle voyait enfin un aveuglement équitable relayer la myopie des puissances qui édifient la pyramide sociale, à renfort d'entregent, de passe-droits, d'avantages acquis : fortune, éducation, charme ou talent. Les joueurs, devant la roulette, étaient égaux et, sinon solidaires, du moins pacifiques dans leur indifférence puisqu'on jouait contre le hasard, non contre ses voisins, que le gain de l'un n'était pas forcément la perte de l'autre. Le passé ne pesait plus : chaque boule en annulait l'héritage. Et nul n'était exclu de cette société harmonieuse, qui ne racolait pas pour autant, se tenait à l'écart, n'imposait pas sa règle hors de ses murs; malgré quoi des fanatiques tentaient d'y imposer la leur, qui partout ailleurs triomphait.

Ainsi Frédérique voyait-elle les systémiers : des espions déguisés en joueurs, certains croyant l'être sans doute, qui opposaient au sort leur travail de sape, leurs calculs, leur opiniâtreté dégoûtante. Leurs permanences – rien que ce mot! – prétendaient apprivoiser ses caprices. Sur chaque boule pesait désormais un passé contraignant. Au rêve délicieux d'arriver avec trois sous en poche et de repartir riche,

152

quitte à reperdre tout le lendemain, succédait l'espoir rationnel de dégager, à la petite semaine, 15 % de bénéfice et de vivre de la roulette comme d'un métier fastidieux, méprisé, mal payé : mais ainsi, il y avait de nouveau une justice.

De sa conversation nocturne avec Madame Krechmar, Frédérique était sortie dans un état d'accablement qui, les jours suivants, se mua en haine de caste. Le systémier devint son ennemi personnel. Aucune brimade, aucune marque de mépris de la part des croupiers ne lui paraissait suffisante à son encontre. Ces brimades, cependant, étaient rares et, à force de voir de paisibles retraités s'incruster des heures à une table, sans miser ni lever le nez de leurs calepins, et n'essuyer aucune remarque désobligeante, elle comprit qu'il entrait beaucoup de paranoïa dans les récriminations de Madame Krechmar. L'amusement la gagna, et bientôt l'emporta sur une hostilité que ne méritaient guère ces inoffensives créatures. Au fil des escapades, favorisées par les grèves lycéennes, durant ce mois de décembre, elle apprit à les reconnaître, à distinguer parmi les noteurs de numéros les simples superstitieux, les nerveux adonnés à cette compulsion comme d'autres à la cigarette, les brouillons qui en tirent des indications confuses, intuitives, sur la température de la table, les numéros « en chaleur » qu'ils se décident à jouer quand la chance, justement, commence à les délaisser, enfin les systémiers authentiques, peu nombreux en vérité, qui bûchent à la maison et prennent place, l'après-midi, dès l'ouverture de la table. Ces parasites humbles et têtus lui inspiraient, à la longue, une sorte d'attendrissement, celui qu'elle avait éprouvé, vers la fin de leur vie, pour ses parents, pour leurs façons précautionneuses, longtemps et violemment reniées, leur petitesse revendiquée jusque dans le vocabulaire, puisqu'ils accolaient presque à chaque mot l'adjectif « petit », rapportant toute chose à l'échelle de leurs rêves et de leurs besoins – encore un mot qu'elle haïssait, dans quelque sens qu'on l'entendit.

Un paradoxe voulait que cette petitesse, dans le cas des systémiers, fût engagée dans un combat auquel Frédérique, bien qu'ayant choisi le camp adverse, vint à trouver de la grandeur. La croyance au mérite, face aux caprices du hasard, n'affirmait-elle pas la foi dans le génie de l'homme? L'espoir que ce génie, fait de raison, de ruse, d'acharnement, pourrait un jour vaincre l'irrationnel, ne guidait-il pas les découvertes de la science? Contre l'apparente évidence enseignant que chaque coup de roulette est nouveau, indépendant des précédents, lui assigner un passé qui le déterminerait, espérer dégager les lois de ce déterminisme en passant au crible la généalogie de chaque boule, c'était peut-être l'exemple de ces démarches audacieuses qui font cesser un jour de croire la terre plate, ou que le soleil tourne autour d'elle. Quant au rêve de vivre de la roulette comme d'un métier absorbant, obscur et mal payé, elle oubliait en le raillant que tout artiste le partageait, tout homme engagé dans une quête ou dévoué à une passion – tel Monsieur Huon, dont la triste fin était celle d'un hardi et dérisoire martyr de la connaissance.

Mais ce qui était bon pour lui ou pour Madame Krechmar ne l'était pas pour Frédérique. Sa confiance dans le génie de l'homme avait notablement décru à mesure que se révélait la faible capacité de ce génie à reconnaître le sien. Les efforts que requièrent la création, la volonté de puissance ou la construction, à première vue plus abordable, d'une vie privée satisfaisante, ne lui convenaient apparemment pas. Ceux qu'elle avait fournis n'avaient guère été payés de retour. Ne valait-il pas mieux, dès lors, lâcher prise, renoncer lucidement à se mouvoir dans le monde âpre, décourageant, biaisé au départ, du mérite et de la compétition? Et, puisqu'il existait une enclave où sa tyrannie ne s'exerçait pas, où le hasard seul distribuait récompenses et sanctions, décider de se soumettre corps et âme à cette règle nouvelle, qui peut-être lui serait clémente?

Frédérique avait quelquefois songé à se suicider. L'idée lui venait alors que, n'ayant rien à perdre, elle pouvait différer le geste fatal et dans l'intervalle faire ce qu'elle voulait, libérée par l'imminence de sa mort des scrupules, des inhibitions, du souci des conséquences. Tout ce qu'elle voulait : malheureusement ce « tout », une fois posé, se réduisait comme une peau de chagrin. Elle se découvrait libre de se promener nue dans la rue, de narguer les policiers qui l'arrêteraient, d'attaquer une banque, revolver à la main, de gifler l'inspecteur en visite dans sa classe, de s'installer au Ritz en affolant le personnel par ses caprices et en partant sans payer – ou en payant une note pharamineuse, transgression guère moins significative. Mais elle s'apercevait bientôt qu'aucune de ces incartades ne lui faisait grande envie et qu'une liberté sans frein n'aidait nullement à obtenir les satisfactions dont elle rêvait en réalité : mener une vie plus brillante, avec des relations plus huppées; jouir d'une réputation qui, sans faire se retourner les foules sur son passage, lui assure d'éveiller dans une soirée la curiosité jalouse entourant les *beautiful people* célébrés par les magazines; pour commencer, être invitée dans plus de soirées.

La passion du jeu suggérait un « lâchez tout » plus insidieux plus réalisable peut-être. Elle n'exigeait pas qu'on se mît hors-la-loi, mais qu'on se pliât à la sienne, reconnue d'ailleurs, tolérée dans la mesure où, sauf exceptions considérées comme pathologiques, elle ne commandait pas l'ensemble de la vie sociale, mais le divertissement d'une soirée de temps à autre. Pourtant, il suffisait de jouer à intervalles assez rapprochés, d'y accorder une priorité pour, comme on adopte la nationalité du pays où l'on réside le plus souvent et surtout où l'on paye ses impôts, accroître sur sa vie l'empire du hasard. Vivre du jeu, au sens où l'entendait Madame Krechmar, certes non. Mais se laisser conduire par lui, abandonner à la bille d'ivoire le soin de décider ce qu'on ferait, où on irait, si on serait riche ou pauvre et dans quel ordre, voilà ce qu'envisageait à présent Frédérique. Et, au contraire de la plupart des joueurs, soucieux de cloisonner, de ne céder à la roulette qu'une part modeste, fixée d'avance, de leur temps, de leurs pensées et surtout de leurs ressources, elle désirait s'en remettre sans restriction à ses arrêts, lui ouvrir grand sa vie et d'abord son portefeuille. Ce qu'elle voulait, c'était jouer beaucoup d'argent.

21

Un autre effet de l'exemple dissuasif que lui avait
offert Madame Krechmar fut de liquider d'un coup
ses velléités de compétence. Déroutée d'abord par
l'ésotérisme des annonces, les réflexions ardues que
semblaient poursuivre certains joueurs, elle s'était
figuré que la roulette, pour livrer ses plaisirs et
peut-être son profit, réclamait un savoir, la maîtrise
point donnée à tout le monde d'une gamme étendue
d'idiomes et de techniques, à quoi il lui avait tardé de
s'initier. En lui dévoilant la nature de ce savoir,
Madame Krechmar bien involontairement l'avait
convaincue de s'en détourner. Et Frédérique apprit
qu'à moins d'être systémier, il n'y avait au casino rien
à apprendre, rien à bûcher, seulement à oublier
l'idée, si ancrée au-dehors, que toute jouissance se
mérite. Une fois assimilés une règle enfantine et un
lexique réduit à quelques mots, elle découvrit à
l'usage, sans même y prendre garde, quelques trucs
de bon sens pour gérer son budget et faire durer le
plaisir, quand les pleins qu'elle affectionnait semblaient provisoirement hostiles, comme de jouer un
sizain dans la Passe en se couvrant sur Manque, ou
des chevaux noirs avec le rouge. Elle n'accordait

aucun crédit à ces techniques d'assurance incomplètes, intuitivement bricolées, mais c'était une façon de
varier, de ménager le contraste entre des tours fri-
leux, pour souffler, et les flambées joyeuses, quand
l'argent lui brûlait les doigts, qu'elle multipliait les
jetons sur des pleins ou, en souvenir de ses premières
armes, s'acharnait sur le 36, le jouait trente-six fois de
suite et, s'il ne sortait pas, recommençait un cycle
complet en doublant les mises. Elle apprit que les
martingales n'étaient pas une discipline aride, seulement un prétexte à jouer gros, ce qu'elle faisait sans
hésitation ni regret, sans intention non plus : il ne
s'agissait plus, croyait-elle, de se prouver qu'elle en
était capable, qu'elle avait échappé aux démons atavi-
ques de la prudence et de l'épargne. Oubliée, l'intros-
pection acariâtre ! Effacée, emportée par la griserie
légère des va-et-vient qu'elle multiplia, désertant le
collège, entre Paris et Forges. Elle ne s'inquiétait plus
de ce qu'on penserait d'elle, de paraître néophyte ou
mal à l'aise – mais elle ne l'était plus. Elle aimait
jouer maintenant, et jouer ce qui pour elle était
beaucoup d'argent; en semaine au moins, c'était
beaucoup aussi pour ses voisins de table. Elle avait
envie de rire, elle exultait en posant sur la feutrine
verte des plaques plutôt que des jetons, en perdant
même, quelle importance ? Elle regagnerait plus tard,
et puis, en comparant avec la claudicante marche de
l'existence, n'était-il pas plus simple, plus net, plus
allègre de gagner des jetons que de gagner sa vie, et
de perdre des plaques plutôt que des illusions ?
D'avoir des remords plutôt que des regrets ? – mais
elle n'avait ni l'un ni l'autre.

La mort de ses parents, cinq ans plus tôt, lui avait
laissé un petit héritage, quelques millions anciens qui

dormaient sur un compte d'épargne. Fidèle incons-
ciemment à leur mémoire, elle s'était gardée d'y
toucher, n'y pensant jamais, agissant, même dans des
passes difficiles, comme s'ils n'existaient pas – pour,
bien sûr, les avoir en cas de besoin, le fameux cas de
besoin dont à présent elle se moquait, étonnée et
ravie seulement de n'avoir pas plus tôt entamé ce
trésor de guerre.

Sa mère, de son vivant, avait l'habitude de compter
en nouveaux francs ce qu'elle possédait, réservant
l'usage des anciens, par goût de la jérémiade, à ce
qu'on lui extorquait : elle se plaignait que la Sécurité
sociale remboursât 400 francs une prothèse auditive
qui lui en avait coûté 100 000. Pour Frédérique, la
différence entre gain et perte s'estompait. Elle prit un
plaisir égal, enfantin à retirer un million de son
compte et à rentrer de Forges, le lendemain, plus
qu'à demi-délestée, mais riche d'avoir, avec
2 000 francs sur un plein, gagné à un moment plus de
sept millions d'un coup. Soixante-dix mille francs, oui,
de quoi reperdre en beauté et, peu après, elle joua à
son tour le paroli, sur les neufs voisins du zéro. Cassé
dès le second coup mais, l'espace d'une minute, il y
avait eu cinq briques à elle, en jeu sur le tapis, qu'elle
aurait pu rafler et qu'elle avait rejouées, gaiement,
sans garder une seule plaque : « Tout aux voisins ! »
Tout était allé à la banque, et après ?

Après quelques séances ponctuées de tels exploits
on commençait à la connaître, au casino. Le physionomiste, à l'entrée, la saluait par son nom et, lorsqu'il se mêlait à la salle, le pontifiant directeur des
jeux la couvait d'un regard attendri – elle perdait
assez pour cela. Quand elle se retrouva, un soir, à
court d'argent liquide, il accepta un chèque de garan-

tie. Les croupiers la traitaient en cliente digne de considération. Leur impassibilité ne l'intimidait plus. Elle savait en surprendre les instants de relâchement, à la faveur desquels ils se montraient plaisantins, compatissants parfois à la déveine des pontes, plus volontiers solidaires de leur chance, qui grossissait la cagnotte : elle apprit que, comme les ouvreuses de cinéma, ils ne touchaient pas d'autre salaire. Elle se montrait généreuse, sa popularité crut d'autant. Madame Krechmar en la croisant lui lançait des regards furibonds, qui la flattaient.

22

A Paris, ce n'était pas si simple. En moins de deux semaines, elle s'était quatre fois rendue à Forges. Restant au casino jusqu'à la fermeture, elle passait la nuit à l'hôtel. Une fois même, espérant se refaire d'une perte assez lourde, elle était restée le lendemain. Ces absences répétées réclamaient de l'organisation, et d'abord de caser Quentin. Jean-Pierre, qu'elle ne souhaitait pas trop mettre à contribution, consentit à le garder un soir, et Corinne les trois autres. C'était prêter le flanc à sa curiosité. Déjà, elle se figurait que Frédérique avait rencontré le grand amour et la pressait de questions. Les réponses évasives ne la contentaient pas, elle voulait du détail : à quoi *il* ressemblait, ce qu'*il* faisait dans la vie, s'*il* était libre ou marié... Une tradition de confidences mutuelles lui donnait des droits, elle ne comprenait pas que Frédérique se dérobe et sans cesse revenait à la, charge, en variant les manœuvres d'approche : sous-entendus appuyés, rappels comminatoires de leur vieille complicité – « Allez, ma grande, pas de ça avec moi... » –, mises en demeure provocantes. Tant de cachotteries ne pouvaient signifier que deux choses : soit Frédérique avait trouvé l'oiseau rare, si rare qu'elle craignait qu'on ne le lui pique – « Mais tu me connais, ma grande, ce n'est vraiment pas mon genre... » –, soit il était franchement imprésentable. Frédérique, qui à aucun moment n'avait parlé d'une liaison, songea à dire la vérité; mais elle se ravisa, certaine que Corinne ne pourrait la comprendre, et d'ailleurs ne le souhaitant pas.

De guerre lasse, elle se résigna à lâcher du lest et traça le portrait d'un amant fictif, mais propre à échauffer l'imagination de son amie. Elle ne s'aperçut qu'après coup qu'il empruntait à Claude, un Claude quelque peu dégrossi pour la circonstance, les traits avantageusement burinés d'un homme d'affaires ayant pas mal vécu et bourlingué, la cinquantaine sportive, riche, pressée, impérieuse, qui l'emmenait dans de grands restaurants et, au sortir d'une boîte, voir le jour se lever sur la mer à Deauville. « Un homme, un vrai, quoi », commenta Corinne avec une ironie envieuse, qu'elle soulagea en demandant à Frédérique si elle avait avoué à son grisonnant play-boy avoir un fils de huit ans ou si elle le lui cachait pour se rajeunir – à quoi elle pouvait prétendre, au contraire de Corinne que son tour de taille et l'ingratitude de ses traits handicapaient de toute façon (Frédérique n'avait guère que des amies laides, et Jean-Pierre très souvent le lui avait reproché).

Quentin, de son côté, ne posait pas de questions, pas plus qu'il n'en avait posé lors de la séparation de ses parents. Sans lui en avoir jamais parlé explicitement, Frédérique l'estimait en âge de comprendre tant l'éloignement de son père que ses propres absences. Quelque idée qu'il s'en fît, il prenait la situation avec naturel, un peu trop de discrétion peut-être, se déclarant ravi d'aller dormir chez ses grands-parents, ou chez Corinne dont il aimait beaucoup la fille, Laetitia. C'était d'ailleurs affaire de présentation : Frédérique ne lui disait pas qu'elle ne serait pas là telle nuit, mais veillait à ce qu'il fût invité – ce qui rendait indispensable la complicité de Corinne. La fréquence accrue de ces invitations devait cependant l'étonner, même s'il n'en montrait rien, et Frédérique redoutait à la fois le bavardage de Corinne, ses ruses pour le faire parler et ce que plus ou moins innocemment Quentin pouvait dire à son père, les conclusions qu'en tirait celui-ci.

Quand, au cours des deux dernières années, Frédérique avait eu des liaisons, elle veillait à tenir Quentin à l'écart, mais ne détestait pas que le reste de son entourage, Jean-Pierre particulièrement, le sache ou du moins le soupçonne. Maintenant, elle entourait du plus grand secret ses escapades à Forges. Un amant comme celui qu'elle avait inventé et, prise au dépourvu, banalement prénommé Michel, pour assouvir la curiosité de Corinne, devenait la couverture avouable d'une activité dont elle n'avait pas honte, mais qu'elle entendait garder clandestine. Et souvent, avant de s'endormir, elle jouait avec l'idée de continuer ainsi, longtemps, des années peut-être, en allant de casino en casino sans que personne autour d'elle connaisse sa double vie.

Cette conjecture donnait une saveur nouvelle à la rêverie familière où l'on s'imagine mort, témoin immatériel cependant de ce que disent et pensent les survivants. Le concert des regrets se transforme en confrontation de souvenirs : ils se recoupent, concordent ou bien se contredisent et, à mesure que se lézardent les cloisons érigées entre tels amis, tels groupes, qu'une confidence faite à l'un découvre un mensonge fait à l'autre, certaines zones d'ombre s'éclaircissent, tandis qu'il en surgit qui bientôt gagnent le centre du portrait posthume. Elles en brouillent les contours, leur opacité contamine ce qui paraissait clair, nargue les enquêteurs.

Jean-Pierre, un soir d'automne, retrouve Corinne dans un café désert. Du vivant de Frédérique, ils n'ont pas dû se rencontrer trois fois. A présent ils se voient, ils parlent d'elle. Ils essayent de comprendre où elle disparaissait, à quand pour commencer remonte le mystère. « Je dirais vers novembre, décembre 1986, dit Corinne. Tu te rappelles, quand il y a eu les grèves étudiantes et celles des cheminots ? » Mais ce n'est évidemment pas du côté des grèves qu'il faut chercher la solution. Il y a bien cet amant, ce Michel dont Corinne, sacrifiant la délicatesse au souci de la vérité, se résout à parler à Jean-Pierre. « Des amants, je sais bien qu'elle en avait, soupire-t-il, ce n'est pas le problème. – Oui, mais celui-là, c'était différent. Je ne sais pas, quelque chose dans sa manière d'en parler... » Ils tournent en rond, se braquent sur ce fameux Michel que personne n'a jamais vu et dont le signalement vague, de façon extrêmement agaçante, rappelle à Jean-Pierre un incident absurde, dans une queue de cinéma où un quinquagénaire aussi mal embouché que cossu les a un soir bousculés. Frédérique, mais c'était pour rire, avait même proposé de le rejoindre et que Jean-Pierre s'occupe de sa femme. Il ne peut s'empêcher d'imaginer un requin du show-biz, un producteur de cinéma, tutoyant les vedettes, téléphonant de sa BMW, entraînant Frédérique à Deauville ou chez Castel – Corinne, l'air navré, confirme –, et cette image le blesse. Aucune trace de lui pourtant, aucun cadeau chez elle qu'il aurait pu lui faire : un briquet Dupont, ou Cartier, quelque chose de ce genre. Pas de photo non plus, de souvenir des vacances qu'elle aurait pu passer avec lui aux Seychelles – « A Saint-Bart', corrige Corinne, toujours bien renseignée sur les mœurs des heureux du monde. Les Seychelles, mon pauvre vieux, ça fait dentiste. » Jean-Pierre s'entête, en devient obsédé. Une autre fois, en buvant du cognac à petites lampées mélancoliques, il parle à Claude qu'il est allé voir en Normandie sans espérer en apprendre grand-chose, et il n'apprend rien, en effet. Claude se rappelle un soir de Toussaint, la visite au casino, et qu'elle lui avait demandé des renseignements sur la roulette le lendemain en allant au marché. C'était il y a longtemps. Jean-Pierre hausse les épaules. Plus tard, en désespoir de cause, il en vient à imaginer qu'elle travaillait pour Action directe, le KGB ou un réseau de call-girls. Il boit de plus en plus. Il arrive, par le plus grand des hasards, qu'il passe une nuit à Forges-les-Eaux, dorme dans une des chambres qu'elle a régulièrement occupées, entende le gérant dire à un employé, ou à Madame Krechmar, que c'est curieux vraiment, cette jeune femme blonde qui venait si souvent à une époque, on ne la voit plus. Il ne tend pas l'oreille.

23

Deauville, le premier soir, déçut Frédérique. L'hôtel,
pourtant, accordait à la mélancolie de la saison une
séduction assourdie et rêveuse de paquebot échoué
dans les dunes. La chambre affreusement chère
qu'elle y avait réservée donnait sur les planches
battues par le vent. On entendait crier les mouettes,
tinter de loin les petites cuillers que tournaient frileu-
sement dans leur thé deux vieilles Américaines aux
cheveux bleus, réfugiées dans le bar désert. Si
convenu qu'il fût, ce romanesque luxueusement
endeuillé changeait Frédérique de Forges, qu'un
séjour trop long lui avait fait prendre en grippe et fuir
la veille au soir. Mais le casino d'hiver était à neuf
heures presque vide. Sur quatre tables de roulette,
deux tournaient seulement, pour une dizaine de
joueurs qui, errant de l'une à l'autre, paraissait n'être
entrés que par désœuvrement et n'hésiter à ressortir
que faute de mieux à faire ailleurs. Les croupiers
avaient l'air de gardiens de musée, ou d'aquarium.
Une solennité morne engourdissait leurs gestes. Venu
à la rencontre de Frédérique, qui avoua son désappointement, un jeune valet dit qu'en semaine, hors
saison, c'était toujours ainsi, mais que ça s'animerait

le soir du réveillon. Frédérique doutait d'attendre jusque-là; elle remit cependant au lendemain de prendre une décision et se jura, ce soir, de jouer avec prudence. Elle avait, repassant le matin à Paris, vidé son compte d'épargne, emporté ce qu'une semaine de noire déveine à Forges avait laissé de l'héritage : un peu plus de 30 000 francs qu'elle avait à son arrivée confiés au coffre de l'hôtel.

Elle ne changea que 2 000 francs au casino, les joua sans hâte ni enthousiasme : des sizains, quelques chevaux. On ne misait guère plus hardiment autour d'elle. Après quelques tours malchanceux, elle se replia vers le bar. Il était entre-temps arrivé un peu de monde, qui sans doute avait fini de dîner et terminait ici la soirée. Frédérique se sentait dépaysée, mais pas comme elle l'avait espéré. Ce public qui, à Forges, aurait paru clairsemé, était plus élégant sans doute, mais d'une élégance criarde, parvenue, ou bien décontractée jusqu'à la fadeur, celle des villégiatures de bon ton. Plus détaché aussi : on ne voyait pas de systémiers ni, à première vue, de joueurs sérieux. Plutôt des couples jeunes, très bourgeois, et des groupes d'amis venus pour quelques jours de vacances, dans le programme desquels un tour au casino n'avait pas plus d'importance que le traditionnel dîner aux *Vapeurs*, le thé dans une pâtisserie réputée ou le parcours de golf, si le temps le permettait. Joueurs d'un soir, même pas amateurs, ils misaient au petit bonheur, et peu, tout en continuant à plaisanter entre eux comme s'ils avaient été au bowling ou à la Foire du Trône. Du haut de son tabouret, Frédérique savoura un moment le genre de condescendance dont elle avait envié le privilège, lors de vacances dans une île grecque, à un couple de Français qui y possédaient une maison, y résidaient six mois par an, parlaient un peu la langue et, forts de cet enracinement, toisaient avec dédain le cheptel de touristes que deux fois par semaine le bateau déversait sur *leur* port.

La voyant seule au bar, un imbécile l'aborda. Elle le rembarra puis, sûre de perdre encore si elle revenait à la table, elle quitta la casino et regagna l'hôtel, maussade, regrettant de n'avoir pas suivi sa première inspiration qui était, tant qu'à délaisser Forges et faire les choses en grand, de se rendre sur la Côte d'Azur, à Cannes, Nice ou même Monte-Carlo. Mais peut-être était-ce pareil, là-bas. Puis, du moment qu'on venait pour jouer et que les tables tournaient, en quoi importait-il qu'elles fussent achalandées ou non ? Seulement, s'il y avait foule, elle l'ignorait, et s'il n'y avait personne, elle s'en apercevait : jamais contente.

Elle inspecta le mini-bar de sa chambre, se servit un whisky. Le verre à la main, elle ôta ses chaussures. Un peu de liquide, renversé dans le mouvement, tacha sa jupe qu'elle renonça à nettoyer. Elle s'allongea sur le lit et, les yeux tournés vers la fenêtre, se laissa un moment distraire par la crête mouvante et laiteuse des vagues dans la nuit noire. Pour la première fois depuis qu'elle s'était mise à jouer, elle se sentait seule et la solitude, au lieu de l'exalter, lui pesait. Après le dépit de ne voir presque personne au casino, le spectacle de ces couples, de cette bande rigolarde et complice l'avait offensée. Elle se demanda si son accès de cafard ne tenait pas, bêtement, à la proximité des fêtes, à la nostalgie de plaisirs douillets et partagés qu'on affecte parfois de mépriser, mais dont la privation enseigne la valeur. Pourtant la nuit de Noël, à Forges, ne l'avait pas particulièrement déprimée. Si elle était partie, c'était par appétit de nouveauté et parce qu'il lui déplaisait de se fondre, figure désormais familière, dans ce rassemblement d'habitués à la petite semaine auquel manquait l'aura de faste cosmopolite propre, supposait-elle, à des cercles plus huppés. Autant le reconnaître : alors que la roulette était partout la même, ces prestiges mondains continuaient à la faire rêver. Il manquait autre chose cependant, qu'un changement de décor ne pouvait lui donner mais dont un décor vide, comme ce soir, soulignait plus crûment l'absence : c'était un spectateur.

Soudain se précisait l'insatisfaction vague qui depuis quelques jours émoussait son plaisir à jouer. En abolissant les distinctions de rang et de mérite, l'atmosphère du casino neutralisait aussi les relations entre les personnes qui, absorbées dans le commerce exclusif du hasard, ignoraient leurs semblables et, hormis de superficielles réactions de courtoisie ou d'impatience, abandonnaient au vestiaire la séduction, l'hostilité, l'envie, les coups de foudre, les malentendus, les formations d'alliances et leurs ruptures, tout ce qui, tissant la trame des relations sociales, donne à chacun son poids sous le regard des autres. Et, après s'être grisée de n'y être pas observée ni jugée, Frédérique, comme un voyageur qui, héros d'aventures incroyables parmi des peuplades primitives, voudrait bien n'être pas seul à savoir il les a vécues, en venait à rêver d'un témoin : quelqu'un qui s'écrierait, la voyant s'entêter malgré de lourdes pertes : « Mais tu es folle, arrête! » ce qui bien entendu l'inciterait à doubler ses mises, pour étonner, choquer, éblouir un peu. Car perdre sans sourciller un million en une heure restait quand même un exploit, et elle aurait aimé que des gens y assistent : pas des joueurs, de *vrais* gens, des gens qu'elle connaissait et qu'elle imaginait à présent, franchissant le seuil d'un casino, la surprenant à jouer gros jeu. On la regardait miser sans qu'elle s'en aperçoive, faire ses annonces, perdre, le sourire aux lèvres, des piles entières de plaques, chacun de ses gestes trahissant l'habitude et le peu de cas qu'elle faisait de l'argent. Cette nuit, l'observateur médusé prit toutes sortes de visages qui se superposèrent au fil de la rêverie, mais celui de Jean-Pierre revenait plus souvent que les autres. Elle se demandait comment l'attirer, sans qu'il se doute de rien, dans un casino où elle se trouverait – il était exclu de l'y entraîner, le piquant de la scène consistant à être prise sur le fait, sans l'avoir voulu. Mais aucune ruse, aucun hasard ne rendaient plausible que Jean-Pierre mît les pieds dans un casino; il aurait fallu qu'il l'y suive, décidé à savoir ce que cachaient ses absences, hypothèse plus fantaisiste encore et Frédérique aimait que ses songes eussent au moins l'apparence du réalisme. Dès lors, à moins de démasquer parmi ses proches d'autres joueurs clandestins, insoupçonnés – ce qu'elle n'aurait imaginé d'aucun, mais qui l'aurait imaginé d'elle? Et de Monsieur Huon? –, il ne restait que Claude.

Cabourg n'était qu'à quelques kilomètres. Elle était sûre qu'il jouait, quelquefois, en cachette de sa femme. Elle pouvait vérifier, au moins, qu'il était là, quitte à raccrocher quand Marie-Christine ou lui répondrait. Mais on ne répondit pas, ni plus tard, très tard dans la nuit : elle essaya presque dix fois. Ils devaient être aux sports d'hiver, ou en Corse où ils possédaient une maison. Elle s'endormit seulement au petit matin.

« 24, noir, pair et passe! »

Frédérique soupira de rage, encore un fois. Elle
avait mis une plaque sur le 24, mais au tour précédent. Ces ironies se répétaient; depuis trois jours, la
roulette se jouait d'elle. Parfois, elle lui accordait une
aumône, dérisoire comparée à ses pertes : c'était
pour la retenir à la table où elle n'avait ce soir pas
touché un jeton. Comme pour précipiter une déroute
qu'auraient peut-être freinée les chances simples, elle
ne jouait que des pleins : le 36 par fidélité, le 30 parce
que c'était la date mais aussi bien le nombre des
cigarettes éteintes dans un cendrier ou celui des
jetons qui lui restaient – c'était possible maintenant,
et bientôt elle n'aurait plus rien, ni dans son sac ni au
coffre de l'hôtel. Il aurait fallu qu'elle s'arrête, mais
elle s'était promis de le faire au premier gain et,
l'attendant toujours, perdait avec une régularité affo-
lante. Repliée sur elle-même, comptant et recomptant
du bout des doigts les derniers jetons serrés dans sa
main moite, elle ne voyait plus depuis longtemps la
salle ni les autres joueurs, mais seulement les chiffres
qu'on pouvait, dans la fièvre, extraire de leur grouil-
lement. Des perceptions visuelles, auditives l'assail-

laient, que son cerveau décomposait en unités dénombrables. Un homme pourvu de trois narines ne l'aurait pas étonnée, seulement incitée à jouer le 3 – et encore : avec méfiance. Car, à force de ne plus discerner que des chiffres, il lui semblait que ces chiffres sonnaient faux, ne s'imposaient à elle que pour l'induire en erreur. Elle se laissait berner par des permutations, des allusions traîtresses, de fausses évidences. En face d'elle, un jeune homme avait trois boutons à sa veste – un détail dont Jean-Pierre lui avait enseigné le prix : pour rien au monde il n'aurait porté de veste à deux boutons. Frédérique se le rappelait et jouait le 3 malgré elle, en pressentant qu'elle se trompait. Le 4 sortait. Le jeune homme, qui avait joué la première colonne, ramassait son gain, se levait, et sa veste en bâillant révélait un bouton de rechange cousu à la doublure. Chaque numéro sortant entretenait un rapport malicieux, évident après coup, avec celui qu'avait choisi Frédérique. Jouait-elle le 19, c'était le 10, soit la somme des deux chiffres; le 14, c'était le 18 – il aurait fallu sans attendre mettre fin à la guerre; le 4, qui était leur différence, et bien sûr c'était le 3, simple affaire de symétrie puisqu'en jouant le 3 elle avait déjà fait sortir le 4. Même en se fiant aux guerres, on ne pouvait attendre 39 ni 45, mais peut-être le 6, leur différence, et c'était le 3 de nouveau, qui la prenait au dépourvu. Puis elle s'avisait que les chiffres de 39, additionnés, faisaient 12, ceux de 45 : 9, que 9 et 12 faisaient 21, soit 2 et 1, 3 : tout se tenait. Tout se tenait toujours, rétrospectivement.

Il lui restait dix jetons : dix tours encore, et le dernier sou de l'héritage serait dépensé. Il n'aurait pas duré trois semaines.

« Messieurs, faites vos jeux! » Elle regardait, hébétée, le tapis qu'on couvrait généreusement. Un moment, la disposition des plaques et des jetons parut dessiner une préférence collective pour les numéros du haut, mais cela ne dura pas. Bientôt, il ne resta plus de case vide. Si pourtant, une : le 9 qui, pensa Frédérique, était la somme du 3 et du 6. Son cœur battit plus vite. Le seul chiffre délaissé était le condensé du sien. Personne ne semblait le voir : il attendait sa mise. Lassé de la persécuter, le sort lui faisait signe, amicalement. Ou bien il l'abusait encore : ce serait la dernière fois. Elle déglutit avec peine et, se penchant sur le tapis, plaça ses dix jetons, en deux piles, sur le 9.

Le croupier lança. Alors, ce qu'elle n'avait même pas osé craindre arriva. Une main, très vite, surgit de derrière son épaule, plongea vers sa case et posa, à côté de ses jetons, deux plaques bleues. Puis elle se retira tout aussi vite. « Rien ne va plus! » Frédérique ne se retourna même pas. Voilà, pensa-t-elle, c'est foutu.

Prostrée sur sa chaise, elle entendit comme de très loin, comme si tout cela ne la concernait plus, le cliquetis de la bille qui s'immobilisait et lorsque le croupier annonça : « 9, rouge, impair et manque », elle crut à un mensonge de plus. Puis elle comprit et rejeta la tête en arrière, étirant le cou, les yeux au plafond, certaine de découvrir penché sur le sien le visage de son partenaire inconnu. Mais il n'y avait personne. En voulant voir plus loin derrière, elle partit à la renverse. Une main retint le dossier de sa chaise. De justesse, elle retrouva l'équilibre. Se voyant regardée, se sentant ridicule, elle étouffa un rire nerveux. Elle pensa que la main derrière elle était peut-être celle qui avait posé les plaques.

« Joli coup! » dit le croupier en poussant dans sa direction la muraille de pièces qu'elle venait de gagner. Et il ajouta : « Monsieur aussi ».

Alors, elle se tourna vers Monsieur, légèrement en retrait à sa droite, et reconnut le gros jeune homme qu'elle avait remarqué à Forges, la première fois : celui qui jouait comme elle le 36 et aspirait la mousse de sa bière de façon si dégoûtante. Il n'avait changé ni d'aspect ni même, aurait-on dit, de vêtements. Il hocha la tête en croisant le regard de Frédérique, puis sourit, mais bizarrement, comme s'il maîtrisait mal les muscles de sa mâchoire et, sans trop y croire, s'appliquait à leur faire exprimer un mélange trop complexe pour lui d'astuce et de cordialité bougonne. Il ramassa ses plaques en même temps que Frédérique, ils donnèrent en même temps leurs pourboires au croupier, si bien que celui-ci les associa dans ses remerciements. Frédérique se leva et, d'un signe de tête, proposa son siège au gros jeune homme qui bredouilla : « Non, non... Je crois que je vais prendre un verre. Vous ne voulez pas aussi une boisson?

– Une boisson? répéta Frédérique, que le mot amusait. Pourquoi pas? »

Au bar, où l'on riait et parlait fort, ils restèrent un moment côte à côte, silencieux.

« J'ai failli vous tuer, vous savez, finit par dire Frédérique, quand vous avez mis vos plaques sur le 9. J'étais certaine qu'il sortirait si j'étais seule dessus.

– Eh bien, il est sorti », observa platement le gros jeune homme. Puis il reprit, après un temps de réflexion : « Moi aussi, j'étais sûr qu'il sortirait si vous étiez seule dessus.

174

– Et alors? s'indigna Frédérique. Vous vouliez me faire perdre, c'est ça?

– Non, non... justement. Mais, comme vous étiez seule dessus, je me suis dit qu'il allait sortir. Alors, j'en ai profité.

– Mais enfin c'est absurde! Si vous vous y mettiez, je n'étais plus seule! »

Le jeune homme fit un geste vague et se mit à regarder son verre de bière d'un air concentré et soucieux. Il ressemblait à un de ces accusés un peu simples d'esprit qui, tassés dans le box, reconnaissent point par point tout ce qu'on leur reproche et, lorsqu'on récapitule leurs aveux, disent que non, ce n'est pas ça, avec un entêtement décourageant pour tout le monde. Il dit, comme si c'était une explication : « Je m'appelle Noël.

– C'est presque de circonstance, plaisanta Frédérique, sans dire son propre nom.

– C'est le Nouvel An, demain. Qu'est-ce que vous faites, pour le Nouvel An?

– Je ne sais pas. La même chose. » Elle désigna les plaques qui débordaient du sac entr'ouvert sur ses genoux : « Je suis remise à flot, non? »

Elle vida sa coupe de champagne, gaiement.

« Moi, dit Noël de sa voix morne, après un nouveau silence, je vais à Divonne. Vous connaissez?

– Non.

– C'est mieux. Le casino est mieux, et puis j'y vais toujours pour le Nouvel An. Vous ne voulez pas venir avec moi? »

Frédérique le regarda, interloquée, mais lui ne la regardait pas. Il regardait son verre de bière. Un tic fit palpiter ses narines, comme si un insecte s'était posé sur son nez.

175

« Si vous ne savez pas, reprit-il, ce n'est pas à moi de décider non plus. Rouge ou noir, vous préférez quoi ?

– Rouge, dit Frédérique.

– Bon, alors : Noir, vous venez. »

Elle rit.

« Et Rouge, vous restez, c'est bien ça ? »

Il ne répondit pas, éleva seulement la main pour demander le silence, afin d'entendre le résultat qu'allait annoncer le croupier à la table la plus proche, séparée du bar par un rang de plantes vertes.

« 4, noir, pair et manque. »

25

En quittant Deauville un peu avant minuit, elle
ignorait où se trouvait Divonne mais, raisonnablement, supposait que le voyage serait bref. Elle ne
songea à s'informer qu'au bout d'une cinquantaine
de kilomètres, surtout pour rompre le silence. Quand
il dit que c'était au bord du lac Léman, elle crut à une
plaisanterie. Puis, comprenant qu'il parlait sérieusement et que la plaisanterie, d'une façon générale, ne
devait pas entrer dans ses habitudes, elle protesta :
« Mais ça fait toute la France à traverser!
– Oui, confirma Noël. Mais il y a l'autoroute tout
du long. » Quelques minutes passèrent. Il ajouta :
« N'importe comment, le casino n'ouvre qu'à trois
heures. En roulant bien, on devrait pouvoir se reposer ce matin. »
Il conduisait très vite, mais placidement. Son gros
corps affaissé dans le siège-baquet, sanglé par la
ceinture de sécurité qu'il avait prié Frédérique de
boucler aussi, il déplaçait à peine les mains sur le
volant et ne se permettait aucune des fantaisies par
quoi les conducteurs rapides soulignent trop souvent
leur aisance. Quelquefois, en souplesse, il déboîtait
pour doubler un véhicule plus lent, mais ils étaient

très rares, l'autoroute presque déserte. Il ne quittait pas la ligne blanche du regard et Frédérique éprouvait une sensation gênante d'indiscrétion à chaque coup d'œil glissé vers son profil pesant, inexpressif, livré à une curiosité perplexe dont il semblait n'avoir pas conscience, comme si ce voyage à deux, du moment que le sort l'avait décidé, était parfaitement naturel, n'appelait ni commentaires ni présentations réciproques. Frédérique ne lui avait pas dit son nom, il ne le lui demanda pas. Il se comportait comme un automobiliste qui l'aurait prise en stop et, absorbé par ses pensées, ne s'estimerait pas tenu à la conversation. Ils faisaient route ensemble, voilà tout; et Frédérique, à part soi, s'insurgeait : elle n'avait pas demandé à faire cette route, ni à découvrir avec lui les rives du lac Léman. C'était lui qui l'avait proposé, qui lui avait forcé la main en chargeant la roulette de répondre à sa place. Et il ne s'étonnait même pas que, sans avoir donné son accord au principe de cette ordalie, elle en ait accepté le verdict, auquel n'importe qui se serait dérobé : une plaisanterie aurait suffi ou, plus dédaigneusement, le « Tu ne t'es pas regardé ! » qu'appelait une laideur accoutumée sans doute aux rebuffades. Une laideur louche, malsaine, propre à décourager la plus hardie des auto-stoppeuses; malgré quoi, quand une jolie femme, la veille du Nouvel An, acceptait de partir avec lui, sans le connaître, sans savoir où, l'aubaine apparemment ne le troublait pas. Il ne se demandait pas ce qu'elle avait en tête; non, il trouvait ça normal et se concentrait sur la route, en silence, comme s'il avait été seul.

Il fallait qu'il soit fou, dangereux peut-être, et Frédérique se jugeait folle aussi. Crispée, elle attendait le moment où il emprunterait une bretelle, s'arrêterait sur une aire de stationnement déserte et couperait le contact. Il se tournerait enfin, lentement, vers elle. On la retrouverait quelques jours plus tard dans plusieurs sacs poubelle, le long de l'autoroute.

Un peu après Mantes, il mit son clignotant, ralentit, s'engagea dans le couloir d'accès à une station d'essence. C'était un self-service. Il descendit, ouvrit la porte arrière et prit sur la banquette une grosse canadienne, qu'il revêtit et boutonna avec de petits gestes précis. Un souffle d'air glacial s'insinua dans la voiture surchauffée. Noël claqua la porte et, en s'approchant de la pompe, inclina le buste devant la fenêtre de Frédérique. Mais elle ne baissa pas la vitre, il dut élever la voix, articuler comme pour un sourd, en couvrant le verre de buée : « Vous voulez des bonbons ? » Elle secoua la tête.

Le plein fait, il se dirigea vers la boutique dont l'éclairage au néon éclaboussait chichement le parking. Elle le vit aller et venir, silhouette pataude, emmitouflée, entre les rayons où on aurait pu le croire seul, car un tourniquet dissimulait le préposé à la caisse. Elle chercha une phrase, craignant de la prononcer d'une voix mal assurée. Déjà Noël revenait, remontait en voiture, muni d'un sac en papier qu'il lui tendit et qui contenait un assortiment de réglisses, d'oursons en guimauve, de barres de chocolat. Ne sachant qu'en faire, elle le cala entre les deux sièges, derrière le frein à main que Noël desserrait. Puis elle dit, bousculant les syllabes : « Finalement, j'aimerais mieux rentrer. Je crois. »

La main, sur la clé de contact, s'immobilisa.

« A Deauville ?

179

– Non, à Paris... C'est tout près – plaida-t-elle.

– Ah! »

Il avait l'air déçu, mais nullement agressif.

« Comme vous voulez », dit-il, et il boucla sa ceinture, démarra, passa l'une après l'autre les vitesses en regagnant l'autoroute. Arrivé en cinquième, il ajouta : « C'est dommage, quand même. C'est bien, Divonne. »

Frédérique ne répondit pas.

« Enfin, répéta-t-il : c'est comme vous voulez. »

A la dérobée, elle le regarda. D'un autre, on aurait dit qu'il boudait, mais c'était l'expression qu'elle lui avait vue depuis le début : renfrognée, insoucieuse de plaire, pour cela presque touchante. Certaine maintenant qu'il ne la retiendrait pas, elle hésitait.

« Tout de même, dit-elle : expliquez-moi au moins pourquoi vous tenez tant à ce que je vienne avec vous à Divonne. »

Il haussa les épaules.

« Je ne sais pas... Comme ça. Comme jouer pareil que vous : ça m'est passé par la tête.

– Vous croyez que ça vous portera chance ?

– On peut dire ça.

– Et moi, vous croyez que ça me portera chance aussi ? »

Il fit un geste vague, en écartant les coudes sans lever les mains du volant.

« Gagné, dit Frédérique. Je reste. Ça ne vous ennuie pas si je somnole un peu ? »

Noël dit qu'elle serait mieux à l'arrière. A la première aire de repos, elle s'y installa. La voiture était spacieuse, confortable : elle put presque entièrement

180

s'allonger, les genoux repliés sous la canadienne, le haut du corps enfoui dans son vieux manteau de fourrure dont le col, maintenu à deux mains, caressait sa joue. Elle garda un moment les yeux ouverts. Elle avait pris soin de se coucher de façon que son visage soit derrière le siège du conducteur et que celui-ci ne puisse le voir, à moins de se tourner entièrement. Mais elle voyait sa nuque, derrière l'appuie-tête. Les phares des voitures roulant en sens inverse éclairaient quelquefois le plafond, et très vite disparaissaient. Elle se sentait en sécurité, heureuse que le voyage et la nuit durent longtemps. Tout le monde dormait, c'était l'hiver, elle traversait la France enneigée, pelotonnée dans des fourrures, comme en traîneau, c'était lent et rapide à la fois. Elle se laissait conduire, mais le vrai conducteur n'était pas ce garçon taciturne et opaque, c'était la roulette qui maintenant, pour de bon, décidait où elle irait et avec qui. Elle avait dit que cette nuit, ce seraient Divonne et Noël. Alors peu importait que Divonne soit très loin, Noël très laid, peut-être dangereux – mais à cela elle ne croyait plus. Il suffisait de se laisser aller. Les traits de Noël lui échappaient. Elle l'entendait parfois renifler et parfois, entre les deux sièges, sa main tâtonnait à la recherche du sac en papier qu'il froissait pour en retirer ses bonbons. Elle ne pouvait savoir ni même imaginer ce qu'il pensait, s'il comptait par exemple coucher avec elle et si, de son côté, elle y consentirait. De cela aussi la roulette déciderait. Comme c'était simple, apaisant!

A un moment, elle appuya son coude contre le dos du siège, trop légèrement pour qu'il s'en aperçoive, assez pour éprouver, elle, sa présence. Elle pouvait s'endormir, il veillait. La route défilait, les vitres de la voiture accrochaient des reflets, des éclats de phares. Les essuie-glaces chassaient des gouttes luisantes sur le pare-brise; leur chuintement régulier la berçait. Le chauffage bourdonnait, l'engourdissant.

26

Ils restèrent trois jours à Divonne, Noël voulut ensuite faire un tour à Evian. Le matin de la rentrée des classes, Frédérique téléphona au collège pour annoncer d'une voix éteinte qu'elle était souffrante. La secrétaire de Monsieur Laguerrière dit que le principal était en ligne et la rappellerait aussitôt que possible. « Non, non, mon téléphone est en dérangement », bredouilla Frédérique prise de court, contrainte finalement de s'expliquer avec la secrétaire qui, moins bien disposée à son égard que Monsieur Laguerrière, écouta sa confuse histoire de cordes vocales et de ligne téléphonique simultanément détraquées avec la rogue neutralité d'une personne qui, taisant ses doutes, tient à ce que l'on comprenne qu'elle n'en pense pas moins.

« Mais enfin, où étais-tu passée? s'écria Jean-Pierre, qu'elle appela aussitôt après. Ça fait trois jours qu'on te cherche partout, tu n'as laissé d'adresse à personne... Je t'assure, je ne suis pas ta duègne, mais j'étais sur la verge de courir amok.

– Sur la quoi?

– *On the verge of running amok* : pas loin de tourner chèvre, si tu préfères. J'ignore qui tu fréquentes en ce moment, mais ça ne te délie pas les neurones. Enfin, la question n'est pas là. Où es-tu?

– En vacances, répondit Frédérique. Je prolonge un peu. »

En vain il protesta, dit que c'était insensé, d'une voix que la surprise et l'indignation égaraient dans le suraigu : elle refusa d'en dire davantage, de donner un numéro de téléphone, et ne lui laissa pas de choix. Il devrait jusqu'à son retour s'occuper de Quentin.

On ne pouvait soutenir que la fréquentation de Noël déliât les neurones et, après avoir raccroché, Frédérique qui depuis plusieurs jours s'était gardée de tout recul favorisant le jugement critique, faillit éclater de rire en se représentant l'incrédulité consternée de Jean-Pierre s'il avait pu la voir en pareille compagnie.

« Mais... mais, qu'est-ce que tu fais avec ce plantigrade?

– Tu vois bien : je joue. »

C'était cela : elle jouait. Ils jouaient ensemble. Et dans le monde où ils jouaient, l'incongruité de leur association passait inaperçue. Peut-être, au restaurant de l'hôtel, des clients de passage se demandaient-ils, perplexes, quels liens pouvaient unir cette blonde plutôt jolie et ce jeune homme obèse, négligé, renfrogné, qui se parlaient à peine, mangeaient sans appétit et, s'attardant à table après le café, montraient l'impatience résignée de qui attend son tour chez le dentiste : parents éloignés, couple mal assorti, vagues connaissances que rapprochent, le temps d'un repas, une corvée commune ou un train à prendre?

Interrogé, le personnel de l'hôtel aurait pu répondre qu'ils occupaient des chambres séparées et qu'au moins le jeune homme était un habitué – mais venait-il souvent accompagné? Frédérique l'ignorait. Les employés des jeux, le physionomiste du casino, certains joueurs dont il serrait la main rapidement, comme pressé de s'en dégager, étaient peut-être surpris de le voir arriver chaque après-midi, repartir chaque matin après les trois dernières, flanqué d'une femme dont il se séparait sitôt entré, chacun courant sa chance à une table de roulette différente – car ils ne jouaient tous deux qu'à la roulette, dédaignant le black-jack, la banque, le chemin de fer où le hasard domine mais ne règne pas sans partage.

De temps à autre cependant, Noël se levait pour rejoindre Frédérique. Il se postait quelques minutes derrière elle, en général sans qu'elle s'en aperçoive, et après trois ou quatre tours d'observation abattait brusquement des mises importantes sur le numéro plein qu'elle venait de choisir. A deux reprises, le numéro ainsi confirmé sortit mais, rapporté au nombre des tentatives infructueuses, celui de ces coïncidences n'avait rien de vraiment surprenant. Il arrivait de plus qu'en venant jouer à ses côtés Noël couvre un numéro différent, et rien n'indiquait le motif de l'une ou l'autre décision, encore moins celui qui le poussait à faire équipe avec elle. Questionné là-dessus, il restait évasif, marmonnait quelque chose au sujet d'intuitions qui lui venaient à certains moments : c'était sa façon de jouer, voilà tout. « Mais enfin, insistait Frédérique, pourquoi moi? » Lui croyait-il des talents de médium? « Non, non, je ne sais pas. C'est comme ça. » Il était impossible de lui en faire dire plus, impossible aussi de mesurer l'influence de ses intuitions sur leurs fortunes respectives. Elles progressaient de conserve et, au terme des trois jours qu'ils passèrent à Divonne, ils avaient un peu plus gagné que perdu tous les deux, mais sans grandes variations d'amplitude. C'était déjà beaucoup, c'était même remarquable pour des joueurs qui, au lieu de s'en aller sitôt réalisé un gain honnête, restaient chaque soir jusqu'à la fermeture. Frédérique s'en réjouissait, surtout après les désastres du début des vacances, mais elle se rappelait, à Forges, des périodes de chance comparable, plus spectaculaire même, auxquelles Noël n'avait pris aucune part.

Elle l'observa une fois, à son insu. Il lui sembla qu'il s'y prenait comme elle : sans noter de numéros, sans guetter ses voisins, sans constance ni logique apparente. Un tour, il ne posait qu'un jeton sur un plein, un autre il se fiait aux couleurs, ensuite aux voisins d'un numéro sur le cylindre – Frédérique à présent savait les reconnaître d'un coup d'œil au tapis. Puis il pouvait revenir à un seul plein, se braquer plusieurs tours dessus, l'abandonner, s'abstenir un moment, revenir avec trois plaques sur Manque, qu'il laissait porter si la chance lui souriait ou au contraire retirait prudemment... Imprévisible dans ses mises, il ne montrait aucune émotion à l'annonce du résultat. Sa concentration ne se relâchait jamais, et Frédérique se demanda sur quoi elle pouvait s'exercer, en l'absence de toute stratégie – oubliant qu'elle-même n'en appliquait pas davantage et, en quittant la table, découvrait pourtant qu'il manquait tout au plus deux ou trois cigarettes à son paquet, ce qui compte tenu de sa consommation ordinaire prouvait qu'elle avait passé plusieurs heures à jouer au petit bonheur peut-être, mais aussi absorbée que dans son sommeil.

Elle renonça vite à soupçonner une dérobade, une cachotterie systémière dans la réticence de Noël à

186

expliquer ou décrire les impulsions qui plusieurs fois par jour l'attiraient vers la table où elle jouait. Sauf son aspect peu reluisant et son assiduité, il n'avait aucun trait du systémier, et elle ne savait trop dans quelle catégorie de joueurs le ranger. Il suffisait de l'écouter lorsque, mis en confiance, elle sortait de son silence buté, pour comprendre qu'il vouait aux chiffres et à leurs combinaisons une dévotion de nature essentiellement magique. Au contraire de Madame Krechmar, il ne fondait pas sur la statistique les théories confuses visant à étayer sa superstition, mais sur des analogies, des correspondances qu'authentifiait la singularité et non la régularité ou la vraisemblance. Il les voyait à l'œuvre dans un stock, où puisaient presque tous ses propos, d'anecdotes sans drôlerie mais significatives à ses yeux, de petits faits bizarres, de croyances parascientifiques. Il n'était pas inculte, comme elle l'avait d'abord pensé, mais tout ce qui formait la culture de Frédérique, le monde des livres, des spectacles, de la politique, ce dont il est question dans les dîners et les journaux d'intérêt général, échappait à la sienne, mieux faite pour affronter des Quiz, des « Le saviez-vous ? » saugrenus. Encore ce fonds de savoir hétéroclite n'accueillait-il que des données chiffrées, des faits, des historiettes dont la substance s'épuisait dans un chiffre ou une coïncidence illustrant la souveraineté moqueuse du hasard. Indifférent à la politique, Noël savait tout juste le nom du président des Etats-Unis en exercice, ignorait qu'il avait été acteur autrefois et qu'une affaire d'armes vendues à l'Iran le mettait en difficulté. Mais il se révélait incollable sur Lincoln et Kennedy, pour la raison que le premier avait été élu au Congrès en 1846, puis à la présidence en 1860, le second en 1946 et 1960; que leurs noms comportaient sept lettres; que tous deux avaient reçu une balle dans la tête en présence de leur femme; que leurs successeurs s'appelaient Johnson, qu'Andrew Johnson, celui de Lincoln, était né en 1808, Lyndon Johnson, celui de Kennedy, en 1908, et que leurs noms et prénoms réunis comportaient treize lettres; que les meurtriers, tous deux abattus avant d'être jugés, s'appelaient John Wilkes Booth, né en 1839, et Lee Harvey Oswald, né en 1939, et que ces triples noms comportaient quinze lettres; que Lincoln avait été assassiné au théâtre Ford et Kennedy dans une voiture Ford Lincoln; enfin que le secrétaire de Lincoln, nommé Kennedy, avait conseillé à Lincoln de ne pas aller au théâtre, et le secrétaire de Kennedy, nommé Lincoln, pressé Kennedy de ne pas se rendre à Dallas.

Noël, de sa voix sourde, racontait aussi qu'il existait dans l'état de Maryland deux Mrs Wenda Mary Johnson, nées toutes les deux le 15 juin 1953, toutes les deux mères d'enfants nés au même hôpital Wallace, et propriétaires toutes deux d'une Ford Granada modèle 1977, circonstances qui leur avaient valu nombre de tracas administratifs; ou encore qu'en 1973, à Stourbridge, en Angleterre, un certain Frederik Chance avait percuté avec sa voiture une motocyclette conduite par un autre Frederik Chance. Il fut très surpris cependant, et ravi, quand Frédérique lui apprit que *chance*, en anglais, signifiait hasard. Et il regretta de ne pouvoir la renseigner au sujet d'un nommé Marcel Duchamp dont il avait incidemment évoqué la fameuse et paradoxale martingale, censée triompher de la roulette. « Un artiste? C'est possible », admit-il, mais il ne savait pas si c'était bien celui auquel pensait Frédérique, célèbre pour d'autres raisons, notamment pour avoir préféré le jeu d'échecs à la peinture et, d'une façon générale, à toute forme d'expression artistique – décision qui, à titre posthume, lui valait l'approbation fascinée de Jean-Pierre mais s'accordait mal, estimait Frédérique, avec le goût de la roulette.

Cette conversation sur les coïncidences, les martingales et les systèmes dura tout le souper du réveillon, le soir de leur arrivée à Divonne. Rompant avec des habitudes alimentaires qui par la suite se révélèrent frugales et distraites, Noël avait tenu à le célébrer avec quelque solennité. Soucieux de faire honneur, tant à son invitée qu'au menu gastronomique du luxueux restaurant, il délaissa même la bière pour le champagne, qui l'égaya et le rendit loquace. Frédérique, à ce moment, était encore déconcertée par son compagnon et surtout par le fait de se trouver en sa compagnie. Elle interpréta ce réveillon fastueux, l'attention que visiblement Noël avait porté à sa mise comme le prélude d'avances sans doute délicates à affronter, mais dont la banalité orientait dans un sens connu, répertorié, une situation qui lui échappait. Déjà, en arrivant le matin, elle s'attendait à ce que d'autorité il ne demande qu'une chambre à la réception de l'hôtel. A la fois parce que la fatigue l'engourdissait, parce qu'elle redoutait un scandale et parce que la portée du verdict prononcé la veille par la roulette ne s'établissait pas encore clairement dans son esprit, elle n'était même pas sûre de protester – ni sûre de ce qui se passerait si elle ne protestait pas. Mais Noël avait demandé deux chambres et rien dans son attitude n'avait au cours de la journée indiqué qu'il espérait nouer avec elle des relations plus étroites que celles des compagnons de jeu. Aussi accueillit-elle avec une sorte de soulagement, celui qu'on éprouve à voir se préciser une menace jusqu'alors diffuse, la proposition qu'il lui fit vers la fin du repas de venir dans sa chambre essayer la roulette de salon qui lui servait parfois à tester des systèmes – c'était, précisa-t-il, seulement pour s'amuser, car il ne croyait plus à leur efficacité depuis belle lurette.

Par bravade et souci d'y voir clair, Frédérique accepta de l'accompagner. Mais il garda dans la chambre une réserve polie, polie à sa façon qui était gauche et brusque, trouée d'accès de gaieté lunatique lorsqu'il disait quelque chose qu'il trouvait drôle, ou simplement digne d'intérêt : qu'en 1950 par exemple, au Sporting Club de Cannes, le croupier Carbonnel avait quatre fois de suite fait sortir le 14 et quatre fois encore, juste après, le 28, ce qui représentait une probabilité d'un contre 95 milliards; qu'au casino Arrowhead de Saratoga, on avait observé en 1943 une série de 32 rouges, et une de 51 noirs à Bad-Hombourg en 1860, mais cette dernière, reconnut-il, était peut-être une légende.

Il alla chercher dans l'armoire un coffret de bois clair, volumineux, d'où il retira, puis libéra de sa housse en peau de chamois, une roulette bien cirée, astiquée, plus petite de moitié que celles des casinos. Il la cala avec beaucoup de soin sur une table basse et, d'un autre étui, sortit une bille d'ivoire qu'il tendit à Frédérique, assise au bord du lit. Elle la lança une fois et, oubliant sa gêne, se prit au jeu. Son geste pour faire tourner le cylindre, en même temps mais en sens inverse, acquit progressivement de la sûreté. Noël se tenait sur une chaise, les mains sur ses grosses cuisses écartées, tout près d'elle. Il se penchait un peu, l'œil brillant, quand la bille commençait à descendre, respirait fort, parfois hochait la tête en voyant le résultat que Frédérique annonçait à mi-voix : ils ne prononcèrent pas d'autre parole. Au bout d'une demi-heure, Noël observa que le temps passait vite et ils se dépêchèrent de retourner au casino. Plus tard, après la fermeture, il la reconduisit jusqu'à sa porte, voisine sur le palier de quelques numéros, lui souhaita une bonne nuit, une bonne année, et se retira.

Il ne se départit pas de cette conduite, les jours suivants. Un rythme s'instaura. Ils se retrouvaient au restaurant de l'hôtel pour déjeuner et attendre l'ouverture. Faute de champagne sans doute, Noël était moins disert que le soir du réveillon, mais la pauvreté de leurs échanges, les silences qui les espaçaient pesaient curieusement peu. Voyant, dans la grande salle lambrissée, des gens qui paraissaient riches et brillants, et s'esclaffaient avec désinvolture, Frédérique se demandait pourquoi elle n'était pas plutôt à leur table, mais ces questions cessaient de la tourmenter quand l'heure venait de gagner le casino, où chacun allait jouer de son côté. Il arrivait qu'ils prennent un verre au bar; ils ne dînaient pas. Après les trois dernières, on aurait pu croire qu'ils se rencontraient par hasard à la sortie, dans le morne désordre des départs. Ensemble, ils rentraient à l'hôtel et passaient encore un moment dans la chambre de Noël, à comparer leurs gains et faire tourner à blanc la roulette. Noël, sans regarder Frédérique, parlait de ses héros : le roi Farouk, André Citroën, ou bien ne disait rien du tout. Quand elle allait se coucher, il ne tentait pas de la retenir. Elle dormait tard le matin, puis prenait un très long bain en attendant qu'arrive l'heure du déjeuner.

Ils ne savaient rien l'un de l'autre, sauf leurs noms,

191

qu'ils n'avaient pas échangés mais que le physiono-miste, à leur arrivée, articulait avec une componction souriante et l'accent suisse. Aucun contact physique entre eux : à peine, une fois la frôla-t-il en s'effaçant pour lui tenir une porte, et il crut bon de grommeler une excuse. Mais elle apprit à deviner sa présence lorsqu'au casino il venait se placer derrière elle.

27

Les chambres d'hôtel de luxe étant partout les mêmes, Frédérique ne vit pas de différence entre Divonne et Evian. Les clients se ressemblaient aussi : ils paraissaient avoir toute leur vie respiré cet air vif, allégé par la prospérité, qui circulait au bord du lac, scintillant sous le soleil d'hiver. De ce beau temps, du paysage, elle n'aperçut que ce que découpaient les baies du restaurant panoramique et les photographies placardées dans les ascenseurs; le trajet en voiture d'une ville à l'autre, effectué en dehors des heures de jeu, aurait du reste pu se passer dans un ascenseur : elle n'aurait pas été plus indifférente.

Ils reprirent, sitôt arrivés, leurs habitudes de Divonne. Chose surprenante, le rythme de leurs gains ne varia pas plus que celui de leurs journées. Leurs frais de séjour étaient couverts; ils exauçaient le rêve âprement poursuivi par les systémiers, sans souci, sans calcul, et sur un pied nettement plus élevé qu'à Forges.

Plutôt qu'à un miracle résultant de leur association, Frédérique bien sûr attribuait cette veine à la clémence du sort, forcément provisoire. Il se rattraperait par la suite, cela ne tarderait sans doute pas : le mieux, en attendant, était de profiter de ses bonnes dispositions. La première série de revers – elle pensait : des revers sérieux – déciderait de son retour à Paris. Elle ne céderait pas à la tentation de se refaire, partirait aussitôt.

Cette résolution, une fois prise, nuança d'impatience son plaisir. Il faudrait bien qu'elle rentre un jour ou l'autre – de préférence bientôt, on devait s'inquiéter. Mais si par extraordinaire elle continuait ainsi, à compenser des pertes tolérables par des gains un peu plus élevés ? Que se passerait-il ? Aurait-elle le cœur de partir ? Surtout, pourquoi partir ? Faute d'un signal annonçant la déroute, ne resterait-elle pas prisonnière de la roulette ?

Evidemment non, pour la raison que cela ne pouvait se passer ainsi : la chance tournait toujours, elle en avait fait l'expérience, et vous lessivait d'autant plus vite qu'elle vous avait longtemps, malicieusement soutenu. Tous les joueurs, raisonnait-elle, connaissent de telles périodes. Tous savent ce qu'elles préparent et, comme elle le faisait à présent, en arrivent à envisager la défaite comme le but du jeu. Alors elle secouait la tête, fâchée de se soumettre au poncif selon lequel on joue pour perdre – à ce compte, on vivrait pour mourir – et l'impatience, malgré qu'elle en eût, tournait à l'exaspération. On ne forçait pas si aisément la chance, même contre soi. Croyant jouer encore au petit bonheur, elle s'abstenait instinctivement de certaines combinaisons, de progressions trop hasardeuses. Elle avait acquis des automatismes, savait à l'aveuglette comment gérer son budget de la journée, quand il fallait laisser passer quelques tours et, sans prétendre jamais déterminer quel numéro ou quelle zone du cylindre sortirait, elle échelonnait, variait ses mises de façon à réduire les risques. De cette expérience qu'elle avait tout d'abord enviée, ensuite dédaignée parce qu'elle la confondait avec les risibles techniques des systémiers, enfin assimilée sans même s'en rendre compte, il lui était impossible désormais de se défaire. Une intuition de joueuse, de vraie joueuse, retenait sa main de placer des mises suicidaires lorsque pour en finir, pour hâter sa défaite inévitable, elle décidait de jouer *vraiment* n'importe quoi et de se démontrer, le désastre entrevu, qu'elle saurait résister au vertige, et s'en aller. L'occasion lui manqua de mettre sa volonté à l'épreuve.

Ils étaient depuis quatre jours à Evian, et l'idée de regagner Paris ne constituait plus guère dans l'esprit de Frédérique qu'une conséquence théorique du fait qu'elle finirait par perdre. Noël au restaurant déclara que ses affaires l'appelaient le lendemain à Paris et qu'il comptait partir le soir-même. Rentrait-elle avec lui?

C'était une vraie question. Comprenant la nature de son hésitation, Noël dit qu'on avait encore l'après-midi, et même le début de la soirée : il suffirait de partir avant minuit. Frédérique alors accepta de rentrer, certaine qu'elle allait perdre et qu'ainsi le départ ne serait plus arbitraire.

Elle perdit en effet, beaucoup. Vers sept heures, elle n'avait plus un jeton – mais il lui restait un peu d'argent dans sa chambre. Elle prit conscience de ce que pas une seule fois, cet après-midi, Noël ne s'était approché de sa table. Elle se leva, erra un moment dans la salle, enfin le répéra, derrière une double pile de plaques : il avait été sage de dissocier leurs sorts. Sans qu'il la vît, elle le regarda jouer, et surtout regarda son dos massif, sa tête tonsurée émergeant de la veste noire, l'amorce de son visage soufflé : le recul, froissant le pli si vite formé de l'habitude, interposait entre elle et Noël comme la vitre d'un aquarium, où pourtant il fallait admettre qu'elle évoluait avec lui, sur un pied de familiarité dont le plus étonnant était qu'elle s'étonnât si peu. Elle ferma les yeux, les rouvrit et, s'approchant de lui, toucha son épaule.

Un regard de somnambule éveillé en sursaut croisa celui de Frédérique lorsqu'il tourna la tête; pressentant soudain une catastrophe, elle ne trouva rien de mieux pour l'apaiser que de présenter ses paumes ouvertes en esquissant un sourire. Il y eut un instant de flottement, puis il parut comprendre et, s'étant ébroué nerveusement, sourit à son tour, d'un sourire rapide, contrarié, celui de l'adulte qui, interrompu dans une affaire sérieuse, accède au caprice d'une gamine pour qu'ensuite elle le laisse tranquille. Il rafla sur la table une poignée de jetons et voulut la fourrer dans la main de Frédérique qui, surprise, tarda à replier les doigts et les laissa tomber par terre. Noël s'était déjà retourné. Elle hésita, puis se baissa pour ramasser les jetons. En se redressant, elle surprit un troisième sourire, sur les lèvres d'un joueur blondasse et bien mis qui, assis en face d'eux, avait remarqué le manège. Elle se sentit rougir, mais s'obligea à le toiser jusqu'à ce qu'il baisse les yeux, confus à son tour ou plus intéressé par ses mises. Au lieu de s'éloigner, elle recula seulement et, un peu en retrait, observa de nouveau les gestes de Noël. Deux tours passèrent qui, sur le rouge, lui rapportèrent quatre plaques. Il les poussa devant le croupier, réclamant la finale 6. Frédérique se mordit les lèvres. Le croupier, du bout de son râteau, couvrit le 6, le 16, le 26. Quand il arriva au 36, Frédérique brusquement, par-dessus l'épaule de Noël assis en bout de table, avança la main et posa un jeton sur la plaque.

Elle n'eut pas le temps de retirer sa main. Noël lui avait saisi le poignet, qu'il serrait fort. Sans prendre garde au jeu, ni aux réactions autour d'eux, il pivota sur sa chaise, se leva, la poussant devant lui, rude-ment. Sa lourde silhouette était menaçante soudain : elle crut qu'il boitait, et allait la frapper. Très loin derrière le bloc de ses épaules tombantes, elle vit le blond fadasse hausser les sourcils, d'autres joueurs qui se retournaient. Mais personne à la table ni ailleurs ne faisait mine d'intervenir, comme si l'au-mône surprise quelques minutes plus tôt signalait des relations dont la décence voulait qu'on ne se mêlât pas. Le visage de Noël était maintenant si proche de celui de Frédérique, adossée à une colonne, qu'elle ne voyait rien d'autre, plus que sa bouche luisante qui, en postillonnant, mâchait les mêmes mots : « Qu'est-ce qui vous prend, non, mais qu'est-ce qui vous prend, qu'est-ce qui vous prend... » « Mais qu'est-ce qui vous a pris ? » répéta-t-il, un ton plus bas, après que le bouleur, loin derrière eux, eut annoncé : « 23, rouge, impair et passe ». Alors il lâcha le bras de Frédérique, désigna la table d'un geste mou qui la prenait à témoin, confirmait l'étendue de sa responsa-bilité. Déjà les enjeux reprenaient, personne ne les regardait plus, excepté un valet qui, accouru trop tard, se tenait à quelque distance en attendant d'être sûr que l'incident fût clos. Noël, sourcils froncés, sans regarder Frédérique, se passa la main dans les che-veux. Il semblait moins honteux que déçu, en laissant retomber sa colère, d'avoir manqué le moment des représailles et d'en être réduit aux reproches.

« Il ne faut pas jouer à ça, marmonna-t-il.

– Vous n'y jouez pas, vous ? protesta Frédérique.

– Mais enfin... Vous voyez bien que... enfin, que vous avez la poisse. Ça se voit : vous avez décidé de perdre... Alors, s'il vous plaît... »

Il souffla bruyamment, peut-être pour la convaincre, et lui tourna le dos. La place qu'il occupait avait été prise, mais il en trouva une à une autre table. Frédérique, interdite, resta un moment immobile. Puis elle se força à sourire, pour libérer le valet de sa faction, et quitta le casino.

Elle compta, dans sa chambre, l'argent qui lui restait, trouva que c'était peu. Elle redescendit, à la réception demanda d'une voix assurée la clé de la chambre 132. L'employé se tourna vers le tableau, qu'il examina longuement. Il finit par dire, sur un ton de constat chagriné : « C'est la chambre de Monsieur Noël, la 132 » – à l'hôtel comme au casino, on appelait Noël Monsieur Noël mais Frédérique ne savait pas si c'était son prénom ou son nom de famille.

« Je sais, dit-elle : j'ai oublié quelque chose chez lui.

– Je regrette beaucoup, Madame. Nous ne pouvons disposer des clés de nos clients en leur absence.

– Mais nous sommes ensemble !

– Je saisis bien, Madame. Mais c'est le règlement. »

Comprenant qu'il serait inutile d'insister, Frédérique prit l'air agacé d'une personne qui, ayant sa conscience pour elle, déplore seulement un excès de zèle obtus et sortit dignement de l'hôtel. Elle n'était plus certaine d'avoir voulu vraiment prendre de l'argent chez Noël. L'audace, certainement, lui aurait manqué, la crainte des conséquences l'aurait retenue. Elle se serait contentée de jouer, le cœur battant, avec l'idée du vol, peut-être de fouiller les tiroirs, par curiosité, pour en savoir plus sur son compagnon; ensuite, elle serait repartie. Personne n'aurait rien su. Mais l'employé l'avait soupçonnée, cela ne faisait pas de doute. Elle était arrivée avec Noël, on les voyait tout le temps ensemble, on devait même penser qu'elle était sa maîtresse : le règlement, dans ces conditions, ne pouvait être qu'un prétexte, une excuse tout juste polie pour ne pas dire qu'on lui trouvait l'air d'une voleuse ou encore, c'était le plus probable, qu'on obéissait aux ordres de Noël lui-même. Echaudé par quelque mésaventure, il se méfiait. Et Frédérique, oubliant que cette méfiance n'était pas tout à fait injustifiée, s'en indignait.

Furieuse, inquiète aussi de ce que l'employé pourrait dire à Noël avant leur départ, elle retourna au casino. Méthodiquement – et la méthode portait enfin ses fruits –, elle liquida ce qui lui restait et quitta la table sans un sou, calmée. Fin de l'héritage, fin de l'escapade : la situation, au moins, était nette; sauf qu'elle avait encore un chéquier, une carte de crédit, et qu'aux joueurs sérieux, comme elle l'avait appris en ralliant leur camp, les casinos consentent ces commodités, refusées à Forges aux novices. Et bien sûr, les hôtels aussi : c'était contrariant.

Quatre jours plus tôt, en quittant Divonne, elle s'était demandée si Noël réglerait sa note, puis si une intention de délicatesse l'en avait retenu – intention insultante, car impliquant qu'on pouvait la prendre pour un aventurière. En vérité, ce devait être plus simple : il pensait ne rien devoir à Frédérique, partenaire de fortune dans une association où chacun jusqu'alors avait trouvé son avantage. Mais ce soir elle avait perdu, tout perdu. Non sans voluptueuse mesquinerie, elle se persuadait d'y avoir été encouragée par Noël; et puis elle l'avait escorté, elle avait en public flatté la vanité d'un gros garçon conscient de ses disgrâces au point de n'espérer pas davantage et c'était un service, après tout, pour lequel d'autres femmes se faisaient payer. Oui, il faudrait qu'il paye. Elle se sentait prête, au besoin, à l'exiger sans détours, à se montrer âpre, vulgaire. Mais il risquait de filer en douce, si elle retournait à l'hôtel; elle s'installa au bar du casino, d'ou l'on pouvait surveiller la sortie.

Pour tromper l'attente, elle observa les hommes qui passaient, évaluant ses chances d'être un jour entretenue par l'un d'eux, dans le tourbillon d'une vie de palaces et de croisières. Elle en remarqua un accompagné d'une jolie femme au visage dur et indifférent; les autres étaient avec des vieilles, ou seuls. Mais elle songea que tous, s'ils payaient, pouvaient prétendre à mieux qu'elle, et que la vénalité de haut vol n'était probablement pas sa voie. Il devait en outre y falloir plus de goût et de dons qu'elle n'avait pour l'amour.

Un peu avant dix heures, Noël la rejoignit. « Alors ? demanda-t-elle.

– Comme ci, comme ça. Je ne me plains pas...

– Tant mieux. » Et, décidée, plutôt que de quémander ou de s'embrouiller dans une histoire de chéquier égaré, à prendre les devants, elle ajouta, gaiement provocante : « Parce que moi, je n'ai même plus de quoi payer l'hôtel.

– C'est fait », grogna-t-il, et ils s'en allèrent.

Après être passée dans sa chambre pour reprendre son sac de voyage, elle retrouva Noël dans le hall. Il parlait avec l'employé de la réception mais, pendant le voyage du retour, ne fit allusion à aucun des incidents de l'après- midi. Frédérique, comme à l'aller, somnola sur la banquette arrière. Il faisait encore nuit lorsqu'ils arrivèrent à la porte d'Orléans.

« Je vous dépose où ? » demanda Noël. Frédérique hésita, puis donna son adresse que, connaissant son nom, il pouvait de toute façon trouver dans l'annuaire s'il le désirait. Mais elle ne savait pas si *elle* désirait qu'ils se revoient et, en tout cas, ne voulait pas le demander.

En s'engageant dans la rue Falguière, Noël dit enfin : « Ce n'est pas sûr, mais je pense aller deux jours sur la côte, la semaine prochaine. Ça vous dirait ?

– Pour jouer ? » dit-elle sottement, au lieu de demander sur quelle côte. Noël fit oui de la tête. Elle répondit alors que peut-être, elle verrait. Il avait dû attendre la dernière minute pour poser sa question, afin qu'ils se séparent sur cet échange sec, neutre, épargnant l'embarras d'une discussion. Mais l'arrière d'un camion de poubelles apparut devant eux, progressant très lentement. On ne pouvait le doubler : il fallut, à sa traîne, rester ensemble quelques minutes de plus. Noël pianotait nerveusement sur le volant, tripotait les boutons du chauffage. Frédérique regardait devant elle, à travers le pare-brise embué : les éboueurs ahanaient en faisant basculer les ordures dans la benne; la neige sale fondait sur le trottoir; les

201

réverbères allaient bientôt s'éteindre. Enfin, on arriva en vue de son immeuble, quelque vingt mètres plus haut. La concierge, venant de sortir les poubelles, se tenait en robe de chambre sur le pas de la porte. « Bon, au revoir », dit brusquement Frédérique. « A la prochaine », répondit Noël; elle claqua la portière, s'éloigna à grands pas.

28

Il fallut retourner au collège, récupérer Quentin, affronter, non des questions directes, mais l'obligation implicite de justifier une absence si contraire à ses habitudes. Le plus habile, décida Frédérique, était de s'y dérober, ce faisant de laisser à ses interlocuteurs le soin de l'interroger ou non plus avant. Tels qu'elle les connaissait, ce serait non. Et Monsieur Laguerrière, en effet, accepta l'excuse de la grippe sans insister ni mentionner le fait, infiniment probable, qu'on avait plusieurs fois téléphoné chez elle, peut-être aux P et T pour s'informer d'un éventuel dérangement. Il fut moins aimable cependant qu'à son ordinaire : Frédérique attribua cette froideur à l'effronterie de son mensonge, et découvrit seulement les jours suivants combien ses bavardages irréfléchis lors des événements de décembre lui avaient porté tort au collège.

Jean-Pierre, quant à lui, ramena Quentin rue Falguière dès qu'il eut trouvé le message qu'elle avait en rentrant confié à son répondeur. Très mécontent, il ne pouvait le laisser paraître en présence de son fils et, ne sachant pas ce que Frédérique dirait à celui-ci, montra la neutralité contrainte d'un diplomate laissé par ses supérieurs dans l'ignorance de leurs plans et qui, participant malgré cela à une négociation bilatérale, s'emploie par des paroles ambiguës à leur faire sentir le danger de telles cachotteries, l'amertume qu'il en retire, le sens du devoir, enfin, dont il fait preuve en donnant le change du mieux qu'il peut à la partie adverse.

Dans le rôle de la partie adverse, Quentin au demeurant fut d'un tact exemplaire et, qu'il feignît ou non de ne pas remarquer ces dissensions, permit en racontant gaiement, comme si de rien n'était, ses vacances à l'Ile aux Moines, qu'on en diffère le déballage jusqu'à l'heure de son coucher. Alors, toutes portes fermées, Jean-Pierre et Frédérique entamèrent une discussion âprement chuchotée, coupée de « Parle plus bas, s'il te plaît ! » propres à faire tendre l'oreille, de son lit, à l'enfant le moins anxieux.

Les griefs de Jean-Pierre souffraient de pouvoir n'être exprimés qu'à demi. La convention voulant que chacun laissât l'autre libre de sa vie privée lui défendait de demander ce qu'elle avait fait, avec qui, si c'était sérieux... – questions qui certainement lui brûlaient la langue et dont l'omission rendait curieusement abstraite la fugue de Frédérique, abstraits aussi les reproches dont il l'entourait, en faisant bien valoir qu'il ne prétendait pas le sonder, ce trou dans sa biographie : elle aurait pu prévenir, au moins laisser une adresse, un numéro de téléphone, n'importe quoi pouvait arriver...

Frédérique acquiesçait : elle aurait pu, oui – et, tout en acquiesçant, s'inquiétait. Que faire la prochaine fois, que dire ? Difficile, faute de précédents, d'imposer comme allant de soi, dispensées de justification, des absences régulières. Impossible d'en donner la vraie raison. Inventer un prétexte alors, mais lequel ?

« Tu fais ce que tu voudras, argumentait Jean-Pierre à voix basse, ce n'est pas mon problème. Seulement tu admettras, je pense, qu'on ne peut pas laisser ce gosse dans la nature. Personnellement, ça ne me dérange pas de m'en occuper : au contraire, j'adore ça, la question n'est pas là. La question, c'est que rue de Plaisance, il n'y a vraiment pas la place. Et puis ce n'est pas chez lui, ça ne s'y prête pas. En plus, j'ai un travail fou en ce moment, et mes parents sont en Bretagne : tout cela pour dire que ce n'est pas mon style de faire la morale, ni de rappeler aux gens leurs responsabilités, mais à l'avenir, si tu veux recommencer ce genre de plaisanterie, il faudra que tu t'arranges autrement. »

L'idée qu'à l'avenir, et dans un avenir proche, ce genre de plaisanterie risquât de se reproduire n'avait manifestement dans l'esprit de Jean-Pierre qu'un emploi rhétorique. Il n'avait pas prévu la parade : poussée par l'exaspération à tenter un coup de force, Frédérique déclara qu'elle pensait en effet s'absenter quelques jours la semaine suivante et lui proposa de venir s'installer rue Falguière avec Quentin, ce qui, expliqua-t-elle paisiblement, simplifierait la vie de tout le monde.

« Mais enfin, que je sache : tu as cours, la semaine prochaine ?

– Ça peut se manquer.

– Ah bon ? Ça peut se manquer, très bien. Très bien, mais à Quentin, je lui dis quoi ? Je lui dis quoi, moi ? »

Frédérique, pour ne pas envenimer les choses, s'abstint de rappeler qu'elle s'était pour sa part posé

205

la même question lorsque deux ans plus tôt Jean-Pierre avait quitté la rue Falguière. Mais il lui parut juste que l'argument péremptoire du « travail », dont il avait usé sans scrupules à l'époque, reprenne pour la couvrir à son tour du service : Jean-Pierre avait assez souvent insisté pour qu'elle se remît à sa thèse, elle s'y remettait, voilà tout, et poussait le zèle jusqu'à se rendre en province pour y consulter des archives.

« Mais enfin, glapit Jean-Pierre, tu travailles sur Fourier ! Qu'est-ce que tu veux chercher ailleurs qu'à la B.N. ?

– Si Quentin me sort ça, ironisa Frédérique, je saurai d'où ça vient. Parce que ça m'étonnerait qu'il le trouve tout seul.

– La question n'est pas là... »

Jean-Pierre avait beau lever les yeux au ciel, il savait que la question était là, justement : Frédérique entendait rassurer Quentin, mais dédaignait d'imaginer pour lui, Jean-Pierre, un prétexte, même peu plausible, dont il se serait contenté. Elle l'obligeait, soit à s'incliner, soit à dénoncer leur accord en exigeant des explications. De mauvaise grâce, plutôt que de paraître jaloux, il s'inclina.

Cette victoire mit d'abord Frédérique mal à l'aise. Une fois acquise, il n'était plus question d'y renoncer. Elle créait une obligation, un contrat aux termes duquel elle devait continuer à jouer, glisser hors de la vie normale où peut-être une attitude plus ferme de Jean-Pierre l'aurait retenue. Il aurait pu, pensait-elle, il aurait *dû* l'assaillir de questions, envoyer promener pour une fois la discrétion et le droit de chacun à faire ce qui lui plaît, se fâcher, pour finir refuser abruptement de favoriser ses absences en se chargeant de Quentin. Les difficultés d'organisation, pas plus que les problèmes d'argent maintenant que l'héritage était liquidé, ne l'auraient dissuadée d'aller au casino. Elle se serait même, par esprit de rébellion, ingéniée à les tourner aussi souvent que possible, mais avec plus de précautions, la prudence de la clandestinité : des escapades à Forges de temps à autre, un soir par semaine par exemple, dont personne n'aurait rien su; de petites échappées sans conséquence.

Elle avait cru, avant les vacances de Noël, pouvoir mener ainsi une vie secrète qui aurait pimenté la vie de tous les jours sans en modifier le cours ni la mettre en danger. Ce projet impliquait qu'on ignore non seulement la nature du secret, mais encore son existence. Il était connu à présent, toléré, et elle eut l'impression pénible de l'officialiser en prévenant Quentin que son travail, dans les mois à venir, l'obligerait à voyager souvent. Il l'accepta fort bien, sans même demander s'il pourrait venir aussi, et comme toujours cette discrétion, ou cette indifférence, inquiétèrent vaguement Frédérique. Avec la prolixité des menteurs, elle donna toutes sortes de détails qu'il ne réclamait pas, décrivit plaisamment le vieux monsieur qui, à Lyon, lui ouvrait ses précieuses archives : elle dit Lyon, se rappelant que Fourier y avait vécu, et aussi parce que c'était près du lac Léman, de Divonne et d'Evian, vers où elle se sentait poussée presque à son corps défendant. C'était donc Lyon et un pittoresque vieillard pour Quentin; pour Corinne, le play-boy Michel; pour Jean-Pierre, un amant sans nom ni visage; pour Frédérique enfin, une sorte d'engagement qui lui interdisait les fugues à la sauvette et, tandis qu'elle parlait, riant trop fort,

donnait au visage attentif de son fils, au décor familier du salon, la qualité lointaine et déchirante de ce
qu'on va quitter lorsqu'il n'est plus temps de se
dédire et qu'à part soi peut-être on aimerait mieux
rester.

29

Ils partaient deux, trois jours, rarement plus, mais il s'écoulait rarement plus de temps entre chacune de ces équipées. Noël, tenu sans doute par des obligations dont il ne parlait pas, choisissait les dates et les lieux sans lui demander son avis : il annonçait ses intentions, elle l'accompagnait ou non. Mais elle accepta toujours et, contente finalement d'abdiquer l'initiative, ne retourna plus seule à Forges ni ailleurs. Elle n'avait rien à décider, il suffisait de dire oui, n'était-ce pas plus commode ?

Noël préférait voyager de nuit, il passait donc la prendre dans la soirée. Il la prévenait quelques heures à l'avance, parfois la veille, sans soupçonner les problèmes domestiques que posaient ces délais très courts, cette perpétuelle instance de départ. Elle ne lui en avait rien dit. Il ne savait rien de sa vie, ni elle de la sienne, c'était bien ainsi. Jamais il ne demanda à monter, à pénétrer dans son appartement. Elle descendait l'attendre sur le trottoir, ouvrait la portière, ils partaient. Ils roulaient plusieurs heures, ou toute la nuit, parlant très peu. Elle n'avait jamais connu personne d'aussi indifférent aux distances et à la fatigue. Il mâchait des bonbons; de temps à autre, à brûle-pourpoint, il racontait une histoire drôle. Il connaissait par cœur des sketches d'un chansonnier appelé Roger Nicolas, qui avait eu du succès avant sa naissance et qu'appréciait aussi le père de Frédérique, pour la honte de celle-ci. L'anachronisme de ce goût, cependant, déroutait moins que la jovialité stridente avec laquelle il lançait tout à coup le cri de guerre de l'amuseur : « Ecoute! écoute! » suivi parfois d'une plaisanterie inepte, mais parfois non, même pas, comme si cette exhortation trépignante, aussi incongrue que le tutoiement dans sa bouche affaissée et toujours rétive au sourire, avait suffi en soi à l'égayer, ou à exprimer sa gaieté. Il gloussait, retombait ensuite dans le silence. La voiture filait sur l'autoroute déserte, dans un paysage par endroits enneigé. On était en janvier, en février. Les guichetiers, aux péages, somnolaient, et Frédérique aussi, sur la banquette arrière.

Ils allèrent à Dieppe, Charbonnières, Heidelbronn, Vichy, Aix-la-Chapelle; ils retournèrent à Divonne : le casino, hors saison, y était plus animé qu'ailleurs. Ils prenaient deux chambres à l'hôtel et, jusqu'à ce que Noël donne le signal du départ, s'en tenaient à l'emploi du temps fixé lors de leur premier séjour : lever tard, déjeuner étiré jusqu'à l'ouverture du casino, où ils restaient jusqu'aux trois dernières; ensuite ils faisaient tourner quelques boules dans la chambre de Noël, sur la petite roulette de salon; puis chacun de son côté allait se coucher.

Noël restait fidèle à la superstition d'enchérir quelquefois, à sa table, sur le jeu de Frédérique. Mais cette tactique, si elle avait jamais été efficace, ne les protégeait plus contre des revers dont ils supportaient inéquitablement les conséquences. Noël perdait-il gros, il ne s'adressait pas à Frédérique mais arrêtait de jouer, ou bien tirait un nouveau chèque. Quand venait son tour de malchance, Frédérique en revanche attendait de son compagnon qu'il pourvût à son entretien, payât l'hôtel, la renflouât de quelques plaques. Cela ne suffisait pas. Pour continuer à jouer, elle signait des chèques dont elle ne remplissait pas les talons, moins par affectation de désinvolture que pour conjurer le spectre de son prochain relevé bancaire. Tant de choses, pensait-elle, pouvaient arriver d'ici là : des gains spectaculaires, mais aussi bien l'incendie de la banque, ou sa propre mort. Elle se représentait complaisamment des catastrophes, sachant les vraies menaces plus prosaïques. Ce serait un découvert excessif qui, faute d'être comblé, entraînerait son interdiction bancaire, et alors quoi? Oserait-elle passer outre, signer tant qu'elle avait encore un chéquier des chèques sans provision, encourir des poursuites pénales? Ensuite, mise hors la loi, se débrouiller sans argent, fuir en zig-zag, pour brouiller les pistes, de casino en casino, entretenue au hasard des rencontres, au jour le jour, par des joueurs qui ne seraient pas plus séduisants que Noël, mais plus exigeants certainement, avec qui elle coucherait pour coucher dans un lit, grappiller les jetons d'une soirée? Hélas, il était plus probable qu'elle s'avoue vaincue, revienne, pas trop fière, au bercail, recolle les pots cassés. Elle aurait un entretien fastidieux avec le jeune homme à la cravate en tricot qui s'occupait de son compte à la banque. Il prendrait l'air compréhensif, proposerait un prêt, un remboursement échelonné de ses dettes : elle était fonctionnaire après tout, assurée d'un salaire régulier. Monsieur Laguerrière, lui aussi, hocherait la tête, passerait paternellement l'éponge. Un accès de déprime, dans l'enseignement, on sait ce que c'est. Bien sûr, elle aurait dû prévenir, justifier ses absences, il faudrait qu'elle fournisse un certificat médical, mais l'essentiel, n'est-ce pas, était qu'elle aille mieux... Et ce serait pareil pour les impôts, les factures impayées, jetées à la poubelle d'un geste emphatique qui voulait dire : « Advienne que pourra ! » et cependant n'engageait guère, lui vaudrait simplement des rappels, des amendes, du tracas. Ces perspectives, loin de la rassurer, la mortifiaient : comme sa course à l'abîme pouvait être facilement suspendue ! La certitude de pouvoir, quand elle le voudrait ou plutôt quand elle y serait contrainte, revenir en arrière, en douceur rentrer dans le rang, gâchait l'exaltation de voir filer la route, basculer les garde-fous, clignoter les signaux d'alarme. Tout en le redoutant, elle enrageait que l'irréversible fût hors de sa portée. Elle rêvait d'en connaître pour de bon la saveur, de sentir sur son échine ce halètement de fin de tout, quand il n'y a plus d'issue, plus de sursis, plus que le gouffre devant soi. Alors elle en rajoutait, réunissait les conditions, révocables pourtant une à une, d'un désastre où engloutir théâtralement sa vie : l'argent qu'elle n'avait plus, elle le flambait sans compter ; mille francs de gagnés valaient un million de perdu ; l'heure de fermeture seule chaque soir l'arrêtait. Ainsi, au casino mais aussi à l'hôtel, en voiture, elle écartait les questions qui revenaient l'assaillir à Paris, dans les intervalles ménagés par le bon vouloir de Noël entre deux voyages.

30

Rentrant de nuit, ou à l'aube, elle s'introduisait sans bruit dans l'appartement, gagnait sa chambre à tâtons, en prenant garde de ne pas réveiller Jean-Pierre qui dormait sur le canapé transformable du salon. Les aiguilles du réveil luisaient dans l'obscurité. A l'heure du petit déjeuner, le bruit dans la cuisine la tirait du sommeil mais elle ne se levait pas, attendait que Quentin fût parti à l'école. Elle feignait de dormir quand Jean-Pierre, doucement, entrouvrait la porte pour voir si elle était là : il devait le faire chaque matin, le plus souvent trouver le lit intact. Un peu plus tard, elle entendait claquer la porte d'entrée. Sans doute préférait-il, lui aussi, ne pas avoir à lui parler. Il laissait le frigidaire rempli et, sur la cheminée, des petits billets polis, mais emportait ses papiers, ses dossiers, rangeait la table de travail : il ne l'accueillait pas, mais lui cédait la place.

Les journées se traînaient, journées d'exil, d'attente. Au début, elle allait encore au collège, où on lui battait froid. Elle gardait un pied, en principe, dans la vie normale, mais ce pied unique sautillait maladroitement, pressée de s'enfuir à nouveau, cernée de questions qu'on n'osait pas poser, en sorte que la vie normale n'était plus normale du tout et qu'elle renonça vite à feindre qu'elle le fût. Elle attendait le coup de fil de Noël : on repartait ! Enfin ! Aussitôt elle appelait Jean-Pierre, sachant qu'elle tomberait sur son répondeur : il le laissait branché même lorsqu'il était là et décrochait ou non, selon le correspondant. Il ne le faisait pas pour elle qui, soulagée, débitait son message d'un ton neutre – certaine, et c'était l'essentiel, qu'il serait rue Falguière le soir pour accueillir son fils. Depuis le retour des vacances de Noël, il n'avait plus fait de scène, seulement évité de la voir et rempli les obligations dont elle se déchargeait sur lui avec le scrupule sourcilleux de l'homme qui sait faire face à ses responsabilités et dédaigne de le faire valoir, mais non de montrer ce dédain. Comme aurait dit Corinne, il assurait.

Quentin aussi, à sa manière, qu'elle sentait lourde de reproches informulés. Pensait-il, comme Jean-Pierre, qu'elle avait un amant ? – et que se figurait-il au juste des relations avec un amant ? Abordait-il avec son père le sujet de ses absences ou par commodité, par pudeur, s'en tenaient-ils tous deux à l'absurde fiction des recherches en province ? Frédérique devinait que son fils n'était pas dupe, et la jugeait. Mais, ne sachant quoi dire qui la justifierait, elle persistait à raconter Lyon, le vieil archiviste qui, dans ses descriptions, se mettait à ressembler à feu Monsieur Huon. Elle inventait de laborieuses anecdotes que le petit garçon écoutait docilement. Il lui semblait parfois surprendre sur son visage une expression d'ironique indulgence, un muet « cause toujours » ou « ne te fatigue pas », qui l'exaspérait. Mais elle ne pouvait lui en faire le reproche, pas plus que de sourire quand elle courait répondre au téléphone, redoutant qu'il

214

décroche, tombe sur Noël et tire des conclusions de son départ précipité, quelques heures plus tard.

Il s'isolait de plus en plus, rentrait tard de l'école, fermait la porte de sa chambre sous prétexte de faire ses devoirs. Il répondait sans hargne quand elle lui parlait, mais ne lui parlait pas sans nécessité, comme si cela n'en valait plus la peine. Ce quant-à-soi le faisait ressembler à Jean-Pierre.

Souvent, il demandait l'autorisation d'aller dormir chez Corinne, ou ailleurs. Frédérique n'y consentait pas toujours, espérant démontrer par cette intransigeance qu'elle n'avait rien à se faire pardonner, n'abdiquait pas son autorité. Elle aurait préféré qu'il proteste, lui jette à la figure les libertés qu'elle prenait, elle; mais il insistait à peine, se repliait. Bientôt, sans la défier, en jouant habilement de ses absences, il cessa de lui demander son avis. Elle rentrait, il n'était pas là. Avec l'accord de son père, il couchait chez ses grands-parents, qui à la fin janvier étaient revenus de l'Ile aux Moines, ou bien chez des copains dont il ne disait même pas le nom. Pour prévenir Frédérique, il ajoutait un petit mot – « Je t'embrasse, chère maman », concluait-il invariablement – à celui qu'en partant Jean-Pierre laissait en évidence sur la cheminée du salon. Les échanges étaient réduits à ces billets; au reste, ce n'étaient pas des échanges, puisqu'elle négligeait d'y répondre. Les avertissements demeuraient lettre morte, et ce n'étaient pas non plus des avertissements, juste des informations, aussi neutres qu'un pense-bête rappelant des courses à faire.

Car Jean-Pierre, décidé à ne pas intervenir, répondait poliment au téléphone, prenait pour Frédérique des messages dont il dressait la liste, sans commentaires ou presque. Mais à elle seule, cette liste qui s'allongeait de jour en jour, où revenaient sans cesse les mêmes noms, dénonçait l'abandon des devoirs, la rupture unilatérale et sans préavis des contrats qui règlent la vie sociale. Dix fois, Corinne avait téléphoné pour demander si Frédérique viendrait, comme convenu, skier avec elle en février – puis elle s'était lassée, ayant probablement trouvé quelqu'un d'autre pour partager le studio. Dix fois la secrétaire de Monsieur Laguerrière, ou Monsieur Laguerrière en personne, avaient voulu savoir ce qui se passait, quand Frédérique comptait reprendre ses cours, où on pouvait la joindre, s'il fallait, à la fin, la considérer comme démissionnaire – car, après quelques semaines de tire-au-flanc discret, d'absences deux jours sur trois, elle avait jugé fastidieux de se justifier et cessé tout bonnement d'aller au collège, même lorsqu'elle était à Paris, de passage, désœuvrée.

La seule observation que Jean-Pierre se permit à ce sujet, c'était que ces appels répétés le mettaient à la longue dans une situation délicate : « J'ai dit, encore une fois (la douzième je crois), que je ne savais rien et que tu rappellerais, écrivait-il. Je suggère que tu le fasses, si cela ne t'ennuie pas trop, avant qu'on me soupçonne de t'avoir découpée en morceaux et qu'on fasse venir la police, ce qui déplairait énormément à la concierge. Par ailleurs, je te signale qu'une lettre de l'Education nationale t'attend depuis deux semaines et qu'il serait peut-être opportun que tu en prennes connaissance. »

La lettre, puis des avis de recommandé, grossissaient le paquet de courrier non décacheté qui s'amoncelait sur le bureau. Jean-Pierre ajoutait : « Je me suis permis d'ouvrir les factures adressées à *mon* nom (ainsi continuaient-elles d'être libellées, même après son départ de la rue Falguière, mais habituellement Frédérique les ouvrait et payait). Penses-tu, dans un avenir proche, les régler, ou faut-il que je m'en charge? Si rarement que tu en profites, je pense que l'eau, l'électricité, le chauffage peuvent t'être utiles quand tu es ici. J'avoue que Quentin et moi nous en passerions difficilement. Pour le téléphone, cela se discute : une ligne coupée m'épargnerait pas mal de conversations sans profit – cf. plus haut. Enfin, à toi de voir. »

Elle voyait à peine, ne répondait pas, ne payait rien. Les lampes continuaient d'éclairer, le chauffage de chauffer, le téléphone de sonner quelquefois; mais, quand ce n'était pas Noël, elle raccrochait, à ceux qui insistaient assurait qu'ils faisaient erreur, sans prendre la peine de contrefaire sa voix. Un matin, juste après les vacances de février – elle venait de rentrer, sans doute –, Corinne s'y prit à trois fois, répétant : « Je sais bien que c'est toi! » tempêtant, assurant qu'elle avait des choses importantes à lui dire : au quatrième appel, Frédérique débrancha le téléphone. En remettant la prise dans la fiche, une demi-heure plus tard, elle craignait que la sonnerie retentisse aussitôt, mais Corinne avait renoncé.

Ils partaient de plus en plus souvent, de plus en plus longtemps. Les séjours rue Falguière n'étaient plus que des haltes. L'appartement où elle avait vécu dix ans devenait un territoire étranger, sa présence une intrusion. A chaque retour nocturne, elle s'attendait à trouver porte close, la serrure changée, ou Jean-Pierre en train de la guetter, décité à poser un ultimatum : elle restait pour de bon ou décampait. Il était chez lui, après tout. Mais il s'entêtait, lui aussi, curieux peut-être de voir jusqu'où elle irait. Il semblait désormais ne passer rue Falguière que pour évaluer les progrès de la débâcle, polir les euphémismes de ses billets, se donner à lui-même le spectacle de son inentamable correction : son amant sonnait Frédérique ? Très bien, elle le sonnait, lui, Jean-Pierre, et il accourait; il lui abandonnait le domicile qu'elle désertait; elle cessait de payer les factures ? Il les payait pour elle; Quentin l'empêchait de vivre ses amours aussi librement qu'elle le désirait ? Il l'en déchargeait; et si les tête-à-tête qui survenaient encore entre la mère et le fils leur pesaient à tous deux, alors c'était Quentin qui s'en allait.

Un des premiers jours du mois de mars, revenant à l'aube d'Aix-la-Chapelle, elle trouva sa chambre trop bien rangée, le placard vidé de ses vêtements d'hiver, les cahiers, les livres de classe, les jouets auxquels il tenait le plus disparus. Manquait aussi la grande valise rouge qu'elle lui avait achetée l'an passé à la même époque, pour partir en classe de neige.

Plusieurs fois, assise sur son lit, les mains tremblantes, elle relut la lettre qu'il avait cérémonieusement glissée dans une enveloppe, avec MAMAN écrit dessus, en lettres capitales : comme elle était souvent en voyage en ce moment, c'était plus pratique, pour l'école et tout, qu'il s'installe rue Las-Cases, chez ses grands-parents. Il aurait bien voulu l'attendre, mais ne savait pas quand elle rentrerait. Il l'embrassait en espérant qu'elle s'amusait bien. Il espérait aussi la revoir bientôt.

Dans le tas de lettres qu'un peu plus tard elle compulsa distraitement, sans décacheter la plupart, elle en découvrit une de son beau-père : une longue lettre, déjà vieille de quinze jours. Il se faisait du

souci, ne comprenait pas. On n'avait pas vu Frédérique à Noël, Jean-Pierre, depuis qu'ils étaient rentrés,
leur confiait Quentin sans arrêt. Il ne s'en plaignait
pas, bien au contraire, mais sentait qu'on lui cachait
quelque chose. Jean-Pierre et sa mère avaient des
conciliabules, on ne pouvait rien leur demander :
d'un air excédé, ils disaient que Frédérique était en
voyage. Et Quentin semblait triste, se butait. Que se
passait-il ? Un différend, même grave, devait pouvoir
s'arranger, il y allait de l'équilibre du petit. Et le vieux
monsieur exhortait Frédérique à prendre sur elle, à se
confier à lui si elle le désirait : pourquoi ne pas se
rencontrer, bavarder tranquillement, dans un café par
exemple ?

   Un instant, Frédérique sourit à l'attendrissante
image du professeur de médecine en retraite, avec
son nœud papillon, sa rosette de la Légion d'honneur,
sa réputation internationale et son début de Parkin-
son, entrant comme un gamin craignant d'être pris
en faute dans le café où il lui aurait fixé rendez-vous à
l'insu de sa femme. Mais elle n'appela pas rue Las-
Cases, traîna toute la journée dans l'appartement,
indécise, énervée. Elle comparait sans résultat le désir
qu'elle avait de revenir en arrière et la difficulté,
l'humiliation surtout de le faire, étant allée si loin. Le
départ de Quentin, sa lettre si distante, c'était peut-
être cela l'irrémédiable, le pot qu'on ne recollerait
jamais plus. Cette pensée la faisait gémir, labourer ses
paumes de ses ongles, et elle s'y complaisait. Une
envie folle la prenait de courir reprendre son fils, de le
serrer dans ses bras, de répéter doucement, en cares-
sant ses cheveux, que c'était fini, que tout allait
recommencer comme avant. Mais elle ne voulait pas
non plus que tout recommence comme avant. Elle se

représentait les explications qu'il faudrait bien donner, les lettres à ouvrir, l'horreur de ce retour dans le rang. Elle se disait alors qu'au point où elle en était, il ne restait qu'à continuer. Mais continuer jusqu'où, et à quoi bon?

Elle mangea deux tablettes de chocolat aux noisettes, amputées par Quentin de coupons détachables qui permettaient de gagner Dieu savait quoi. Comme la nuit tombait, elle décida de prendre une décision ou plutôt de confier au hasard, une dernière fois peut-être, le soin de la prendre pour elle. Mais il fallait choisir l'instrument de l'oracle : rouge ou noir à la roulette ou, plus expéditif, plus honnête en un sens, pile ou face d'une pièce de monnaie? Elle transigea : pile, ce serait la roulette, face, elle en serait quitte pour relancer la pièce. Ce fut pile. Soulagée, elle sortit, se rendit en taxi à la gare Saint-Lazare; de là, en première classe, à Forges-les-Eaux. Elle passa le voyage à imaginer le tournoiement de la roulette et à tâcher de *voir* en esprit le résultat, sans le décider pourtant, sans tricher : cet exercice absurde se révéla curieusement fatigant.

Les employés du casino l'accueillirent comme une revenante : on ne l'avait pas vue depuis plus de deux mois. Elle s'approcha d'une table, sans prendre de jetons. Elle décida : rouge, elle continuait, et puis on verrait bien; noir, la roulette la chassait, elle ne rejouerait plus, au besoin se ferait interdire. Cela ne changeait rien, mais elle plaça quand même un billet de cent francs sur le rouge. Le rouge sortit. Toute la soirée, elle eut une chance insolente.

31

L'incident se produisit, deux jours plus tard, au casino d'hiver de Deauville où ils n'étaient pas retournés depuis leur rencontre. Déserte l'après-midi, la salle après huit heures s'animait un peu : au moins, plusieurs tables tournaient, ce qui leur permettait de jouer chacun de son côté, sans s'observer ni se gêner. Frédérique perdait, modérément. Soudain, une main se posa sur son épaule. Le geste ne ressemblait pas à Noël; elle crut pourtant que c'était lui et finit de répartir ses jetons. Puis elle tourna la tête : c'était Claude. Mains aux hanches, les pans du blazer écartés sur son ventre rebondi, il la considérait avec le sourire épanoui d'un homme qui digère sa surprise en savourant déjà celle qu'il va provoquer.

« Alors, belle-sœur, on flambe ? Je ne te dérange pas – ajouta-t-il comme si, en observant le résultat du coup, il avait craint d'être indiscret. On se retrouve au bar ? »

Le numéro sorti, qui ne lui rapporta rien, elle rejoignit son beau-frère, tout en cherchant Noël du regard : en vain, ce qui ne la rassura qu'à demi.

Claude était seul au bar, dos et coudes au comptoir, tout excité de la rencontre, et cette excitation intriguée augmenta lorsqu'il vit qu'elle était seule aussi.

« Eh bien, si je m'attendais… Mais où es-tu descendue ? Au Normandy ? » Le sourire débonnaire s'effaça, puis revint, nuancé de malice : « Tu as les moyens, dis-moi. »

Frédérique le sentait aux aguets, flairant l'homme forcément, l'escapade amoureuse telle qu'il devait lui-même la pratiquer, sous prétexte de voyages d'affaires : hôtels de luxe, soupers fins – mais pas ici, bien sûr, pas si près de chez lui.

« Quand même, à deux pas de la maison, tu aurais pu passer un coup de fil. Note, je ne me vexe pas, je comprends que tu aies mieux à faire… »

Frédérique fit un vague sourire, qui n'engageait à rien. Elle se demandait ce qu'il savait – rien, sans doute –, et ce qu'il convenait de lui dire, ou de lui laisser entendre. Deux mois plus tôt, au même endroit, cette occasion de confidences l'aurait comblée, mais que confier à présent ? Claude, de toute évidence, jugeait piquant que sa belle-sœur abrite sous le toit d'un casino une romance plus ou moins clandestine. Les faiblesses humaines le trouvaient indulgent, solidaire. Mais ce qu'avait fait Frédérique, s'il venait à l'apprendre ou à le deviner, n'était pas une faiblesse. Il avait au contraire fallu pour s'y résoudre une sorte de force, qui lui paraîtrait inhumaine ; cette démission réfléchie, ponctuée d'abandons, de sacrifices coûteux, ne pourrait que lui faire horreur. A quoi bon le provoquer alors, effarer ce sourire repu, d'avance complice, sinon pour se prouver qu'elle n'avait pas honte ?

Noël en revenant des toilettes lui épargna de choisir. D'abord, Claude ne comprit pas que ce jeune homme en nage, boudiné dans son costume noir, qui prenait place sur un tabouret à côté de Frédérique, connaissait celle-ci. L'entendant, à voix haute, mais sourde et monocorde, accuser de sa défaite un sizain pourtant bien en chaleur, il crut à une familiarité de joueur prenant l'assistance à témoin et, pour rester dans le ton, fit un geste fataliste visant à écarter l'importun tout en lui témoignant une cordiale compassion. Frédérique n'osa pas, comme l'y engageait l'attitude de Claude, se détourner de Noël et, voyant que celui-ci, au lieu de s'éloigner, la regardait d'un air stupide et interloqué, se résigna à faire les présentations. Elle recula, entre eux, autant que le permettait le rebord du comptoir : « Claude, mon beau-frère... Noël. »

Ce fut au tour de Claude d'être interloqué. « Ah, je n'avais pas compris », laissa-t-il échapper, et Frédérique se demanda ce qu'il comprenait à présent. Noël, au mot de beau-frère, grimaça un sourire de propriétaire apaisé, qu'elle ne lui connaissait pas. Les deux hommes se serrèrent la main, par-dessus ses genoux repliés. Il y eut un long silence, pendant lequel Frédérique fit mine d'observer le va-et-vient de la salle, tout en cherchant vainement quoi dire.

Noël, lui, regardait ses pieds, et Claude sa grosse montre constellée de cadrans, puis son verre qu'il vida d'un trait.

« Bien, dit-il en le posant bruyamment sur le comptoir. Tu as dîné, au fait ?

– Non, mais on y songeait, articula Frédérique.

– Ah ? Alors, je vous invite. Si, si, je vous en prie ! » assura-t-il à l'intention de Noël qui n'avait rien dit et

223

se leva pour les suivre, en clignant fortement des yeux.

Frédérique craignait qu'il ne les invitât à la villa, afin que Marie-Christine partage la primeur de son déconcertant compagnon, mais il voulut, par chance, tester un restaurant tout près du casino, et qui venait d'ouvrir. La décoration de type bonbonnière, écœurante d'intimité feutrée, l'empressement des serveurs qui, privés d'autres clients, les accablèrent de « petites mises en bouche » et de commentaires relatifs à l'extrême fraîcheur des produits auraient en d'autres circonstances éveillé son ironie, mais l'embarras ce soir l'emportait. Assis tous trois autour d'une table ronde, nappée de rose, trop grande, ce qui obligeait à pencher le buste et élever la voix pour couvrir la sono, ils se donnèrent d'abord la contenance d'examiner longtemps les cartes gigantesques dont chacun avait été pourvu, ensuite apprirent qu'en raison de l'exigence déjà vantée quant à la fraîcheur des produits, la plupart des plats étaient indisponibles; enfin, Claude choisit le vin : « Une bonne bouteille, tant qu'à faire. Il faut bien fêter ça », dit-il sans préciser ce qu'il entendait par *ça*. Noël, qui ne buvait jamais de vin et peut-être souhaitait affirmer son indépendance, commanda une bière. Les coudes sur la table, entourant de ses bras la place d'une assiette que les serveurs changeaient sans arrêt ni raison apparente, il grattait le dos de sa main, la bouche figée dans un rictus morose. Frédérique n'osait pas le regarder. Claude, passée la première réaction de stupeur, tâchait à la fois de détendre l'atmosphère et de s'informer sans commettre de gaffe. Il hésitait encore sur la façon de traiter Noël : en simple relation de jeu que Frédérique, mûe par une politesse alors exagérée, s'était crue obligée de faire inviter, ou bien en amant légitime ? La seconde hypothèse lui semblait d'autant plus aberrante qu'elle était, à tout prendre, la plus probable. Qu'aurait-elle fait, autrement, au casino de Deauville, à l'hôtel Normandy au début du mois de mars ? Quant à avoir des relations de jeu, il aurait pour cela fallu qu'elle fût joueuse.

« Je compte sur toi, dit-il en clignant de l'œil, pour ne pas raconter à ta sœur que tu m'as rencontré ici. Tu la connais : elle croit toujours que je vais mettre ma petite famille sur la paille...

– Ça ne sortira pas de Paris », répondit Frédérique, un peu hors de propos puisque Marie-Christine vivait en Normandie, mais sachant que cette formule, consacrée par Jean-Pierre, était connue de Claude et ne manquait jamais de l'égayer. Il rit. Elle pensa qu'il allait à son tour lui promettre d'être discret et qu'elle en serait gênée, mais il lui demanda seulement si elle jouait souvent.

« Un peu. D'ailleurs, plaisanta-t-elle, c'est toi qui m'as passé le virus. »

Claude s'esclaffa modestement et se tourna vers Noël, occupé à laper sa bière : « Et vous ? »

Noël parut se réveiller en sursaut. « Quoi, moi ? dit-il enfin.

– Vous jouez aussi ?

– On peut dire ça...

– Ah ! C'est comme ça, alors, que vous vous êtes connus ?

– Oui : ici, justement », dit Noël. Claude en conclut que la rencontre venait d'avoir lieu, ce qui le rassura et le déçut un peu, en outre n'expliquait pas que sa belle-sœur, jolie et légèrement bêcheuse, s'encombrât ne fût-ce qu'une soirée d'un personnage si peu séduisant. Et cela n'expliquait pas davantage ce qu'elle faisait seule ici.

Noël, alors, battit plusieurs fois des paupières, comme pour secouer son apathie et, soit que simplement il se sentît encouragé à parler, soit que, soupçonnant une confusion propre à minimiser son importance, il désirât la rectifier, dit ce que Frédérique redoutait qu'il dît :

« Je n'aime pas trop, ici. On était à Divonne, la semaine dernière. C'est mieux Divonne, je trouve. Non ? »

Il s'adressait à Frédérique, qui acquiesça en se forçant à sourire.

« Ah, parce que... ? commença Claude.

– La salade folle ! » dit le serveur en agitant l'assiette de bas en haut avant de la poser avec une souple flexion du poignet, à peu près comme on verse du thé à la menthe. Il renouvela deux fois l'exploit, puis s'éloigna en essayant de glisser sur l'épaisse moquette rose, à la façon d'un valseur sur un parquet bien ciré. Le sourire bienveillant de Claude s'était figé. Sans que Frédérique sache s'il le faisait exprès, Noël reprit :

« La semaine prochaine, j'irais bien à Monte-Carlo. Ça fait longtemps. Partante ? »

La confusion n'empêcha pas Frédérique de remarquer qu'il évitait les tournures trahissant qu'ils se vouvoyaient. Elle répondit, tâchant de paraître indifférente : « Je verrai si je peux.

– Ce serait dommage de ne pas pouvoir, dit Noël. C'est bien, Monte-Carlo. » Il enfourna une bouchée de salade et, rêveur, ajouta : « Il faut connaître.

– Tu connais ? demanda Frédérique à Claude.

– J'y suis allé. Autrefois, plus maintenant : je me suis rangé, tu sais. »

Il ouvrit la bouche, parut un instant hésiter, puis se lança : « Mais toi, tu n'as pas de cours, à te balader comme ça ?

– Pas tous les jours. Je me débrouille. »

Elle fit un petit sourire entendu, quêtant l'indulgence, mais Claude ne souriait plus du tout.

« Et le petit, alors ?

– Il a un père, le petit. »

La musique, à ce moment, redoubla de pétulance. Claude revint à la charge :

« Mais dis donc, si tu joues comme ça, ça doit te coûter cher à la longue. Tu fais comment ?

– Ça m'arrive de gagner.

– Ça vous ennuierait d'arrêter ça ? » hurla brusquement Claude en tapant du poing sur la table.

Le chanteur fut coupé net. On entendit un bruit de pas effarouchés, puis un grésillement de friture qui devait venir de la cuisine toute proche, et qu'auparavant la musique couvrait. Bien que ce fût inutile à présent, Claude se pencha sur la table, avec le calme menaçant de l'homme fort qui se maîtrise à grand-peine : « Ecoute, dit-il, pas à moi. Je sais ce que c'est que la roulette et, crois-moi, je le savais avant toi. Alors, s'il te plaît, pas à moi.

– Ho ! on ne s'énerve pas, gronda Noël.

– D'abord, qui c'est, celui-là ? demanda Claude sans le regarder.

– Un ami », dit Frédérique.

L'ami cessa de mâcher sa salade, mais ne l'avala pas, comme immobilisé dans l'attente. En revanche, il gratta sa main à un rythme plus rapide.

« C'est ça, dit Claude. C'est comme ma fille : tu lui

227

demandes où elle est allée, elle te répond : chez des amis. Après ça, tu es renseigné.

– Je ne suis pas ta fille, que je sache.

– Exact. Rien à redire. Seulement moi, je vais quand même te dire une chose. Je ne suis pas ton père, je ne suis pas ton mari (inexplicablement, Claude, qui était Normand, prenait en colère une pointe d'accent du Midi), je suis juste ton beau-frère et je te dis une chose, c'est que tu déconnes, ma petite. Laisse-moi continuer, je te prie. Parce que des filles comme toi, gentilles, pas vilaines, et qui se mettaient un jour à titiller la roulette, j'en ai connu, figure-toi. Qui se croyaient intéressantes : le luxe, les bons hôtels, le champagne, les trois dernières, je connais tout ça. Le fume-cigarette. C'est plus rigolo que le métro, je ne dis pas le contraire. Seulement, quand on n'a pas d'arrières, on a tôt fait de tourner pute, et même quand on en a, parce que, figure-toi, ça part vite. Alors un soir, on n'a plus de jetons et un peu de vague à l'âme, on fait un beau sourire à un gros lard, allez, juste une fois en passant, personne n'en est mort, et puis...

– On s'en va », dit Frédérique en tirant Noël par le bras. Il se leva et la suivit. Sorti de l'arrière-salle où il s'était réfugié, le maître d'hôtel consterné les regarda passer tandis que Claude, debout, sa serviette froissée à la main, tonnait : « Tu feras ce que tu voudras, mais...

– Merci pour tout. Et bonjour chez toi », cria Frédérique en sortant.

« On part à Monte-Carlo, dit-elle, dans la rue, à Noël qui soufflait sur ses talons. Tout de suite. »

Il bougonna, en regagnant l'hôtel : les chambres étaient payées pour la nuit, et puis ce n'était pas ce qu'il avait prévu, il avait ses affaires à Paris, des rendez-vous... Frédérique le laissa dire, sans répondre ni le regarder. Il la suivit jusqu'à sa porte, qu'elle lui ferma au nez. Dix minutes plus tard, valise bouclée, il l'attendait dans le hall.

32

Descendue de voiture, Frédérique vit de la lumière aux fenêtres du salon : Jean-Pierre, évidemment; elle jouait de malchance. Trop tard pour rappeler Noël, qui avait déjà tourné à l'angle de la rue et ne reviendrait pas avant une heure au moins; trop tard aussi pour trouver dans le quartier un café ouvert où l'attendre. Elle soupira, furieuse. Elle le savait, elle avait failli le dire, il n'aurait pas fallu repasser à Paris. Mais Noël voulait faire un saut chez lui, et elle, craignant le manque de vêtements de rechange, alors qu'on pouvait en acheter n'importe où, s'était laissée fléchir. Arrivant à minuit à la porte de Saint-Cloud, ils étaient convenus qu'il la posait rue Falguière, de là gagnait Issy-les-Moulineaux, où elle apprit qu'il habitait, et revenait la chercher pour filer vers la porte d'Orléans, puis la côte d'Azur où l'on serait dans la matinée. Le résultat de ce plan, c'est qu'elle allait devoir affronter Jean-Pierre.

Elle se demanda, dans l'ascenseur, s'il était rue Falguière par hasard, la croyant loin – et dans ce cas, aussi gêné qu'elle, il filerait sans tarder – ou s'il l'y attendait, décidé à avoir enfin une explication. L'idée lui vint que Claude, après leur départ, avait téléphoné pour le mettre au courant, lui peindre les dangers qu'elle courait, le secouer. Elle entendait encore ses accents indignés de rigolo qui cesse soudain de rigoler.

Elle faillit sonner, se força à ouvrir avec sa clé. En l'approchant de la serrure, elle perçut les bribes étouffées d'une conversation qui prit fin quand la porte grinça. Pourvu, pria-t-elle, que Quentin ne soit pas là! Elle s'arrêta, debout dans le vestibule sombre, retenant son souffle, sachant que de l'autre côté de la cloison on le retenait aussi. Enfin, Jean-Pierre dit : « Frédérique, c'est toi? » Elle posa son sac et entra.

Une surprise l'attendait : Corinne était vautrée sur le canapé, un verre de vin rouge à la main. Elle avait retiré ses chaussures. Sur sa figure bronzée par le soleil des sports d'hiver, le nez qui pelait faisait une tache rose. Jean-Pierre, à l'autre bout de la pièce, se tenait accroupi devant le buffet. Il en sortit un verre, qu'il éleva au-dessus de sa tête d'un geste emphatiquement maladroit. Il gloussa, puis dit : « Tu boiras bien un coup? » Frédérique secoua la tête. Voyant une bouteille vide, et une autre déjà bien entamée, elle comprit qu'ils étaient tous deux soûls, mais non ce qui les réunissait ce soir. Elle imagina une liaison, une veillée funèbre, un conseil de guerre à son sujet. « Mets-toi à l'aise, brailla Jean-Pierre. Fais comme chez toi! »

Elle murmura : « Je ne fais que passer », et resta debout, sans ôter son manteau. La pièce sentait mauvais, les cendriers débordaient. Jean-Pierre se laissa tomber dans un fauteuil, poussa un profond soupir puis, se tournant vers Corinne : « Je suis désolé, je te l'ai déjà racontée, mais je suis sûr que Frédérique ne connaît pas l'histoire de Toto, et c'est

231

quand même ma femme, ça m'ennuierait qu'elle meure idiote... »

Frédérique, sans mot dire, se dirigea vers la porte, mais Jean-Pierre, bondissant de son fauteuil, courut lui barrer le passage.

« Une minute! Je raconte l'histoire de Toto. Voilà : c'est Toto qui écrit une rédaction... » Ouvrant d'invisibles guillemets, il ânonna, la voix pâteuse : « Je marche dans la forêt qui, par cette belle journée d'hiver, a revêtu son blanc manteau d'hermine. Les petits oiseaux pépient gaiement, dans les branches couvertes de givre, quand soudain, au pied d'un arbre, que vois-je? » Il marqua un temps de silence; du canapé, Corinne émit un petit rire, stupide et douloureux à la fois; Jean-Pierre reprit : « Qu'est-ce que je vois? Une crotte. Eh oui, une crotte. Un étron. Et je me dis : Ciel, c'est mon ami Jean! Puis, je me remets en marche, et alors qu'est-ce que je vois? » Nouveau silence; nouveau rire étouffé de Corinne, qui s'acheva en pénible hennissement. « Je vois une autre crotte, de forme il est vrai différente. Sapristi! me dis-je, c'est mon ami Pierre, ou je ne m'y connais pas. Je continue. J'abrège, parce que j'ai l'impression que tu es pressée. Devine ce que je vois, ensuite, sous un autre arbre. Tu ne devines pas? Tu es nulle. Eh bien, une crotte encore, d'une couleur différente des deux autres. Et je m'écrie : Crotte alors! Mon ami Georges! Je t'épargne quelques crottes; maintenant, la question est : quel était le sujet de la rédac? »

Frédérique le toisait en silence. Il réprima un hoquet, dit « Pardon, pardon », et s'éloigna de la porte pour reprendre son verre qu'il avait laissé sur la table basse. Elle en profita pour sortir du salon, mais il la rejoignit dans le couloir. Verre en main, il entreprit d'exécuter autour d'elle une sorte de danse du scalp, titubant, se cognant aux murs, imitant le débit des animateurs de jeux télévisés : « Allons, madame, allons, quel était le sujet de la rédac ? C'est facile, madame, ça peut rapporter gros ! Et puis ça vous permet de revenir la semaine prochaine ! » Frédérique ouvrit la bouche pour dire qu'elle n'avait pas l'intention de revenir la semaine prochaine, ni la suivante, mais elle se ravisa, jugeant le silence de meilleure politique.

Jean-Pierre la précéda dans la chambre et s'allongea sur le lit, bras en croix. Elle crut qu'il allait s'endormir mais il se releva. « Je vais virer l'autre andouille, à côté. » Il rit, faillit tomber en s'appuyant au montant de la porte et ajouta, sur un ton de confidence : « Ça fait au moins deux heures qu'elle me raconte ses misères... Je ne sais plus, un mec impossible qu'elle a connu au ski. Scènes d'amour vache sur le tire-cul, les passions s'embrasent dans la neige, tu imagines... » Voyant qu'elle ne l'écoutait pas, il protesta : « Dis donc, tu n'as pas l'air de te rendre compte qu'elle espérait te coincer toi, en débarquant ce soir, et c'est moi qui me la suis appuyée... J'espère que ça me sera compté sur mon temps de purgatoire... » Réunissant les mains en porte-voix, il cria : « Corinne ! Ho, Corinne ! » Un grognement, du salon, lui répondit. « Madone des télésièges, il est temps de prendre congé ! » On entendit un bruit de verre cassé, un « Merde », puis Corinne apparut, flageolant sur ses jambes, le visage exprimant un écœurement farouche. « Ça ne va pas », gémit-elle. Elle saisit le bras de Frédérique : « Il faut que je te parle. » Frédérique se dégagea avec un ricanement railleur, indiquant le mépris où elle tenait les passions étriquées de sa meilleure amie. « Moi aussi, dit Jean-Pierre, il faut que je lui parle. Et moi non plus, figure-toi, ça ne va pas. Personne ne va. D'ailleurs, ce qui ne va pas va de soi. » Il rit de sa remarque et, s'adressant à Frédérique : « Sauf toi. Toi, tu as l'air d'aller. C'est suspect. Raconte-moi : qu'est-ce qui va? » Corinne s'interposait. « Bon, dehors », dit Jean-Pierre à qui la goujaterie, ivre, ne faisait pas peur; et, à son tour, il lui empoigna le bras. Leurs gestes étaient confus, parodiques. Corinne se débattit mollement, tandis qu'il l'entraînait dans l'entrée. Elle pleurnicha : « Mes chaussures! »

Frédérique referma sur eux la porte de la chambre. Elle regarda sa montre : Noël ne serait pas là avant trois quarts d'heure. Elle ouvrit son sac, jeta sur la moquette ses vêtements froissés, en désordre. Puis elle se rappela qu'elle avait décidé de ne pas revenir, et qu'il fallait les emporter aussi. Elle les remit dans le sac, monta sur une chaise pour prendre la grande valise au dernier étage du placard. Du vestibule venaient des bruits indistincts qui pouvaient aussi bien être des rires nerveux que des sanglots ou des reniflements. Enfin la porte d'entrée fut claquée. Jean-Pierre revint, un verre dans une main, la bouteille dans l'autre. « Alors, le sujet de la rédac? » Frédérique l'ignora. Elle avait ouvert la valise, évaluait du regard le contenu de la penderie. « Très bien, dit Jean-Pierre, allant et venant derrière elle. Le sujet de la rédac était : commentez le proverbe " C'est dans le besoin qu'on reconnaît ses amis ". » Il se tut, puis reprit : « Tu pourrais rire, c'est drôle », mais elle ne rit pas. Jean-Pierre insista : « C'est Quentin qui me l'a racontée. » Silence. « Quentin, ton fils. Ça ne t'intéresse pas? Ton fils, ça ne t'intéresse pas? »

Frédérique, agenouillée devant la valise, pensa qu'elle avait eu raison de se taire dès le début : ensuite c'était facile, il suffisait de continuer. Ne pas discuter, ne pas se justifier, ne pas dire, même, qu'elle s'y refusait. « Dis quelque chose, enfin! » cria Jean-Pierre. Elle retira le cintre d'une robe, qu'elle plia et rangea au fond de la valise. Il s'accroupit en face d'elle, la prit aux épaules, la secoua, répétant : « Dis quelque chose! » mais elle ne dit rien, ne dirait plus rien. Elle tâchait que son visage n'exprime rien : c'était plus difficile, elle s'en tirait en détournant les yeux. Il baissa les bras, larmoya : « Tu t'en vas, c'est ça? Tu ne reviendras plus? »

Elle continua de ranger. Il se releva, se versa du vin, but d'un trait, s'en reversa. Il dit qu'elle était folle, complètement folle, qu'elle avait abandonné son fils, claqué en deux mois une fortune, il avait vu les relevés de la banque. Puis il dit qu'il était malade, qu'on lui faisait des examens; c'était peut-être grave; on savait depuis longtemps, il l'avait lu, que le cancer pouvait être d'origine psychologique, et il se voyait bien, à force d'hypocondrie, de se ronger les sangs, en avoir chopé un dont il crèverait bientôt. Tantôt il s'emportait, tantôt il suppliait, au bord des larmes et l'instant d'après ricanant. A un moment, il saisit la poignée de la valise, répandit violemment à terre ce qu'elle y avait rangé. Elle faillit l'insulter mais parvint à se contenir, recommença. Il recommença aussi, un peu plus tard, voyant la valise presque prête. Alors elle renonça : elle partirait avec le sac de voyage et, s'il l'en empêchait, sans rien. Elle avait peur qu'il tente de la retenir par la force. Toutes les deux minutes, elle regardait sa montre, se demandant comment elle ferait pour sortir, et toutes les deux minutes il répétait : « Dis quelque chose, au moins », comme s'il n'avait toujours pas compris. Il était assis en tailleur à présent, au pied du lit, la bouteille à portée de la main; il buvait au goulot, articulait de plus en plus mal. Ses mains s'agitaient sans relâche, entortillant les franges du couvre-lit, grattant ses tibias nus et glabres entre les chaussettes à losanges et les revers du pantalon de velours, grotesquement remonté. Espérant qu'une meilleure occasion se présenterait, qu'il s'endormirait ou irait aux toilettes, ou rechercher du vin à la cuisine, Frédérique n'osait se lever, ramasser le sac et marcher vers la porte. Elle l'imaginait, couché de tout son long sur la moquette, attrapant sa cheville et ne la lâchant plus et gloussant stupidement. La chambre donnait sur cour, elle ne pouvait guetter Noël de la fenêtre. A deux heures moins le quart, elle entendit un coup de klaxon dans la rue, puis un autre. Jean-Pierre, hagard, la suivit des yeux, observa qu'elle se levait, ramassait le sac et marchait vers la porte. Il l'entendit ensuite ouvrir, puis refermer doucement celle du palier. Il pouffa, à petites saccades, en chassant l'air par les narines, à l'idée qu'elle pourrait être coincée dans l'ascenseur. Mais elle descendit par l'escalier. Un peu plus tard, sur la banquette arrière de la voiture, elle essaya en vain de se rappeler les derniers mots qu'il avait entendus de sa bouche.

33

Elle ne jouait plus que le 36, quand elle jouait. Dans cinq, quatre, trois jours, elle aurait passé l'âge. L'approche de son anniversaire l'inquiétait. Elle s'était habituée à en considérer l'échéance comme une épreuve de vérité et en quittant Paris décidée à ne plus revenir, à laisser même Quentin derrière elle, elle pensait avoir fait un choix irrévocable, avec un peu d'avance sur la date prévue. Le sort étant jeté, les ponts coupés, il ne lui restait plus qu'à aller sans retour, au hasard. Mais d'avoir payé ce prix, elle attendait une légèreté nouvelle, qui ne venait pas.

Le premier jour pourtant, l'idée de n'avoir plus de domicile, d'autre toit que celui du luxueux hôtel de Paris, d'autres biens que le contenu de son sac, l'avait grisée. Il faisait doux, le soleil étincelait sur la mer; et puis c'était Monte-Carlo. La richesse s'étalait avec une nonchalance matinale qui, la nuit tombée, devait se faire arrogante, mais elle ne le redoutait pas, sûre d'être à la hauteur. Dans une boutique très chère, elle avait acheté une robe neuve et, sans attendre Noël, gagné le casino, monumental, où circulaient moins de joueurs que de touristes – ce qui l'avait choquée d'abord, puis flattée lorsqu'elle avait compris qu'une sélection croissante gouvernait l'enfilade des salles. Passé le hall où se tenait une exposition d'argenterie, de sculptures modernes et de foulards, on entrait dans l'immense caverne des machines à sous. Une plèbe réjouie, flâneuse, l'appareil photo en sautoir, tripotait des manettes, s'écrasait le nez sur des écrans vidéo, dans un cliquetis assourdissant. C'était la première fois que Frédérique voyait une telle foire aux jackpots; Noël un peu plus tard lui expliqua qu'on en aménagerait de pareilles, bientôt et comme partout ailleurs, dans les grands casinos français. Les syndicats de croupiers protestaient, faisaient grève, mais en vain : les casinos à l'ancienne périclitaient, il fallait bien les mettre au goût du jour.

Ensuite venait la salle des jeux américains, dont elle ne connaissait pas les règles. Les tables vertes, les employés à nœuds papillon y restauraient un semblant d'apparat, mais le public ne changeait guère : badaud, satisfait d'accéder sans payer aux abords d'un monde magique dont, par timidité probablement, il ne franchissait pas le seuil. Car la taxe d'entrée, à laquelle Frédérique était accoutumée, protégeait de la curiosité touristique les dernières salles, vouées au cérémonial des jeux européens. Il n'y avait pas grand monde quand elle y pénétra mais la majesté du décor, le sentiment de n'y être pas déplacée la transportèrent. Ces plafonds à caissons, si hauts, d'où descendaient entre les lustres, au bout de cordons interminables, les lampes enjuponnées d'orange pâle qui éclairaient les tables; ces pilastres dorés, ces baies vitrées ouvrant sur la mer; ces chefs de table solennels, juchés sur leurs chaises surélevées comme des arbitres au tennis, et qui paraissaient officier dans une cathédrale : c'était cela qu'elle avait imaginé, ces images que le mot de casino levait dans son esprit avant qu'elle connaisse, à Trouville, à Forges, même à Divonne, des cercles simplement agréables ou cossus dont elle n'osait s'avouer qu'ils l'avaient tous déçue. Elle se raisonnait : bien sûr le jeu comptait plus que son cadre, pour elle qui n'était pas une touriste; mais tout de même ce cadre-là était autrement accueillant aux intrigues romanesques, au ballet chavirant de fortune et de passion, à l'héroïne imprévisible, errante, nimbée de mystère qu'elle avait résolu d'incarner. Elle se sentait chez elle, enfin; elle saurait s'y faire reconnaître.

Elle déchanta bientôt. Si imposante qu'elle fût, la grande salle de roulette n'abritait guère, l'après-midi, que des petits vieillards bien mis et économes, des systémiers, des besogneux. Elle pensa que le soir, ce serait différent. Mais le soir, il n'y avait pratiquement plus personne. Une table ou deux tournaient, pour des hommes d'affaires en goguette. Les croupiers, désœuvrés, prenaient entre eux des airs sagaces. Noël, que cette désaffection ne gênait pas, marmonnait que c'était normal en cette saison : les pensions de retraite s'écornaient jusqu'à l'heure du dîner, ensuite c'était le calme plat. « Si c'est du cirque que vous voulez, il faut venir l'été. Ou retourner à Forges : là, ça ne chôme jamais. » Frédérique pensait qu'elle n'avait pas eu de chance de découvrir le jeu à la Toussaint; elle se sentait flouée, comme toujours à côté.

Le week-end, c'était un peu mieux. On restait loin pourtant du tableau d'habits noirs, de fièvre virevoltante et de souffles suspendus qu'elle avait espéré, que le cadre promettait.

Leurs habitudes reprirent. Chaque jour, puisqu'ils

étaient venus pour cela, elle se rendait avec Noël au casino. Elle jouait le 36 en plein, obstinément, perdait, lui demandait de l'argent sans scrupules. Il lui en donnait, sans commentaires. Mais au bout d'une semaine, comme ils déjeunaient en silence dans l'un des restaurants du labyrinthique hôtel Loews, en contrebas du casino, il annonça qu'il rentrait quelques jours, pour ses affaires. « Très bien, dit Frédérique. Moi, je reste. » Noël parut embarrassé, se râcla la gorge puis dit que l'hôtel de Paris était quand même très cher et qu'il serait peut-être sage, les derniers jours de jeu ayant été catastrophiques, d'aller dans un endroit un peu moins dispendieux. Il connaissait, boulevard de la princesse Charlotte, à cinq minutes du casino, un hôtel plus modeste, tout à fait confortable. Désagréablement surprise, Frédérique réfléchit : elle n'avait plus un sou pour payer sa chambre, chère ou non, et s'il s'en préoccupait ainsi, cela signifiait sans doute que Noël, même absent, continuerait de la payer pour elle. Il était difficile dans ces conditions de repousser sa suggestion – d'autant qu'elle comptait le taper encore, avant son départ.

L'hôtel était confortable en effet, la chambre qu'on lui donna claire et relativement spacieuse. Frédérique cependant prit cette émigration comme une déchéance. Noël parti, après l'avoir confiée aux soins de la patronne, qu'il connaissait – il demanda même à Frédérique de ne pas dire qu'ils étaient à Monte-Carlo depuis plusieurs jours –, elle s'allongea sur le lit, mortifiée, comparant sa situation à celle d'une femme entretenue qui soit a cessé de plaire et appelle moins d'égards, soit subit le contrecoup des ennuis de son protecteur, et les deux hypothèses lui déplaisaient

240

également. Elle jugeait Noël pingre, en même temps se posait des questions à son sujet : d'où venait son argent ? En quoi consistaient ses affaires ? Qu'attendait-il d'elle ? Ces questions n'étaient pas nouvelles, mais elle avait très tôt cessé de s'y intéresser. L'éloignement de Noël les réveillait, et le rendait énigmatique.

Bientôt, il lui manqua. Elle s'était habituée à lui, à sa présence, et il était pénible de se retrouver seule, sans connaître personne, dans une ville comme Monte-Carlo. En outre, elle n'avait guère d'argent, n'osait plus tirer de chèques et vivait sur le peu – très peu, estimait-elle – que Noël lui avait donné en partant. Pour prendre ses repas, elle délaissait le bord de mer, les alentours du casino, cherchant à la périphérie de la ville minuscule des snacks, des pizzerias où elle dépenserait moins. Elle découvrit avec surprise qu'il existait sur ce rocher doré, à défaut de vrais pauvres, des petits bourgeois, des retraités modestes dont elle se demandait pourquoi ils avaient choisi d'y habiter. Elle les regardait faire des belotes, boire des pastis, les femmes des Marie Brizard, et vagabondait en esprit dans les bars aux cuirs patinés où se préparent, pour les heureux du monde, des cocktails compliqués.

Au casino, elle jouait avec parcimonie, donc perdait peu, mais gagnait encore moins. Entrant dès l'ouverture, il arrivait qu'elle ressorte au bout d'une heure ou deux, exaspérée par les vieillards qui, penchés sur les tables, contemplaient les jetons comme s'il s'était agi de dominos. Elle se mit à rêver des salons privés qu'elle savait exister quelque part dans le bâtiment et où se rassemblaient les riches, les célèbres, pour flamber entre soi. Faute d'y avoir accès, elle faisait le long de la corniche des promenades moroses. Un soir, au lieu de jouer, elle alla même au cinéma, ce qu'elle n'avait pas fait depuis six mois, et dans une salle déserte, vit un film imbécile. Elle voulut, ne sachant où aller, rester à la séance suivante, mais l'ouvreuse l'expulsa. Elle traîna dans les rues, les jardins publics, pour finir entra à l'hôtel de Paris et s'installa au bar, devant un cocktail dont le goût lui parut amer. Elle observa la clientèle en pensant qu'il faudrait trouver à Noël un remplaçant plus beau, plus généreux, mieux introduit – sinon elle finirait comme Claude l'avait prédit, parmi ces malheureuses au visage flétri qu'on voit rôder autour des tables de roulette pour chiper, faire glisser furtivement dans leur sac des jetons oubliés, et qui se prostituent pour peu qu'on veuille bien d'elles. Mais hormis un petit gros qui avait l'air d'un représentant de commerce, personne ne la regardait. Des hommes élégants, pleins d'aisance, passaient en coup de vent, pressés de rejoindre une société où elle n'avait pas sa place. Ils se reconnaissaient; leurs amis, les amis de leurs amis possédaient des villas, des îles, des bateaux où venait qui voulait, disaient-ils – d'ailleurs ils le croyaient, toléraient gentiment les parasites, pourvu qu'ils fussent des leurs. Elle n'en serait jamais. Elle venait de trop loin : du besoin, de Forges où elle pouvait à bon compte intriguer un Noël, snober Madame Krechmar et les petits joueurs solitaires, ses semblables.

34

Le lendemain, qui était la veille de son anniversaire, Noël revint. Il parut étonné de trouver Frédérique dans le hall de l'hôtel, regardant la télévision à cinq heures de l'après-midi alors que le casino était ouvert. Il voulut l'y entraîner sur-le-champ, afin de profiter de la chance qui avait, annonça-t-il en se frottant les mains, favorisé ses affaires au-delà de ses espérances; mais il ne parla pas de retourner à l'hôtel de Paris et avant de partir prit une clé à la réception pour monter à l'étage sa valise, ainsi que le coffret de bois contenant la petite roulette. En revanche, sans qu'elle eût rien demandé, il gratifia Frédérique de quelques grosses coupures qu'elle résolut de miser sur le 36, avec une détermination bizarrement indifférente : elle sentait que le succès ou l'échec, ce jour-là auraient une signification, mais cette signification lui échappait comme si, les décisions essentielles étant prises, sa vie se résumait à un pari sans cesse renouvelé, et désormais privé d'enjeu.

Noël, jusqu'au soir, n'approcha pas de sa table et fit bien. Elle perdit sans trêve ni surprise. Le sort était contre elle. Plus que l'assiduité de la boule à éviter son numéro ou les voisins qu'elle jouait quelquefois, ses propres réactions l'en avertissaient : l'inclination fiévreuse à voir de la malice dans l'aveuglement du hasard, certaine crispation de tout le corps qui raidissait la nuque, blanchissait les jointures, le vertige familier, malgré cela toujours neuf, d'enchérir quand il aurait fallu lâcher prise. Peu à peu cependant, à mesure que fondaient ses réserves, elle se détendait : ce n'était pas son argent, Noël lui en redonnerait. Dès lors, quelle importance ? Quel intérêt aussi ?

Il la retrouva au bar, visiblement content de lui. Clignant de l'œil, il fit bâiller sa veste afin de lui montrer, dépassant de la poche intérieure, une liasse de billets dont l'épaisseur impressionna Frédérique et la dégoûta un peu. Pour fêter ça, il l'emmena dîner au restaurant du casino qui, séparé de la salle par une balustrade de bois sombre, ouvrait de l'autre côté sur la mer. Il l'engagea, avec une insistance réjouie qui faisait discrètement sourire le maître d'hôtel, à choisir les plats les plus chers et, quand il commanda du champagne, Frédérique devina qu'il souhaitait recréer l'atmosphère du réveillon à Divonne. Il but beaucoup, pour se dégourdir, et elle pour s'étourdir l'imita. Il raconta des histoires drôles, à plusieurs reprises répéta qu'il avait la baraka et sentait que ça allait durer. La seconde bouteille de champagne l'entraîna aux confidences : Frédérique apprit qu'à Issy-les-Moulineaux il habitait chez ses parents – mais à un étage séparé –, et qu'en réalité il ne s'appelait pas Noël mais Joël, prénom qu'il détestait depuis l'enfance. Elle l'écoutait distraitement, mal à l'aise, humiliée d'être vue avec lui, et craignant que cet abandon ne vire à l'épanchement sentimental mais, en aurait-il eu l'intention, l'énorme cigare qu'il réclama et commença de fumer, sans doute pour couronner le faste

244

de la soirée, le fit après quelques bouffées verdir, gagner les toilettes puis, revenu à la table, proposer de s'en aller. Frédérique préférant s'attarder un moment, il partit seul, après lui avoir laissé bien plus qu'il ne fallait pour régler l'addition, pourtant exorbitante.

Elle comprit en se levant qu'elle avait trop bu elle aussi et, au bout de dix minutes, sans avoir même risqué la monnaie du repas, regagna son hôtel d'un pas mal assuré. Les trottoirs montaient; les motifs mythologiques et les colonnes romaines qu'une municipalité soucieuse d'esthétique avait fait peindre en trompe-l'œil sur les palissades entourant le chantier du Café de Paris, alors en réfection, lui parurent se répéter interminablement, avec une insistance menaçante.

Elle se coucha tout habillée, la tête bruissant de questions ineptes : par exemple, quel âge avait Noël au juste? Moins de trente-six certainement, autour de trente sans doute; pas d'âge, et il aurait le même dans dix, dans vingt ans.

Elle crut se réveiller aussitôt, en sueur, les tempes oppressées, ou n'avoir pas dormi du tout. Elle regarda sa montre : quatre heures dix. Elle n'avait pas éteint la lumière. On n'entendait aucun bruit : pas un moteur de voiture, pas un craquement à l'étage; la trotteuse, derrière le cadran de la montre, trottait elle aussi en silence. Le casino devait être fermé, mais peut-être jouait-on encore dans les salons privés.

Elle pensa que voilà, le jour de son anniversaire était arrivé, et qu'elle avait encore perdu à la roulette, et qu'il ne s'était rien passé. Cependant, elle était née à trois heures de l'après-midi, à quelques minutes près sans doute : elle avait recherché l'heure exacte pour se faire établir son horoscope, c'était même une des dernières choses qu'elle avait demandées à sa mère, à l'hôpital. En admettant qu'elle fût bien née à trois heures juste, et que sa montre marquât l'heure juste aussi, elle calcula qu'il lui restait dix heures trois quart. Dix heures et quarante-cinq minutes, quarante-quatre, quarante-trois pour avoir fait quelque chose, pour qu'il se soit passé quelque chose, mais quoi?

Elle éteignit la lumière, sans trouver le courage de se déshabiller. Sa robe froissée, humide, sentait la transpiration. Le radiateur chauffait beaucoup trop, mais elle ne savait pas le régler. Il y avait peu de chances qu'elle se rendorme; la lucidité de l'insomnie l'effrayait. Elle voulut s'empêcher de penser à Quentin, s'empêcher de penser qu'elle allait rentrer, forcément, et qu'alors se passerait tout ce qu'elle avait imaginé : le rabibochage progressif et méfiant; l'ironie de Jean-Pierre, l'embarras de revoir Claude qui peut-être la prendrait à part, un jour en Normandie, pour dire qu'il était bien content de la voir revenue à la raison; et Corinne, qui lui raconterait ses amours invariablement malheureuses, et le collège, et le type de la banque, avec sa cravate en tricot... Bien sûr, c'était cela qui l'attendait, elle l'avait toujours su – nié peut-être, mais su. Sinon quoi? La vie d'aventurière, de mystérieuse madone des casinos? Dans des pensions de famille, hors saison, avec le gros Noël pour chevalier servant? Le goût du jeu lui était passé. Forcément : qui aime jouer sans rien à perdre ni à gagner? Quand il n'y a plus de trésors à sacrifier, plus d'amarres à rompre, quand on s'aperçoit simplement que rompre les amarres, accompagner le courant en ramant, tête brûlée, vers le large, vers les chutes, ne vous a guère conduit qu'à quelques mètres du bord, dans un petit marécage sans danger, un peu malodo-rant, d'où il n'y a rien à faire que rentrer, penaud, en tâchant de ne pas trop se faire remarquer ? La paren-thèse, en se refermant, révélait sa misère. Dix heures et demie encore et elle aurait trente-sept ans, trente-sept ans derrière elle, dont cinq mois d'évasion déri-soire, à l'issue prévisible : le retour au bercail, le veau gras qu'on lui servirait en barquettes surgelées. Comme on gratte une plaie, méchamment, elle se rappelait ses rêves des derniers mois, la vie au hasard, la vie à pile ou face, la vie n'importe comment, sans parvenir à croire qu'elle y avait cru ni d'ailleurs à trouver son illusion tellement plus lamentable que cette lucidité. Mais elle n'avait plus le choix, plus d'amarres en réserve, plus d'étapes à brûler, plus de frontière devant soi. Une ironie typique, par elle-même préparée, voulait qu'elle le découvre, et se roule dans ces métaphores humiliantes, le jour préci-sément qu'elle s'était fixé pour frontière et à proxi-mité d'une frontière bien réelle, séparant deux pays, gardée par des douaniers. La franchir alors, à quoi bon ? Pour refaire le chemin, ensuite, en sens inverse ? Il aurait fallu ne pas pouvoir; malheureusement elle était libre : libre de reprendre sa place, bien chaude, dans le troupeau, libre de piétiner, libre de s'embour-ber comme avant, comme tout le monde. Qui l'en empêcherait ? On pardonnait de pires incartades : elle n'avait rien fait de grave après tout, seulement offensé quelques mois, en toute légalité, en toute impunité, les principes d'un beau-frère sourcilleux.

Elle se le reprocha. Elle se rêva bannie, hors la loi, criminelle; condamnée à l'errance et libérée par elle des doutes, des états d'âme.

Elle eut soif, se leva pour aller à la salle de bains.

La rampe de néon clignota. Devant le miroir, elle se trouva une de ces têtes hagardes qu'on voit sur les photos en noir et blanc aux héroïnes de faits divers. Elle accentua, par jeu, le pli inquiet de ses lèvres et secoua ses cheveux, pour qu'ils lui pendent sur le visage en longues mèches plates : portrait de l'aventurière aux abois, farouche et lasse.

Elle fit couler de l'eau. La tuyauterie vétuste émit un cliquetis qui se poursuivit après qu'elle eut fermé le robinet. Elle écouta, d'abord incrédule. Mais elle ne rêvait pas, c'était le bruit ténu, familier de la bille chevauchant les alvéoles de la roulette. Elle appuya l'oreille contre la cloison qui séparait la salle de bains de la chambre voisine et, après un silence, le cliquetis reprit, plus proche et distinct. Elle sortit dans le couloir, qu'une veilleuse éclairait faiblement, s'approcha de la porte à côté de la sienne. La bille roula encore, à l'intérieur; elle aurait bien voulu connaître son verdict, et décider ensuite quelle question il réglait. Elle se rappela son premier soir à Forges. Si la porte est fermée, décida-t-elle, je retourne me coucher, puis demain à Paris. Sinon, j'entre; et après? je le vole? je couche avec lui? je l'égorge? Elle tendit la main, hésita, saisit le loquet, le tourna. Il ne céda pas, mais dans sa chambre aussi il fallait très souvent s'y reprendre à deux fois. Au temps de la peine de mort, si la guillotine s'enrayait, le condamné était gracié d'office. Elle insista quand même, pesant sur la poignée qui grinça tandis que la bille, en bout de course, s'arrêtait. Noël grogna, très bas : « Il y a quelqu'un? » Elle ne bougea pas. Des pantoufles traînèrent sur la moquette. La porte s'ouvrit. Les yeux baissés, elle vit d'abord ses mules en cuir verni, noir, craquelé, et ses chevilles blêmes, puisqu'il por-

tait un pyjama boutonné jusqu'au col, à rayures bleu
marine et bordeaux. Il lui parut très grand, mais elle
était pieds nus. Il se passa la main dans les cheveux,
se gratta. « Qu'est-ce qui se passe ? – Rien. Je n'arrivais pas à dormir. » Il bâilla. « Moi non plus. Ça doit
être le champagne. » La lampe de chevet, derrière lui,
jetait une lumière rose sur le lit en désordre où était
posée la roulette qu'il désigna d'un geste vague :
« Vous voulez faire une petite partie, pour passer le
temps ? » Elle entra et, voyant qu'il s'asseyait au bord
du lit, prit place sur l'unique chaise, au dossier de
laquelle pendait la veste. Elle se demanda si les billets
étaient toujours dans la poche intérieure ; mais, à
supposer même qu'il lui laissât le loisir de le vérifier,
en allant aux toilettes par exemple, sa robe trop près
du corps ne pourrait rien cacher. Il faudrait qu'elle
s'enfuie, très vite, avant qu'il ait tiré la chasse d'eau,
qu'elle dévale l'escalier sans reprendre ses affaires
dans sa chambre, qu'elle s'éloigne de l'hôtel en
courant – pour aller où ? En se promenant, la veille,
elle avait repéré la gare, tout en bas de l'avenue, mais
en pleine nuit il n'y aurait pas de trains ; et puis il
comprendrait tout de suite, se lancerait à ses trousses...

« Je lance ou vous lancez ? » Il lui tendait la bille,
minuscule entre ses gros doigts. Elle lança. Le 19
sortit. Du pouce, il fit jaillir la pointe rouge de son bic
et reporta le numéro sur une feuille de papier à lettres
aux armes de l'hôtel de Paris, déjà couverte de
chiffres, qu'il tenait pliée sur son genou. Elle le
regardait faire, fascinée. Il n'avait pas l'air de sentir
ce que cette visite, à cette heure, dans sa chambre,
avait d'équivoque. Il ne se méfiait pas. Quand il
changeait de couleur, le poussoir à glissière du bic

claquait sèchement. Elle prit soudain conscience d'avoir depuis deux mois consacré des heures et des heures à cette occupation absurde : lancer des billes à blanc, pour le morne plaisir de les voir tourner. Noir, noir, rouge, noir encore, sans fin et sans enjeu.

Elle avait encore soif. Elle dit qu'elle allait prendre un verre d'eau à la salle de bains. Elle y alla. La salle de bains était l'exacte réplique de la sienne, à côté, mais ce n'était pas pour cela qu'il lui semblait l'avoir toujours connue, avoir toujours vécu, sans jamais en sortir autrement qu'en rêve, dans cette petite pièce carrelée, éclairée au néon, équipée d'un miroir où flottaient son visage livide, ses mains qu'elle y portait et qui effleuraient les joues en tremblant. Sur le rebord du lavabo, une trousse de toilette en plastique noir bâillait, la fermeture éclair tirée. Elle y glissa les doigts, reconnut sans étonnement la forme allongée, incurvée d'un coupe-chou à l'ancienne. Elle se força à le sortir mais n'osa pas l'ouvrir. De l'index, elle suivit le plat de la lame froide, là où elle s'enfonçait dans le manche de corne. Elle eut envie de vomir et pour s'en empêcher déglutit plusieurs fois, en cherchant la salive très loin au fond de son palais. Puis elle but un peu d'eau, penchée au robinet, remit le rasoir à sa place et revint dans la chambre. Elle se rassit, ils se remirent à jouer, en silence. Les dents serrées, luttant contre la nausée, elle oscillait sur sa chaise, d'avant en arrière. Elle voyait les rideaux, imparfaitement tirés, Noël en pyjama, la coiffeuse derrière lui, le coffret de la roulette posé à même le sol, à demi recouvert de sa peau de chamois, le papier peint dont les motifs, imitant la toile de Jouy, se chevauchaient à la collure, en sorte que les bergers et bergères étaient le long de cette frontière amputés du milieu de leurs corps, et leurs graciles épaules placées au-dessous des hanches. Le papier tapissait tous les murs, même le plafond. Elle n'arrivait pas à se rappeler si c'était pareil dans sa chambre ni à quoi ressemblaient toutes ces chambres, toutes ces salles de bains où elle avait au cours des derniers mois dormi, pris des bains, lancé des billes, effectué sans se lasser les mêmes gestes avant d'arriver là, dans la dernière chambre, cette petite boîte tendue de fièvre où un geste nouveau, monstrueux, se tenait tapi, attendant qu'elle l'accomplisse. Elle voulut compter les bergers, ou leurs moutons enrubannés, dont le nombre finirait bien par coïncider avec un chiffre sorti par la roulette : ce serait le signal, elle émergerait de sa torpeur. Elle se rappela une blague : pour rester éveillé, soustrayez des moutons. Mais elle ne savait pas où commencer, comment se repérer dans la disposition en quiconce des figures. Du cercle de lumière, son regard hébété descendit vers la lampe, sur la table de chevet. Le socle, à portée de sa main, semblait lourd. Le col offrait une prise facile. Noël les jambes croisées, son papier sur les genoux, se penchait sur la roulette, les cheveux gras, dépeignés, révélant sa tonsure. Il suffisait de saisir la lampe, juste au-dessous de l'abat-jour et, en la tenant fermement, en détendant le bras, très vite, de frapper. Il faudrait certainement recommencer, peut-être s'aider de l'oreiller pour étouffer son cri quand il basculerait en avant, face au lit, rougissant les draps. Et s'il la voyait amorcer le mouvement ? S'il avançait le bras pour le parer ? Si elle manquait son coup, comment se justifier ? Une hallucination, un accès de délire ? Et si, sans le manquer, elle devait s'acharner, frapper à coups sourds, redoublés, sur cette grosse tête inoffen-

251

sive, gonflée de sang et de cervelle qui gicleraient avec des couinements? Voir tuer un lapin, un jour, l'avait rendue malade. Les bergers, sur le mur, se mélangeaient, sans un geste prenaient la clé des champs et la roulette tournait toujours, sa bille et celle du bic cliquetaient en alternance. Rouge, noir, rouge. Sang, deuil, sang, pile tu gagnes, face je perds, et il n'y avait pas que la couleur, il faudrait bien choisir telle boule plutôt qu'une autre, la suivante, celle d'après, toujours celle d'après, jusqu'à l'écœurement, jusqu'à ce qu'il soit trop tard et qu'elle n'en ait choisi aucune, c'est-à-dire choisi de rentrer. Mais si elle choisissait, si elle disait voilà, c'est cette boule, pas une autre, et si la boule disait voilà c'est le rouge, le crime, et après la fuite perpétuelle, pure folie mais tu l'as voulu, à toi de jouer maintenant, est-ce qu'elle aurait le cran de ne pas la compter pour du beurre, de ne pas recommencer jusqu'à ce que la roulette, dégoûtée, lui dise de retourner à la maison, si vraiment c'était cela qu'elle voulait? Mais non, ce qu'elle voulait c'était connaître la fin, comme quand on lit une histoire; on a beau la repousser on sait de toute façon qu'on ne la changera pas, qu'elle approche et la fin c'était cela, elle en était sûre à présent, c'était le pied massif de la lampe, à cinquante centimètres d'elle. Elle était sûre de le faire, dès qu'elle aurait fini d'avaler sa salive.

Noël alors bâilla et dit : « Bon, j'ai sommeil. » La main de Frédérique reposait sur le bord de la table de chevet. Elle vit en la bougeant que ses doigts, sur la garniture de faux marbre, avaient laissé leurs empreintes moites, et livrés à eux-mêmes tremblaient. Voulant paraître enjouée, naturelle, elle dit : « Alors, les trois dernières? – Si vous voulez. » Mais il se leva, en s'étirant marcha dans la pièce minuscule, qui le rendait plus grand et redoutable, tandis qu'elle relançait la boule. Il ne se rassit pas, elle crut qu'il soupçonnait quelque chose, se tenait sur ses gardes. Elle aurait tout donné pour savoir ce qu'il pensait. Noir, rouge, rouge; « Allez, bonne nuit ! » Soigneusement, il rangea la roulette dans le coffret, la laissa gagner seule la porte et, en la refermant, elle le vit qui, de dos, dans son pyjama à rayures, retirait ses pantoufles avant de se coucher. Elle s'adossa au mur, dans le couloir où soudain la veilleuse s'éteignit, et par la fenêtre du fond vit que le jour pointait, rosissant le mur de briques le long duquel courait une échelle d'incendie. Mais elle resta tout près de la porte, immobile, à l'affût d'un bruit de pas, s'il se relevait pour pousser le verrou. Elle crut entendre le déclic de l'interrupteur : une bille tombée du ciel, pile dans son alvéole. Elle attendit encore, puis rentra dans sa chambre, fourra tout ce qu'elle avait dans le sac de voyage, revint sur le palier, posa près de l'escalier le sac et ses chaussures, prêtes à être enfilées quand elle ressortirait. Elle colla de nouveau son oreille à la porte, mais le chuintement qu'elle percevait pouvait venir d'elle-même aussi bien que de la chambre. Le rond de plastique cloué, portant le numéro 14, flottait au-dessus de sa joue. Elle se demanda si à Forges, la première nuit, la première fois qu'elle avait vu Noël, il occupait le 36 comme elle se l'était figuré. Elle retenait son souffle. Du temps passa. Puis, comme une heure plus tôt, ou deux, elle ne savait plus, comme dans un film projeté en boucle, elle avança la main vers le loquet. Elle l'abaissa lentement, surprise de se voir le faire. Valait-il mieux pousser le battant d'un seul coup ou bien progressive-

253

ment, au risque de le faire gémir? Elle ne se rappela pas, une fois entrée, comment elle s'y était prise. Elle était là, ses pieds foulaient la moquette. Les rideaux mal tirés laissaient passer un rai de lumière pâle, dessinant sur le lit une forme arrondie, toute proche. Elle vit qu'il avait mis l'oreiller sur sa tête : pour n'être pas réveillé par le remue-ménage du matin? parce qu'il avait l'ouïe trop fine? pour lui faciliter la tâche? Et s'il faisait semblant de dormir? Elle avança encore, se retrouva entre la chaise et le lit, à côté de la table de chevet. Le fil de la lampe pendait, plus lâche qu'elle ne l'avait laissé. Des voix montaient de la rue. Est-ce qu'elle n'avait vraiment fait aucun bruit, ou pas entendu? Et lui, est-ce qu'il n'entendait rien? Il ronflait légèrement. Tout à coup, il grogna, soupira. La main qui agrippait l'oreiller s'en détacha, tâtonna, puis retomba inerte, les doigts à demi repliés, sur le côté du lit. Elle ferma les yeux, les rouvrit, prit la veste sur la chaise et sortit, en tirant la porte derrière elle.

35

Elle avait jeté la veste sur ses épaules, noué les
manches trop longues, comme elle faisait souvent
avec les vestes d'homme. Une odeur aigre s'attachait
aux aisselles; à chaque pas, la doublure que gonflaient
les billets battait contre son bras. Bien qu'elle portât
son sac, elle n'avait pas eu de mal à sortir de l'hôtel :
même le veilleur de nuit, qui derrière son comptoir
attendait la relève, devait connaître Noël, la savoir
avec lui, et savoir qu'il paierait de toute façon pour
elle. Elle marchait vite, le long du boulevard désert.
Dans un café qu'elle dépassa, encore fermé, on
disposait déjà les chaises autour des tables. Il faisait
doux, la journée serait belle. Sur le trottoir, ses talons
claquaient, éveillant un écho crépitant où pouvaient
se perdre d'autres bruits. Mais elle se retourna plusieurs fois : personne ne lui courait après.

Pour atteindre la gare, c'était tout droit. Au bout de
dix minutes, elle reconnut le bâtiment, une casemate
de béton trapue en contrebas des voies. Elle entra
dans le hall, où le marchand de journaux levait son
rideau de fer, consulta le tableau d'affichage. On ne
pouvait aller que dans deux directions, vers Nice ou
Vintimille, et au-delà San Remo, en Italie. Le pro-

chain train pour San Remo était à 6 h 20, elle avait
un quart d'heure à attendre. Au guichet, elle voulut
payer son aller simple avec un billet de 500 francs
qu'elle sortit de la veste en prenant garde, toutefois,
de ne pas montrer la liasse. Mais l'employé n'avait
pas de monnaie : on lui en ferait sans doute, dit-il, à
la buvette.

Le barman, qui essuyait des verres, bougonna. Il
était maigre, âgé, l'air bonasse et vantard. Il lui
manquait un doigt à la main gauche. Frédérique
demanda un café et des cigarettes. « Ah, je fais pas
tabac... – Mais vous en avez bien quelques paquets ? »
Il haussa les épaules, sortit de son tablier un paquet
de Gitanes entamé qu'il fit glisser sur le comptoir :
« Servez-vous. » Frédérique sourit, remercia, pensant
qu'elle était en train de faire tout ce qu'il fallait pour
être remarquée : il se souviendrait d'elle, quand on la
rechercherait. Mais elle avait tout fait, n'importe
comment, pour être recherchée : si elle avait voulu
commettre un crime parfait, échapper aux soupçons,
elle s'y serait prise autrement.

Le tout était de passer la frontière : après... Elle
regardait autour d'elle. Personne ne venait. La
buvette était vide. Derrière la porte vitrée, deux
gosses filles blondes, en short et pataugas, s'achar-
naient sur un sac à dos muni d'un cadre métallique
trop large pour le casier de consigne où elles vou-
laient le faire entrer. Le barman observait la manœuvre avec une curiosité de technicien où Frédérique
crut voir de l'amusement et, quand elle croisa son
regard, elle lui sourit de nouveau. Il hocha la tête, se
tourna vers le percolateur. Elle aurait préféré qu'il
dise quelque chose. L'excitation de la marche retom-
bée, elle prenait peu à peu conscience de ce qu'elle

avait fait et sentait approcher la panique. Elle avait affreusement mal au ventre. La cigarette brune la fit tousser. Des larmes montèrent à ses yeux irrités, brouillant sa vue. Le barman, en lui apportant son café et la monnaie du billet, poussa devant elle un cendrier. Les larmes essuyées avec une manche de la veste, elle se rappela qu'une loi, aux dires de Jean-Pierre, défendait aux cafetiers de mettre des cendriers sur leurs comptoirs : sur les tables oui, mais pas sur le comptoir, elle n'avait pas très bien compris en quoi, là, c'était moins hygiénique. L'innocence de ce crime, comparé au sien, faillit la faire pouffer nerveusement. Elle avait envie de parler, de dire n'importe quoi, pour entendre sa propre voix et celle d'un être humain qui lui répondrait en blaguant, comme on fait entre gens normaux, comme si rien ne s'était passé. Elle pensa, si elle relevait en souriant cette infraction vénielle, s'attirer un clin d'œil complice du barman. Oui, il hausserait d'abord les sourcils, étonné qu'elle connaisse les règles tatillonnes de sa corporation, et puis il clignerait de l'œil, égayé de partager avec elle la satisfaction gratuite, roublarde, bien française de contrevenir en douce, ni vu ni connu, ce n'était pas elle qui le trahirait.

« Dites donc... » Elle comprit, en ouvrant la bouche, que sa voix était tout sauf normale et blagueuse, mais s'obligea à poursuivre, avec la pénible impression de parler trop fort. « Dites donc, je croyais que c'était interdit, de mettre des cendriers sur le zinc... » Avant qu'elle ait fini sa phrase, il avait froncé les sourcils au lieu de les hausser. D'un geste brusque, il prit le cendrier qu'il jeta sans le vider dans un bac où trempaient des tasses sales, derrière le comptoir. Puis il ramassa son paquet de cigarettes, la soucoupe qui lui avait servi à rendre la monnaie et lui tourna le dos, ulcéré. « Attendez, balbutia Frédérique, je blaguais... » Mais il ne voulait plus rien entendre, fourbissait rageusement les manettes du percolateur. Elle descendit du tabouret, prête à éclater en sanglots, et se dirigea vers la porte. Au moment de la pousser, elle s'aperçut qu'elle oubliait son sac. Il fallut traverser à nouveau la buvette. Le barman par bonheur ne se retourna pas.

Elle paya son billet, alla attendre sur le quai. Le soleil l'éblouissait. Peut-être que le barman l'avait prise pour une contrôleuse, une sorte d'inspecteur des cendriers. Peut-être que Noël à cet instant précis, se réveillait, ne trouvait pas sa veste, appelait la police. Le train, un omnibus court et crasseux, entra en gare. Cinq ou six passagers, montèrent. Comme elle prenait appui sur le marchepied, une casquette bleu-marine, penchée à une fenêtre, fit battre son cœur plus vite. Ce n'était qu'un contrôleur, mais elle respirait mal. Le train repartit, s'engouffra aussitôt dans un tunnel. Assise près d'une fenêtre, elle regarda le reflet de son visage, puis la mer, en bas des rochers escarpés. Il n'y avait dans le wagon, avec elle, que trois femmes en robes noires, du type matrones corses sévères : elles voyageaient ensemble, sur la même banquette, mais ne se parlaient pas. Leurs six mollets, alignés comme des quilles, étaient énormes. Frédérique avait mal au ventre, envie de s'isoler mais n'osait se rendre aux toilettes, de peur que les douaniers, quand ils visiteraient le train, ne la soupçonnent de s'y cacher pour échapper à leur contrôle. De Monaco à la frontière, la distance sur la carte paraissait minime, mais elle n'avait aucune idée de la durée du trajet : dix minutes ? trois-quarts d'heure ? Passèrent Cap Martin, Roquebrune. Comme les wagons ne communiquaient pas, son malaise augmentait aux arrêts; chaque fois que le train repartait, elle soufflait, et commençait à redouter l'étape suivante. A Menton, les matrones descendirent et deux douaniers montèrent. L'un d'eux examina son passeport, lui fit ouvrir son sac qu'il palpa rapidement. Il lui souhaita bon voyage. Quelques minutes après, le nom de Ventimiglia apparut, peint en blanc sale sur un château d'eau noir. Elle était arrivée à la frontière.

36

Elle descendit à San Remo, qui était le terminus.
Elle pensa prendre tout de suite un autre train, mais il
n'y en avait pas pour le moment. Elle traversa le hall
de la gare où se trouvait un bureau d'informations
touristiques, inexplicablement ouvert à cette heure
matinale. La femme qui l'accueillit, jeune et affable,
parlait un peu le français. Elle commenta pour Frédérique la courte liste des hôtels de la ville et s'enquit de
la somme qu'elle comptait dépenser. Frédérique dit
que cela n'avait pas d'importance. Alors, l'*Europa*
conviendrait : calme, confort, vue sur mer d'un côté,
et de l'autre sur le casino. Frédérique la fit répéter :
oui, sur le casino, ouvert toute l'année. Roulette,
baccara, bar américain, et l'entrée gratuite pour les
clients de l'hôtel. Elle réserva une chambre à l'*Europa*, demanda s'il fallait pour s'y rendre un taxi. La
femme rit et pointa le doigt, à travers la vitre maculée
du bureau, sur un bâtiment ocre, juste en face de la
gare.

Bien que la température fût normalement printa-
nière, l'hôtel donnait l'impression d'un refuge contre
la canicule. Les volets clos, la fraîcheur humide du
carrelage à damiers noir et blanc, les housses sur les

fauteuils entretenaient un climat de mausolée rarement visité; et quand, alerté par le timbre dolent de la porte, un vieil homme en manches de chemise, les bretelles hissant jusqu'à la poitrine son vaste pantalon fripé, apparut au comptoir de la réception, Frédérique crut l'avoir, à sept heures et demie du matin, dérangé dans sa sieste. Voyant qu'il ne manquait pas une clé au tableau, elle conclut qu'elle devait être la seule cliente : ici aussi, on se souviendrait d'elle. Le vieux, traînant les pieds et marmonnant des phrases qu'elle ne comprenait pas, la guida dans de longs couloirs aveugles, silencieux, enfin ouvrit la porte d'une chambre minuscule, tendue de papier marron, qui resta sombre après qu'il eut entrebâillé les volets. Les meubles de campagne, empilés comme dans un débarras, ne laissaient guère de place pour se mouvoir. Le vieux parti, Frédérique retira ses chaussures, s'allongea sur le lit et, sortant les billets de la veste de Noël, les compta : dix-huit coupures de 500 francs, plus la monnaie du train. De dépit, elle ricana. Des images de films policiers flottèrent dans sa mémoire : mains fiévreuses, fourrageant dans un matelas de billets; le voleur en cavale s'y roulant, les froissant, jouissant de les entendre crisser, si nombreux, sous son poids – avant, généralement, de découvrir qu'ils sont faux. Les siens devaient être vrais, aussi vrais que son histoire, que ce qu'elle avait fait, que la chambre autour d'elle, aussi vrais et piteux, étalés comme les cartes d'une réussite ratée sur le lit dont, bord contre bord, alignés d'un seul rang, ils ne couvraient même pas entièrement la largeur. Elle les poussa du pied, les fit glisser à terre. Puis elle ferma les yeux, certaine de ne pas dormir, et se réveilla à midi. Elle prit une douche, changea de vêtements,

261

descendit. Sur une table basse, dans le hall, elle ramassa des prospectus. Dehors, elle fut d'abord surprise de ne pas reconnaître la gare, puis comprit qu'elle était sortie par l'autre porte et que le majestueux bâtiment de pierre blanche, pavoisé de drapeaux, qui surplombait l'avenue, c'était le casino. En attendant qu'il ouvre, elle marcha au hasard. Au premier croisement, elle tourna, pour ne pas changer de trottoir. Après avoir franchi, au passage à niveau, la voie de chemin de fer jonchée de bouteilles vides, elle atteignit le bord de mer. Rompant de loin en loin l'alignement des villas aux jardins coquettement entretenus, des petits cafés, des glaciers étendaient leurs terrasses désertes. Il ne passait personne. Les gens mangeaient chez eux, entre eux, tranquilles. Prenant place à une table, elle fit râcler les pieds métalliques de sa chaise, pour signaler sa présence. Un garçon finit par venir, à qui elle commanda une pizza au jambon, et du vin. Une brise légère, portant une fade odeur de vase, agitait les franges en raphia des parasols repliés, mais il ne faisait pas froid. La lumière était douce, poudreuse. Sans émotion, elle s'avisa qu'elle n'avait pas d'argent italien, ce qui poserait un problème au moment de l'addition. On s'arrangerait, bien sûr : elle réglerait en francs, ou laisserait son passeport en gage, le temps d'aller au bureau de change qui ne pouvait être bien loin, vu les dimensions de la ville. Elle examina le plan, sur le prospectus touristique : le long de la mer s'étageaient la route nationale, puis la voie ferrée, puis l'avenue séparant la gare de son hôtel, enfin l'autre avenue, séparant celui-ci du casino. Une dizaine de petites rues, des placettes, des escaliers reliaient transversalement ces quatre parallèles. Un quartier plus ancien qu'on voyait, hérissé de clochetons, s'accrocher au flanc de la colline, dominait la baie. C'était tout; c'était là, avec 9 000 francs, une carte de crédit probablement invalidée, deux robes, un tailleur sale et peut-être la police à ses trousses, que commençait sa nouvelle vie. Le garçon apporta la pizza. En piquant du bout de sa fourchette les morceaux de jambon émergés de la sauce tomate, Frédérique parcourut le texte en quatre langues qui détaillait les charmes de la villégiature et sourit, amusée, aux derniers mots : « On termine sans même souhaiter une bonne permanence, les vœux se font pour quelque chose d'incertain. San Remo ne donne jamais lieu à des surprises. »

En comparant avec les autres versions, elle comprit que « permanence », traduction littérale, qu'aurait su apprécier Jean-Pierre, du *permanenza* italien, signifiait simplement séjour et que de ce séjour, à croire le syndicat d'initiative, rien ne pouvait menacer l'agrément. Cette formule rassurante ne valait pas pour elle : l'incertain à présent était son lot. Plus de foyer, plus de métier, plus d'attaches : il faudrait désormais qu'elle vive, survive au jour le jour, à l'aventure, sans attendre l'aide de personne – ou bien celle d'inconnus qui croiseraient son chemin. Elle se rappela ces histoires, authentiques ou fictives, de gens qui se faisaient passer pour morts et, portés disparus, recommençaient leurs vies à zéro, seuls, très loin. Elle essaya d'imaginer ce que serait cette vie qui l'attendait, les voyages sans but, les rencontres d'une nuit, les moments de terrible détresse et la figure qu'elle ferait dans le rôle de l'héroïne. Mais la rêverie butait, s'enlisait : elle ne parvenait pas à s'échapper de San Remo, à libérer l'exaltation farouche, monstrueuse et grisante qu'aurait dû éveiller un programme à ce point romanesque. Elle regardait la mer, les navires de plaisance ancrés au loin, la côte qui s'incurvait, à droite, vers Vintimille, et s'aperçut, inquiète, qu'elle n'arrivait même pas à se faire vraiment peur. Les images les plus noires, de clochardisation ou de bordels siciliens, n'avaient pas plus de substance que la version de luxe, la flambe cosmopolite, la marginalité de haut vol. Toutes étaient également irréelles, trop chimériques pour ne pas sonner faux. En vérité, le champ d'incertitudes, de menaces imprécises à quoi se résumait sa vie ne s'étendait pas devant elle – car devant elle il n'y avait rien –, mais derrière : de l'autre côté de la frontière où, en son absence, son destin continuait à se jouer. Noël porterait plainte, sans doute; il l'avait déjà fait à cette heure. Mais pour un vol de 9 500 francs, la police se démènerait-elle? Un vol entre joueurs, vol d'une somme volatile, douteusement gagnée et vouée de toute façon à circuler selon des lois particulières, un vol qui en était à peine un? N'était-ce pas le genre d'affaires qu'on classait en haussant les épaules, une fois dressé le procès-verbal? « Oh, qu'ils s'arrangent entre eux, on a d'autres chats à fouetter! »

Peut-être, mais peut-être pas. Peut-être qu'en ce moment, on suivait sa piste. Comprenant qu'elle avait traversé la frontière, arrêterait-on les recherches? Ou alerterait-on la police italienne? Pouvait-on l'arrêter, sur un sol étranger? L'extrader? Elle ne connaissait pas les lois, il serait difficile à présent de se les faire expliquer. Chaque visage autour des tables de roulette, pourrait être celui d'un policier en civil. Elle tressaillerait à tout moment, sans doute pour rien; si

264

au moins le danger était sûr! Elle aurait dû tuer Noël.

A trois heures, elle commanda un autre verre de vin, pour fêter son anniversaire. Tant bien que mal, elle expliqua son problème de devises au serveur, qui consentit à lui changer un billet de 500 francs. Certaine qu'il la grugeait, elle pensa qu'il faudrait s'habituer à compter en lires et, bannie de son pays, en oublier la monnaie, les coutumes, la langue – mais elle n'en connaissait pas d'autres, et ne put s'empêcher de trouver ridicule l'emphase de cette résolution. Elle se leva, vacillant un peu sous l'effet du vin trop corsé, et s'achemina lentement vers le casino.

37

Noël ne porta pas plainte; ou, s'il le fit, sa plainte n'eut pas d'effet. Comme il avait son adresse et son numéro, Frédérique, après son retour, redouta quelque temps la sonnerie du téléphone. Mais il avait dû essayer d'appeler à l'époque où elle était en Italie, où il n'y avait personne rue Falguière, et à la longue se lasser. L'inquiétude petit à petit s'estompa, puis disparut et, le soir d'octobre où Quentin, ayant décroché, lui passa l'appareil dans son bain sans dire qui c'était, sans qu'elle l'ait entendu bavarder avec le correspondant comme il en avait repris l'habitude, Frédérique, qui avait tant appréhendé ce moment, n'éprouva qu'une surprise ennuyée. Noël, au reste, ne paraissait pas lui garder rancune de l'épisode de Monte-Carlo qu'il évoqua sur un ton de plaisanterie, un peu comme un ancien camarade de classe rappelle un mauvais tour oublié, comptant sur ce souvenir pour resserrer des liens distendus par le temps. « Quand même, vous m'avez rudement eu, reconnut-il. Mais allez, il y a prescription... » Cette indulgence suspecte fit craindre à Frédérique une menace, qui ne vint pas. Il lui demanda si elle jouait encore. Elle dit que non, jamais. « Même pas de temps à autre, en touriste ? » Il insistait. Leurs virées de l'hiver dernier lui manquaient. « On faisait une bonne équipe, non ? » Frédérique assura que tout cela ne l'intéressait plus, mais n'eut pas à se montrer désagréable pour mettre fin à la conversation qui se délita sans hostilité, ponctuée de silences presque doux, tandis que l'eau du bain refroidissait. La voix de Noël était moins brusque, moins grumeleuse que dans sa mémoire. Il dit qu'il y avait eu un hold-up à Forges et, incidemment, que sa mère était morte. Il ne rappela pas. Au cours de l'automne, des coups de fil anonymes réveillèrent plusieurs fois Frédérique, tard dans la nuit. On raccrochait aussitôt. Elle pensa que c'était lui mais bien sûr n'en eut jamais la preuve.

Corinne lui proposa de passer avec elle les vacances de Noël aux sports d'hiver. D'ordinaire, elles y allaient en février mais Corinne, mal remise d'une aventure engagée lors de son précédent séjour à Avoriaz, la fois où Frédérique avait refusé de l'accompagner, évitait avec une certaine emphase tout ce qui risquait d'en aviver le souvenir. On changea donc de date, et même de région. Dans une petite station des Pyrénées, elles louèrent un studio qui se révéla mal situé, juste au départ des télésièges, en sorte qu'il fallait, pour n'être pas continuellement sous le regard des skieurs, garder les volets clos à partir de neuf heures du matin. Corinne, le soir de leur arrivée, dit que ce n'était pas grave, puisqu'on serait sur les pistes toute la journée. Il était par malheur tombé trop peu de neige pour appliquer ce programme. Le télésiège, du coup, chômait, mais les skieurs frustrés, cernés par la verdure vexante des pâturages, à peine blanchie par plaques d'ailleurs inaccessibles, défilaient en pestant, les pieds dans la gadoue, devant la fenêtre du studio où Corinne et Frédérique, sous la lanterne de papier rouge voilant l'unique ampoule, jouaient aux cartes, buvaient du vin chaud et déploraient, moroses, l'absence de la télévision. Elles lisaient à voix haute et raillaient le courrier du cœur des magazines qu'elles achetaient par brassées – ce qui n'empêchait pas Corinne de s'étendre sur ses propres chagrins, la passion dévorante, destructrice dont la brûlure la tourmentait encore. Elle aurait aimé, en échange, recueillir des confidences au sujet du mystérieux Michel, mais Frédérique secouait la tête en souriant, résolue à ne rien dire. Cette réserve, qu'elle observait depuis son retour, la grandissait, et agaçait Corinne tout en lui permettant de poursuivre sans être interrompue le récit de ses déboires avec Lucas, personnage écorché, mythomane et fuyant pour l'amour de qui elle avait, tout le printemps, pris chaque semaine le train de Chambéry où il habitait et, souvent, refusait de la voir. Quand il y consentait, c'était pour quelques heures, frustrantes, dans un hôtel au bord de la route nationale. Assis sur une chaise, sans quitter son manteau, il se plaignait de sa femme qui, jalouse, à moitié folle, menaçait constamment de se suicider. Parfois, des accès de rage le prenaient : il cassait le mobilier et les vitres; Corinne, ensuite, pansait ses bras ensanglantés. Ils se regardaient en silence, intensément. Quand elle partait, Lucas répétait avec une hargne désespérée qu'elle ferait mieux de ne pas revenir, de le laisser à ses contradictions, mais il la relançait si elle faisait mine d'obéir. Plusieurs mois après leur rupture définitive, elle pensait toujours à lui.

Quand elles n'en pouvaient plus d'être confinées dans le studio, elles entamaient le circuit, fort restreint, des cafés de la station, pour finir dans l'unique boîte de nuit où l'on se retrouvait dès cinq heures de l'après-midi. Le troisième jour, Corinne y rencontra un médecin moustachu qui habitait Toulouse et se nommait Didier. Ils allèrent tous les trois au cinéma, dont le programme venait de changer. Il fallut faire la queue, sous des flocons chétifs qui fondaient aussitôt. Dans la salle bondée, mal aérée, la vapeur montant des anoraks humides brouillait les images du film dont la copie cassa à plusieurs reprises. Les spectateurs chahutèrent sans gaieté. Pendant le dîner à la crêperie, Didier parut s'intéresser davantage à l'amie de Corinne qu'à Corinne, ce qui vexa celle-ci sans flatter Frédérique. On parla de films, de Toulouse, de Paris, de plages au soleil, de l'air furieux des gens. Didier restait jovial, refusait de céder à l'exaspération collective : il n'y avait pas de neige? Tant pis, on s'amuserait autrement. Il proposa, après la crêpe flambée au Grand Marnier, d'aller au casino. Corinne se récria, prétendant qu'elle se connaissait et, se sachant capable de folies, fuyait les tapis verts comme la peste. Frédérique sourit, sans relever. Et Didier, soudain grave, assura qu'il comprenait très bien, que lui aussi était une tête brûlée. Mais exceptionnellement, en vacances...; et puis, le risque diminuant chaque jour de se casser une jambe sur les pistes, on pouvait en courir un autre.

Seule la boule fonctionnait, dans un local que ses murs nus, son plancher gris, ses fenêtres sans tentures faisaient ressembler à une permanence de mairie, prêtée par une kermesse à cause du mauvais temps. Faute de vestiaire, les gens restaient engoncés dans leurs combinaisons aux couleurs éclatantes, les après-skis aux pieds. Ils se hélaient, se bousculaient maladroitement autour de la table que Frédérique, n'étant jamais entrée dans les salles où se pratiquait ce divertissement subalterne, examina avec une curiosité dédaigneuse. Au-dessus d'un tapis aux figures simplifiées, le plateau pivotant, de forme carrée, n'offrait aux joueurs que neuf chiffres, le 5 faisant office de zéro. La mise minimum s'élevait à 5 francs; personne ne s'aventurait au-delà. Des protestations s'élevaient à chaque répartition des gains. Les croupiers passaient outre, plaisantaient bruyamment, avec un accent rocailleux. Didier se pencha vers Frédérique : « On va se prendre des jetons? » Elle dit qu'elle ne jouait pas. « Oh, allez... »; il tenta de la convaincre, en lui représentant qu'au pire, elle ne perdrait pas plus que le prix d'un forfait de télésiège. Corinne la traita de dégonflée, par acquit de conscience, contente en vérité de rester sans chaperon avec Didier. Ayant vainement insisté, ils se frayèrent un chemin vers le guichet et Frédérique vers le bar, où l'on servait des bières à la bouteille et de la sangria dans des gobelets de plastique. La chaleur était étouffante. Au bout de quelques minutes, sans être vue des autres, elle sortit, regagna le studio et se coucha, espérant que Corinne ne rentrerait pas de la nuit.

Mais elle rentra. Frédérique, feignant de dormir, l'entendit retirer ses moon-boots qui, lancées à l'aveuglette, s'écrasèrent sur le sol avec un bruit mou, puis se dépêtrer de sa combinaison, aller et venir, faire couler de l'eau dans le cabinet de toilette, escalader l'échelle des lits superposés. La couchette, au-dessus d'elle, gémit; Corinne soupira; enfin, elle dit : « Tu dors? »

Frédérique soupira, en écho : « Non.

– Tu as encore des cigarettes?

« – Oui. Mais elles sont sur la table. »

Les barreaux de l'échelle craquèrent à nouveau. « Tu peux allumer », dit Frédérique. Corinne ignora le conseil, tâtonna, remua divers objets, des verres vides, des clés, en respirant fort. La flamme du briquet jaillit. Des volutes de fumée s'élevèrent, très pâles dans l'obscurité calfeutrée. Du fauteuil où elle s'était assise, Corinne murmura, pensive : « Ça m'a fait une drôle d'impression, tout à l'heure.

– Au casino ?

– Non, pas au casino. Au cinéma. Je veux dire : en faisant la queue au cinéma.

– Ah ?

– Oui. Ça paraît idiot, dit comme ça. Et même dit autrement, ça l'est de toute façon, remarque. Mais tout a commencé dans une queue de cinéma. Aux sports d'hiver, pareil. Sauf qu'il y avait de la neige. Tu sais, j'étais allée à Avoriaz finalement, et il y a cette espèce de festival de films fantastiques, d'épouvante, ce genre-là. Tous plus crétins les uns que les autres, autant que j'ai pu voir, mais tu connais le problème : le soir, dans une station de ski, un film crétin, c'est toujours bon à prendre. Moyennant quoi, bonne poire, j'ai pris un abonnement, pas donné, pour pouvoir y aller à toutes les séances. Tu paies, on te donne un badge, et avec ça tu entres comme tu veux, en principe. Je dis en principe, parce qu'en réalité, quand tu viens voir ton film, tu t'aperçois d'abord qu'il y a la queue, ensuite que sur ton badge il y a une petite pastille orange. Tu vois ça, une pastille orange, tu ne te méfies pas, et puis tout le monde passe devant toi, froidement, et le type à la caisse t'explique que c'est bien simple : il y a des gens, sur leur badge, qui ont des pastilles bleues, ou dorées, ce sont les invités du festival, les journalistes, les personnalités, alors évidemment, comme ils sont invités, ils entrent en priorité. En gros, tout le monde a la priorité, sauf toi et quelques abrutis comme toi, qui ont payé. Tu peux toujours protester, on te dit de t'adresser au secrétariat du festival, et au secrétariat du festival, quand tu y arrives, parce qu'avec ta pastille orange tu n'as pas le droit d'entrer dans le bâtiment, on t'explique que le mieux, avec ton genre de badge, c'est d'aller aux séances de l'après-midi, parce que l'après-midi, en général, les personnalités font du ski. Alors il y a moins de monde, surtout s'il fait beau. L'idée que toi aussi, tu es venue faire du ski, ça ne les effleure pas. Toujours est-il qu'un soir où j'essayais encore, tout le monde me passait devant et soudain, à l'entrée, je reconnais un type que j'avais vu le matin et qui m'avait flanqué un bon coup sur l'épaule avec ses skis, sans le faire exprès. Grand, maigre, le genre loup solitaire, je suppose que tu as compris où je veux en venir. Et en fait, dans la queue, c'est lui qui m'a reconnue. Il sourit, il me demande comment va mon bleu à l'épaule, on bavarde. Je lui explique mes malheurs. Et là, il rigole, il me montre son badge, un badge doré : presse. Il me dit qu'il est journaliste, et il me fait entrer avec lui. Et voilà, c'est comme ça que tout a commencé. »

Corinne, dans l'obscurité, eut un petit rire amer et ajouta : « J'aurais mieux fait, ce jour-là, de me casser une jambe. » Frédérique dit doucement : « Je croyais qu'il travaillait plus ou moins dans la vidéo ?

– Oui, mais il faisait aussi des piges pour un journal du coin. Tout ce qui est cinéma, vidéo, nouvelles images. Les clips..., enfin, la communication. » Elle pouffa de nouveau : « La communication, lui, il y a de

272

quoi rire... En plus, je me rends bien compte que je finirai par en rire. C'est peut-être ça le plus bizarre. Ça ne te fait pas cet effet-là, aussi ?

– Quelquefois, si... Tu as gagné un peu, au casino ?

– Non, mais c'était sordide. Pourquoi tu n'as pas joué ?

– Parce que, éluda Frédérique. Tu me passes une cigarette ? »

Corinne lui passa une cigarette, du feu, un verre en guise de cendrier. Elle se rassit et demanda :

« Ça te rappelle des trucs ? »

Après un long silence, Frédérique répondit : « Tu sais, le casino, enfin les vrais casinos, ce n'est pas ce que tu as vu. Monte-Carlo, par exemple, ou Divonne... C'est... Je ne sais pas comment dire... Enfin si, je sais très bien, mais je crois que j'aime autant pas.

– Tu jouais avec Michel, c'est ça ? »

Frédérique produisit un son qui pouvait être pris pour un acquiescement.

« Allez, raconte, dit Corinne.

– Je n'en ai jamais parlé à personne. Mais, tu sais... »

Corinne l'interrompit :

« Tu veux que je te raconte quelque chose, moi, que je n'ai jamais dit à personne ? » Elle hésita, reprit : « En fait, c'est drôle, j'étais venue pour te le raconter, le soir où je me suis soûlée avec Jean-Pierre, en t'attendant. Tu te rappelles ? Quand on ne savait pas où tu étais. J'ai même failli le lui dire, à lui, heureusement que tu es arrivée. Ensuite, je me suis juré aussi de ne jamais en parler, parce que ce n'est vraiment pas glorieux, tu vas voir. En même temps,

273

c'était fort, ça a compté pour moi. J'étais à Chambéry, dans cette espèce d'hôtel atroce, et lui était venu de cinq à sept pour rester à se taire sur sa chaise et prendre des airs traqués, et dire que de toute façon tout était une telle merde, bref le cirque habituel dans lequel je marchais et dans lequel si ça se trouve je marcherais encore. Pour finir il s'en va en me disant, royal, qu'il repassera peut-être demain, mais que ça ne m'empêche pas de sortir si j'en ai envie. Sortir pour aller où, quand tu es au bord de la route, sans voiture ? Faire un tour jusqu'à la station-service ? Mais voilà, il tenait à ce que je descende là, parce que dans un hôtel du centre-ville, le centre-ville étant petit, j'aurais risqué de rencontrer sa femme. Sa femme que, note bien, je n'avais jamais vue. Et moi, avec de grands yeux tristes et pleins d'amour, je reste comme une conne à l'hôtel, oui Lucas, comme tu veux Lucas, je vais dîner toute seule dans la salle à manger avec des têtes de cerfs empaillés sur le mur, je remonte dans ma chambre, je prends des somnifères en ne pensant qu'à une chose, pourvu, mon dieu pourvu qu'il puisse se libérer demain. Là-dessus, le téléphone à cinq heures du matin. J'émerge comme je peux, sans trop savoir où je suis, je dis allô, et la voix de Lucas... c'est là que ça devient dur à expliquer, parce qu'en réalité, quand on y réfléchit, il n'a rien dit de terrible, c'était l'intonation, et puis quand même le fait qu'il me demandait de venir, chez lui où je n'étais jamais allée, je ne savais même pas où c'était et puis moi, Chambéry, je ne connais que la gare et l'hôtel. Il me dit d'être là à six heures et demie pile, pas avant pas après, il me donne l'adresse, tu n'as qu'à appeler un taxi. Et il raccroche. Moi, sonnée, dans le cirage, et je te dis, c'était sa voix, une

274

voix folle, à bout de souffle, j'aimerais l'avoir enregistrée pour me repasser la bande et comprendre comment ça a pu me traverser la tête, mais en tout cas c'est ça que j'ai compris, tout de suite, quand il a raccroché, ça me paraissait complètement évident qu'il avait tué sa femme et qu'il voulait que je l'aide à faire disparaître le cadavre. Je te jure, je n'ai pas pensé une seconde à autre chose : c'était ça, et je voyais la suite, très nette, filant droit, comme un film. Lucas qui nettoyait l'appartement en attendant que j'arrive, le corps roulé dans un tapis, qu'on allait devoir descendre dans la voiture en bas. Juste à l'heure du laitier. Et après, je suppose que l'idée, c'était de rouler dans la campagne, le balancer dans un ravin ou une décharge ou Dieu sait quoi, avec la certitude de se faire piquer dans les deux heures, et malgré ça j'allais y aller. Je me disais n'y va pas, ce type est fou, en cinq minutes tu fiches en l'air ta vie, rappelle-toi que tu as une gamine. Complice d'un meurtre, c'est la prison assurée, et même si on arrivait à passer en Suisse, on aurait bien fini par se faire rattraper. En même temps, tu as beau te dire tout ça, tu te dis aussi qu'il compte sur toi, tu t'imagines la grande passion éperdue, les amants maudits, unis dans la mort, tout un folklore d'adolescente. Alors, d'une certaine façon, y aller, c'est du délire, et ne pas y aller, c'est impossible. Rester bien au chaud sous mes couvertures, pendant qu'il faisait ça, qu'il m'attendait, je me serais sentie trop mal. Evidemment, ça fait rire, et à l'arrivée il y a de quoi, n'empêche, sur le moment, ce que je voyais de plus clair, c'était le cadavre dans le tapis, Lucas penché dessus et moi qui l'attrapais par les pieds, et je savais que c'était la connerie du siècle, plus que la connerie,

275

du suicide pur et simple, et que j'allais le faire quand même. Moi. Ça fait un drôle d'effet, d'être soi, dans une situation pareille. A un moment, je me suis dit : d'accord, j'y vais, mais je lui explique que c'est de la folie, qu'il vaut mieux se calmer, appeler tout de suite la police, avouer, plaider le crime passionnel avec des chances de s'en tirer un peu moins mal. Je m'entraînais à dire ça, d'une voix posée, et je l'imaginais me tendre le téléphone en disant vas-y, qu'est-ce que tu attends ? Appelle donc les flics pour me dénoncer, tu as raison, ça sera mieux pour tout le monde, allez vas-y, et je comprenais que ça non plus ce n'était pas possible, qu'il n'y avait pas moyen de s'en sortir. Voilà. Pendant une heure, j'ai tourné et retourné tout ça. C'est long une heure, tu sais. Je me rappellerai chaque seconde, toute ma vie. Et finalement, j'ai appelé le taxi. J'y suis allée. J'ai donné un autre numéro, dans la rue qu'il m'avait dit, sans trop me faire d'illusions, juste pour avoir essayé. J'ai fait semblant d'entrer dans un immeuble. J'ai attendu que le taxi soit reparti. Et puis j'ai fait à pied les cent mètres qui restaient.

– Et alors ? »

Corinne ricana.

« Alors, c'est tout. Qu'est-ce que tu croyais ? Non, il n'avait pas tué sa femme. Déjà, pour commencer, il aurait fallu qu'il en ait une, et ça, je ne te l'ai pas dit, mais j'ai appris plus tard qu'elle l'avait quitté depuis deux ans, qu'elle vivait en Allemagne. Il était là, sur le trottoir, à fumer une cigarette devant sa voiture, et quand je suis arrivée, il m'a dit devine quoi : qu'il n'arrivait pas à dormir, alors qu'il avait eu l'idée d'aller faire une balade en montagne pour voir le jour se lever avec moi. C'était une intention délicate mais comme finalement il pleuvait, il a trouvé que ça ne valait plus la peine. Il m'a raccompagnée à l'hôtel, et après à la gare. Je me souviens, j'ai cru que je m'évanouirais dans la voiture. Et lui, il me disait tranquillement que je n'avais pas l'air dans mon assiette.

– Et tu l'as quitté, après ça?

– Même pas. Plus tard. »

Elle alluma nerveusement une cigarette, froissa le paquet vide. Frédérique l'entendit qui pleurait, à petits coups. Enfin, en reniflant, elle dit :

« Je ne suis pas soûle, tu sais. »

Puis : « Tu me promets de ne jamais le raconter à personne? »

Frédérique promit.

« Remarque, je finirai par le raconter, moi. J'ai envie d'en parler chaque fois que j'ai un peu bu, et un jour je sais bien que je craquerai. En fait, j'ai déjà craqué deux, trois fois. Tu sais, maintenant encore, je fais des cauchemars là-dessus. Je me réveille en pensant que j'ai failli faire ça. Parfois je me dis qu'en un sens, c'est comme si je l'avais fait.

– En un sens oui, remarque », soupira Frédérique.

Paris, février 1987-janvier 1988

Le roman qu'on vient de lire, étant d'inspiration réaliste, risque de susciter des confusions. En général, l'imprécision les pare : quand on domicilie son héroïne rue Falguière, dans le XVe arrondissement de Paris, il suffit de ne donner ni numéro, ni étage, ni code d'entrée pour éviter toute intrusion chez des particuliers. En revanche, non seulement le casino de Forges-les-Eaux existe, mais on y trouve un directeur des jeux, un seul qui, j'espère, me pardonnera d'avoir laissé un personnage pompeux, fort différent de lui, usurper sa fonction au chapitre 18. Ceci vaut également pour les croupiers, valets, barmen, hôteliers, réceptionnistes et restaurateurs, tout le personnel qui, placé par mes soins dans divers casinos ou leur voisinage, assure modestement la figuration de ces pages. Enfin, seuls les besoins tyranniques du récit m'ont conduit à déplacer de quelques semaines les dates du festival d'Avoriaz (mais je souscris aux griefs exprimés contre son organisation) et à insinuer, sans raison valable, que le distributeur automatique du Crédit du Nord, place de la République à Forges-les-Eaux, ne fonctionnait pas dans la nuit du 15 au 16 novembre 1986. Je crois que c'est tout.

DU MÊME AUTEUR

Aux Éditions P.O.L

BRAVOURE, *Prix Passion 1984, Prix de la Vocation 1985.*
LA MOUSTACHE, *1986.*
LE DÉTROIT DE BEHRING, *Grand Prix de la science-fiction 1987, Prix Valéry Larbaud 1987.*

Chez Edilig

WERNER HERZOG, *1982.*

Aux Éditions Flammarion

L'AMIE DU JAGUAR, *1983.*

COLLECTION FOLIO

Dernières parutions :

Impression Brodard et Taupin
à La Flèche (Sarthe),
le 08 septembre 1989.
Dépôt légal : septembre 1989.
Numéro d'imprimeur : 1099B-5.

ISBN 2-07-038204-4 / Imprimé en France.
(Précédemment publié chez P.O.L.
ISBN 2-86744-125-0).